Die Melancholie der Berge

Gudrun Pollmann

Gudrun Pollmann

Die Melancholie der Berge

KORSIKA-Krimi

DeBehr

Herausgeber: Verlag DeBehr, Radeberg
Erstauflage: 2015
ISBN: 9783957531353

In liebevoller Erinnerung an meine Mutter
widme ich dieses Buch
meinen beiden Enkeltöchtern Emily und Smaida

WIE KANN MAN IN EINE ZUKÜNFTIGE ZEIT HINEIN LEBEN,
WENN MAN DIE RÜCKWÄRTIGE NICHT KENNT.

FERNANDO PESSOA

Kapitel 1

In einem Dämmerzustand zwischen Schlafen und Wachen waren ihm Wortgebilde durch den Kopf geschwirrt, von denen er schließlich nur zwei Worte hatte halten können: Ribert Cassel, ein Name, von dem er sich umklammert fühlte, als würde er zu ihm gehören. Er sprach ihn nach, lautlos und mehrmals wiederholend. Sein Herz schlug schneller. Er öffnete die Augen und sah durchs Fenster, wie sich der graue Morgenhimmel einen Spaltbreit auftat, um einem Sonnenstrahl den Weg zu bahnen.

Von der Sonne geblendet und auch, um weiter in sich hineinzuhören, schloss er die Augen wieder. Schweißtropfen bildeten sich auf seiner Stirn. Er schwitzte unter seiner Decke. Und trotzdem rührte er sich nicht. Er lag nur da und wartete darauf, dass sein störrisches Gedächtnis nun nach und nach herausrücken würde, was es so unendlich lange für sich behalten hatte. Er spürte das aufgeregte Flattern seiner Lider, das wilde Schlagen seines Herzens, das mühevolle Ein- und Ausatmen. Doch nichts geschah, als wäre diese Türe ins Schloss zurückgefallen.

Er wusste, dass es Zeit war aufzustehen und sich dem Tag zu stellen. Doch er blieb reglos liegen. Er wagte nicht einmal, die Fliege zu verscheuchen, die sich auf seiner Stirne tummelte. Die Augen fest zusammengepresst, flüsterte er: „Komm schon“, drückte sich die Nägel ins Fleisch seiner eingerollten Hände und meinte, auf diese Weise sein Gehirn zur Herausgabe weiterer Details zwingen zu können. Vielleicht, so hoffte er, gab es dort eine undichte Stelle, durch die er mit Gewalt auch alles andere würde herauspressen können.

Doch die Anstrengung bewirkte nur, dass sie das Schlagen seines Herzens auf die Spitze trieb und er sich wie in Schweiß gebadet fühlte. Ribert Cassel, hatte dieser Name, der sich plötzlich und wie von selbst in seinem Kopf festgesetzt hatte, wirklich etwas mit ihm zu tun? Oder spielte ihm sein ruheloser Geist nur einen Streich, wie schon so oft in letzter Zeit, wenn ihn im Halbschlaf eine Abfolge rätselhafter und fast immer wieder schnell dahinschmelzender Wörter oder Sätze behelligt hatte? Und Ähnliches, versuchte er sein versehrtes Gehirn zu überreden, war ihm auch jetzt passiert, obschon der Name sich darin bereits eingenistet hatte.

Inzwischen war der ganze Raum von Sonnenlicht erfüllt. Der anfänglichen Hoffnung beraubt, erhob er sich so mühevoll aus seinem Bett, als zöge eine schwere Last an ihm. Irritiert und aus dem Gleichgewicht geraten, stieg er in die grau und braun gesprenkelte Hose, der, ebenso wie dem ganzen Schlafraum, der Geruch von Schafen und deren Milch anhaftete.

Mit hängenden Hosenträgern und nacktem Oberkörper stand er da und starrte auf die Umrisse der zusammengerollten Gestalt unter der Decke, auf die kleine Faust, die das schlafende Gesicht verschob, und auf den schwarzen Zopf, der, halb aufgelöst, über die nicht mehr blütenreine Nackenrolle quoll. Josette hätte längst die Schafe melken müssen, doch seit sie schwanger war, fiel sie nach jedem Versuch, wach zu bleiben, immer wieder in tiefen Schlaf zurück. Sie nannte ihn Pasquin, Pasquin Spinosi, Bombenleger und Rebell.

Vor etwa einem Jahr war sie im Krankenhaus, in dem er schwerverletzt und ohne einen Schimmer von Erinnerung gelegen hatte, aufgetaucht. Wie sehr hatte er diesen Tag herbeigesehnt, nachdem er von der Existenz einer Ehefrau unterrichtet worden war. Doch als er sie neben Julie in der Türe stehen sah, wie sie ihre Blicke durch das Zimmer wandern ließ, verfiel er in einen Zustand von Irritation und Verweigerung.

Alles an dieser kleinen Frau war rund. Das Gesicht, das krause schwarze Haare rahmten, die dunklen Augen, die prallen Brüste, die gegen eine rote, grob gestrickte Jacke drückten, und auch die Waden unterhalb des großgeblümten Kleides. „Nein, nicht die“, hatte er für einen Bruchteil von Sekunden denken müssen, „die will zu dem jungen Mann im Bett mir gegenüber, der auch noch nie Besuch bekommen hat.“ Doch sie blieb mit weit aufgerissenen Augen an ihm hängen. Ihre Blicke trafen sich. Und erst nachdem Julie ihr einen Schubs gegeben hatte, trat sie vor sein Bett. Er betrachtete die Frau wie ein ihm unbekanntes Wesen.

„Pasquin, du lebst!“, stieß sie hervor, schnappte nach Luft und sah aus, als würde sie im nächsten Augenblick in sich zusammenfallen. Doch sie fand schnell wieder zu sich zurück. „Ich weiß, dass du dich nicht mehr an mich erinnern kannst“, sagte sie leise, zog ein Papier aus ihrer Tasche, die von ihrer Schulter baumelte, und streckte es ihm entgegen. „Ich bin gekommen“, fuhr sie stockend fort, „um dir zu sagen, dass du mein Mann bist, du heißt Pasquin Spinosi, und ich bin Josette.“ Was sie sonst noch sagte, klang wie auswendig gelernt und ging an ihm vorbei, weil er damit beschäftigt war, darauf zu achten, wie sie den Mund bewegte, wenn sie sprach, und mit welchen Gesten sie das Gestammel unterstrich.

Auffällig tapsig trat sie noch näher an sein Bett, so dicht, dass er sie riechen konnte. Der Duft, den sie verströmte, nahm ihm sekundenlang den Atem. Er griff nach dem Papier und sah den Fleck am Ärmel ihrer roten Jacke, den schwarzen Knopf, der nur noch an einem Faden baumelte, und zwang sich, still zu halten, als sie seinen Arm umfasste. Doch als sie sich zu ihm hinunterbeugte und er den Eindruck hatte, dass sie ihn küssen wolle, wich er zurück „Verzeih, ich bin noch nicht so weit", sagte er, faltete den Bogen auseinander und versuchte, sich mit seinem Namen vertraut zu machen. „Soll ich dann lieber später noch einmal …?" Ihre Stimme drang wie von weither an sein Ohr.

Am liebsten hätte er genickt, doch weil ihm schließlich alles schon so fest verankert und unabwendbar schien, sagte er leise, weil es im Raum ganz still geworden war und er die Blicke seiner Mitpatienten spürte: „Ich war so sicher, dass ich meine Frau erkennen würde." Mit abgewandtem Kopf, weil ihm das Zittern seiner Lippen peinlich war und er die Art, wie sie ihn ansah, nicht ertragen konnte, bat er sie um Geduld. Er fühlte sich zu müde, war zu enttäuscht, um ihr das notwendige Maß an Aufmerksamkeit zu schenken. Und die Frage, die ihr ins Gesicht geschrieben stand, die Frage, was nun mit ihnen beiden werden solle, empfand er zunehmend als sein Problem.

Plötzlich traten fremde Menschen ins Krankenzimmer und steuerten mit viel Hallo auf seinen Bettnachbarn zu.

Josette war abgelenkt. Doch für ihn blieb sie, die sich in dem Gedränge dicht an sein Bett schob, der Angelpunkt seines Denkens. Er schielte zu ihr hoch. Wie verloren stand sie da, drehte an ihren Fingern, lächelte in einem fort und schien auf ein Signal zu warten.

Er konnte es nicht fassen. Das also war seine Frau, ein junges Ding mit bäuerlichem Anstrich und einem scheinbar schlichten, unbedarften Wesen. Alles sperrte sich in ihm. Er starrte auf die weiße Wand. „Wenn ich nichts sage, wird sie von alleine gehen", dachte er. Doch sie verharrte stumm an seinem Bett. Er war nervös. Ihm tat der Kopf weh und sein Hals war trocken. Und als ihm schließlich inmitten dieses unaufhörlichen Geschnatters das Schweigen zwischen ihnen unerträglich schien, fragte er: „Wie lange sind wir zwei denn schon ...?" Er ließ die Frage unbeendet, nicht nur, weil er sicher war, dass sie wusste, wovon er sprach, und dass sie von sich aus das Fehlende hinzutun würde, sondern auch weil es ihm schwerfiel, das Wort „verheiratet" in den Mund zu nehmen.

Sofort ließ sich Josette am Fußende seines Bettes nieder. Mit einem Auge sah er, dass Julie erst jetzt den Raum verließ. „Schon länger als ein halbes Jahr", sagte Josette und begann, ihm nun von einer Hütte weit oben in den Bergen zu erzählen, von Toutou, dem Hund, von ein paar Schafen und ihrer Arbeit in der kleinen Käserei. Sie fügte noch hinzu, dass sie vor Angst um ihn fast umgekommen sei. Und ganz zum Schluss versprach sie ihm, dass sie ihn holen werde, sobald die Ärzte es erlaubten.

In ihm blieb alles tot. Kein Gefühl flackerte auf, nicht der Hauch einer Erinnerung stellte sich ein, obwohl er immer wieder nach Vertrautem, nach einem Hauch von Heimat in ihren Augen suchte. Auch dass sie plötzlich mit den Tränen kämpfte, rührte ihn nicht, und trotzdem rang er sich ein knappes Lächeln ab. Sie lächelte zurück, stand auf und streckte ihm zum Abschied ihre Hand entgegen. Als sie fortgegangen war, da weinte er, dass es kein Leben gab, das ihm gehörte, und dass er seine Frau nicht kannte und nicht liebte.

Im Bett regte es sich. Josette gähnte, schlug die Augen auf und warf die Decke von sich. Ihr Bauch war bereits mächtig gewölbt und auch der Umfang ihrer Brüste hatte zugenommen. Sie streckte sich, gähnte noch einmal laut, und er stand da und sah auf sie hinab. Eine Schlaffalte zog sich von ihrem rechten Auge bis zum Kinn hinunter. „Wer bin ich?“, fragte er und sah, wie sie zusammenfuhr. Schwerfällig kam sie zum Sitzen hoch. Er hatte das Gefühl, dass eine Ewigkeit vergangen war, als sie sagte: „Du weißt es doch.“

„Nein“, sagte er.

„Du bist Pasquin.“

„Ich möchte, dass du mir in die Augen siehst, wenn du es sagst. Los, sieh mich an!“ Seinen Namen wiederholend sah sie zu ihm auf. Ihr Blick war müde und verzweifelt. Warum tat er das? Warum quälte er sie in ihrem Zustand? Sie hatte oft geweint in letzter Zeit. Tags zuvor erst war sie in Tränen ausgebrochen, weil er auf ihre Frage, ob er sie inzwischen auch ein wenig lieben könne, geschwiegen hatte. Dennoch gab er keine Ruhe. „Josette, wer ist Ribert Cassel?"

„Das weiß ich nicht, wer soll das sein?"

„Das frag ich dich."

„Vielleicht ein alter Freund von dir, ein Weggefährte oder so", versuchte sie, ihn zu besänftigen, stellte die Füße auf den Boden, schlüpfte in ihre Schuhe und hievte sich in die Höhe. Das weiße Baumwollhemd umspannte Leib und Hüften. „Ja", sagte er, „vielleicht." Er sah ihr nach, wie sie nach ihrem Tuch griff, es um die Schultern warf und, mit der anderen Hand die Wölbung ihres Bauches stützend, zur Türe schlurfte. In ein paar Wochen sollte ihr Kind geboren werden.

Erst als er sie in der Küche hantieren hörte, folgte er ihr, nahm eine Schüssel, dann ein Tuch vom Haken und ging an ihr vorbei, zur Türe hinaus in Richtung Brunnen. Der Hund, der ihm gefolgt war, sprang zurück, als er den Kopf in das geschöpfte Wasser tauchte und es mit beiden Händen um den Körper warf. Er trocknete sein Haar und sein Gesicht und sah, als er mit dem Handtuch über seinen Körper fuhr, den dicken Wulst am rechten Arm, den anderen unterm Rippenbogen, betrachtete den langen, hügeligen Streifen, der sich quer von der Brust bis zu seinem Nabel zog und dachte an den Unfall, von dem man ihm erzählen musste.

„Von Ihren Verletzungen werden nur ein paar Narben bleiben", sagte Doktor Martini, ein Mann mit grauem, kurz gestutzten Haar, der, mit einem anderen zu seiner rechten und einer jungen Frau zur linken Seite, erneut an seinem Bett stand und ernst auf ihn heruntersah. „Wann allerdings Ihr Erinnerungsvermögen wieder intakt sein wird, können wir nicht voraussagen. Das kann morgen sein oder sich über Monate hinziehen. Es kann vollständig oder auch nur bruchstückweise wiederkommen – im schlimmsten Falle niemals mehr."

Nachdem er immer wieder versucht hatte, einen klaren Blick zu bekommen, war er vor einer Weile, die er zeitlich nicht benennen konnte, endgültig aufgewacht. Es hatte ihn irritiert, dass man ihm wiederholt die Frage stellte, wie sein Name sei und wo er seinen Wohnsitz habe. Und in der Hoffnung auf Erfolg hatte er ununterbrochen versucht, sein Gehirn zu aktivieren. Doch das, was er soeben gehört hatte, klang schrecklich unabänderlich. „Was ist passiert?"

„Sie hatten einen Unfall", erwiderte der Arzt. „Und ich versuche gerade, Ihnen klarzumachen, dass Sie seit diesem Tage scheinbar alles, was Ihr persönliches Leben birgt, vergessen haben."

Die junge Frau, die ihr schwarzes Haar gestrafft und streng gescheitelt trug, und eine viel zu große und viel zu dunkle Brille trug, beugte sich zu ihm hinunter und sagte: „Die Computertomografie zeigt keinerlei Verletzungen in Ihrem Kopf, und darum denken wir an eine psychogene Amnesie." Doktor Martini nickte, als sie, seine Zustimmung erwartend, zu ihm aufsah.

Der Dritte in der Reihe, ein ebenfalls noch junger Mann mit forschem Blick, versuchte sich hervorzutun. „Man kann das auch als Chance sehen für einen Neubeginn, besonders dann, wenn man in seinem Leben vielleicht einiges vermasselt hat", schmetterte er unbekümmert dahin.

„Vermasselt?“ Seine Augen wanderten hilfesuchend von einem zum anderen. Es fiel ihm schwer, alles, was um ihn herum gesprochen wurde, richtig einzuschätzen. „Mein Kollege wollte damit nur zum Ausdruck bringen, dass sich jeder von uns manchmal wünscht, unliebsame Erinnerungen auszulöschen“, versuchte Doktor Martini das Gesagte zu entschärfen.

In diesem Augenblick riss Panik seinen Oberkörper in die Höhe. Von einem starken Schwindel erfasst, registrierte er nur noch das Rauschen in den Ohren und den kalten Schweiß auf seinem Körper. „Halt, nicht so hastig. Ihr Kreislauf ist noch nicht stabil.“ Doktor Martini fasste ihn bei den Schultern, drückte ihn zurück ins Kissen und griff nach einem Stuhl. „Es war vor einer Woche“, sagte er, rückte an seiner Brille, legte die Hände ineinander und erzählte ihm von dem Geschehen auf einer kurvenreichen Straße, die hinauf zum Monte Cinto führt: Dort hatte man ihn, schwerverletzt, mit Blut besudelt und nicht ansprechbar, auf dem Rücksitz eines völlig demolierten Taxis vorgefunden. Der Fahrer war tot, enthauptet von den unzureichend gesicherten Blechen, die plötzlich von der Ladefläche eines vorausfahrenden Lastwagens gerutscht seien. Nicht zuletzt wegen seiner starken Schmerzen habe man ihn in ein künstliches Koma versetzt. Der Arzt erhob sich, drückte ihm den Arm und sagte: „Ich denke, Ihr Hirn hat einfach dichtgemacht, um bei Verstand zu bleiben.“ Obwohl er jedes Wort vernommen hatte, war nichts davon in sein Bewusstsein vorgedrungen.

Drei Augenpaare nahmen ihn aufs Korn.

„Wir können versuchen, Ihr Unterbewusstsein mit einer Hypnose anzuregen“, hörte er den Arzt zum Schluss noch sagen und sah, wie dieser sich, als keine Antwort kam, gefolgt von seinem Team, zum Gehen wandte.

Bereits am anderen Morgen durfte er die Intensivstation verlassen. Er kam in einen Raum, in dem drei Männer lagen. Dass sie nicht mit ihm sprachen, sondern ihn nur stumm beäugten, kam ihm nicht ungelegen, da er vorwiegend seine Augen geschlossen hielt, um, wenn auch erfolglos, in sich hineinzuhorchen.

Auch von außen war man um ihn bemüht. Man gab ihm einen Zettel mit ein paar leicht zu lösenden Fragen und bat ihn um Geduld, wenn er auf solche, die er nicht beantworten konnte, mal verzweifelt und manchmal auch verärgert reagierte. Auch wenn man jeden Tag bemüht war, anhand von unterschiedlichen Methoden die Kraft seines Gedächtnisses wieder in Gang zu bringen, hatte er hin und wieder doch den Eindruck, dass man ihn für einen Simulanten hielt.

„Ich bin Schwester Julie.“ Er schlug die Augen auf. Die grobknochige, unschöne Schwester mittleren Alters, die sich während der Visite mehr im Hintergrund gehalten hatte, stand dicht an seinem Bett. Mit ihren großen Händen schob sie ihm ein Thermometer unter die Achsel und zeigte auf das Fenster, das einen dunkelblauen Himmel und graue, weißbemützte Felsenspitzen umrahmte. „Erkennen Sie die Berge dort?“

„Nein“, sagte er. „Es sind die Berge der Balagne. Der höchste dort, das ist der Monte Cinto.“

„Aha." Die Frau gefiel ihm nicht, nicht die Art und Weise ihrer Fragestellung und auch nicht ihre Stimme. Trotzdem lächelte er noch entgegenkommend, als sie ihn bat, er möge doch noch einmal in sich gehen und ergründen, ob irgendwo ein Zipfelchen Erinnerung vorhanden sei. Als sie dann aber ihre Hilfe anbot, indem sie nicht mehr damit aufhörte, die Namen ihm unbekannter Menschen aufzusagen, und von Begebenheiten sprach, dic in seinem Beisein stattgefunden haben sollen, wandte er sich ab und sagte kühl: „Es funktioniert nicht." Mit einem, wie er meinte, zufrieden lächelnden Gesichtsausdruck verlangte sie nach dem Thermometer, machte die notwendigen Eintragungen auf seinem Krankenblatt und sah ihn dabei immer wieder prüfend an. „Möchten Sie noch etwas trinken?", fragte sie und zeigte auf die leere Wasserflasche, die auf seinem Nachttisch stand. „Nein danke", sagte er, obwohl er durstig war.

Seine ersten unsicheren Schritte führten ihn ans Fußende seines Bettes. Er starrte auf sein Krankenblatt. „Name unbekannt" stand dort geschrieben. Das klang so düster, dass er den Blick abwenden musste. Von dort aus trat er ans Fenster. In seinem Blickfeld lag eine ehrwürdige, in Morgenlicht gehüllte Zitadelle, an der er eine Weile mit den Augen hängen blieb, bevor er aus der Höhe – das Krankenhaus befand sich oberhalb der Stadt – auf dunkelblaues Wasser sah, auf eine große, strahlend weiße Fähre und weiter rechts auf winzige, in eine Bucht gezwängte Schiffe. Von den hellroten Dächern der sandfarbenen Häuser wanderte sein Blick zu grün bewachsenen, an Felsen geschmiegte Hügel und verlor sich in der Weite, wo schneebedeckte Berge an den Himmel stießen.

Ein Hubschrauber knatterte in der Ferne und bewegte sich auf das Krankenhaus zu. Er beugte sich ein wenig vor. Einige Stockwerke unter ihm liefen Menschen und Autos fuhren die Straße hinauf und hinunter, auch jene donnernden Lastzüge, die ihm den mittäglichen Schlaf raubten. Nichts davon konnte er in einen Zusammenhang bringen, nichts mit irgendwelchen Erfahrungen verbinden.

Weil ihm heiß war, ging er zum Waschbecken, drehte den Hahn auf und hielt zuerst die Hände und dann die Arme unter den kalten Wasserstrahl. Zunächst erschrak er, als ihn im Spiegel ein blasser, schmalgesichtiger Mann aus großen, tiefliegenden Augen ansah. Doch nach eingehender Betrachtung gefiel er ihm nicht schlecht, obwohl dessen Nase etwas lang gezogen und am Ende mit einer sanfte Kerbe ausgestattet und der wohlgeformte Mund etwas zu groß geraten war.

Mit beiden Händen griff er sich ins wellige, aus der Stirn gekämmte Haar, lockerte es auf, ließ es los und prüfte sein Erscheinungsbild, als sich die Lockenpracht auf seiner Stirn verteilte. Dann strich er sie erneut zurück, um sie noch einmal in die Stirn fallen zu sehen, und wiederholte diesen Vorgang, bis ihn die irritierten Blicke seiner Mitpatienten zwangen, sein Bett am Fenster wieder aufzusuchen.

Da die Männer, die mit ihm im Zimmer lagen, immer noch nicht wagten, ihn anzusprechen, genoss er die freundlich distanzierte Nähe der zwei jungen Schwestern, die ihm das Essen brachten, sein Kissen aufschüttelten und das Laken glatt zogen, die ihm Tabletten auf den Nachttisch legten und mit zarter Hand und netten Worten seine Verbände wechselten. Mit den Augen verfolgte er ihr routiniertes Tun, und es gab sogar Momente, in denen er überlegte, welche von den beiden ihm wohl gefallen könnte.

Sobald Julie auftauchte, wurden sie von ihr mit einer eindeutigen Handbewegung vor die Türe gesetzt. Gebieterisch nahm sie den Raum ein, prüfte seinen Puls und seine Temperatur und fragte jedes Mal und immer erst bevor sie ging, ob er nun endlich wisse, wer er sei. Und obwohl er sie am liebsten angeschrien hätte, dass sie ihr unentwegtes Fragen den Ärzten überlassen solle, antwortete er höflich, aber mit trotzigem Unterton mit einem kurzen „Nein“.

Dann eines Tages – sie stand wie jeden Tag, die harten Finger um sein Handgelenk gelegt, an seinem Bett – beugte sie sich zu ihm hinunter. Mit abgewandtem Kopf erwartete er die immer wiederkehrende Frage, doch sie wisperte mit vor Aufregung bebender Stimme: „Ich weiß, wer Ihre Frau ist.“ Er fuhr zusammen. „Ich habe eine Frau? Warum sagen Sie das erst jetzt?“ Er befreite sich vom Druck ihrer Finger und griff nach ihrem Arm. Wie weggeflogen war sein Unmut, seine Müdigkeit. „Ich wollte sicher sein“, gab sie ihm zu verstehen. „Ich kannte Sie ja vorher kaum, auch sahen Sie am Anfang sehr verändert aus, doch inzwischen …“

„Inzwischen sind Sie sicher, dass ich der Mann der Frau bin, die Sie kennen?“ Er verschluckte sich an seinem Speichel, sah wie sie nickte, während ein Hustenanfall ihn daran hinderte weiterzusprechen. Alles, was folgte, war mühsam hervorgepresstes Gestammel: „Erzählen Sie, wer ist sie?“

„Sie heißt Josette“, flüsterte sie ihm zu. „Ich werde dafür sorgen, dass sie erfährt, was Ihnen zugestoßen ist. Sie wird kommen und Ihnen Ihren Namen und Ihr Leben wiedergeben.“

„Das ist wunderbar, Julie.“

„Nicht wahr? Doch es ist fraglich, ob sie auch noch den empfohlenen Psychiater und die Hypnose bezahlen kann, denn der Aufenthalt hier, das Essen, die medizinische Versorgung, das alles wird Ihre Frau schon teuer genug zu stehen kommen.“ Sie steckte das zerknüllte Taschentuch, mit dem sie sich unentwegt das Gesicht betupft hatte, zurück in ihre Kitteltasche. „Psychiater, Hypnose, das wird nicht nötig sein“, flüsterte er zurück, „ich bin sicher, dass alles wieder da ist, wenn ich sie wiedersehe. Bringen Sie sie mir, bringen Sie mir meine Frau.“

Alles ausweglose Grübeln würde bald ein Ende haben und das Leben könnte wieder dort beginnen, wo es durch den Unfall unterbrochen worden war. Obwohl er in diesem Augenblick noch nicht begriff, was es bedeutete, eine Frau zu haben, traten ihm, nachdem Julie das Zimmer verlassen hatte, Tränen in die Augen – des Glücks und der Erleichterung.

Er hatte einen Platz im Leben, es gab einen Menschen, der ihm nahestand, eine Frau, mit der er eine Vergangenheit hatte. Er würde sie sehen und erkennen und somit auch alles andere, alles, was verschüttet und verloren gegangen war, wieder ausfindig machen können. Wie sie wohl aussehen mochte? Er versuchte, sie sich vorzustellen, und sah nichts anderes als Julie, die beiden mädchenhaften Schwestern und die junge Ärztin, glatt gescheitelt und mit dunkel eingefasster Brille. Das Bild einer anderen Frau wollte sich nicht einstellen.

In dieser Nacht bekam er Fieber. Seine Verbände waren entfernt worden und hatten flammend rote Markierungen hinterlassen. Nachdem Doktor Martini sich mit ein paar Anweisungen und vielen aufmunternden Worten von ihm verabschiedet hatte, kam Julie ins Zimmer. In der rechten Hand hielt sie ein Paar schwere, dunkelbraune Schuhe und in der anderen eine Plastiktüte. „Alles andere war nicht mehr zu gebrauchen." Mit diesen Worten stellte sie ihm die Schuhe vor sein Bett. „Und dies ist von Josette. In ihrem Auftrag hab ich ein paar Sachen für Sie eingekauft." Sie ließ die Tüte eine Weile vor seinen Augen baumeln und dann, weil er vermutlich nicht schnell genug danach gegriffen hatte, auf seine Decke fallen. „Los, los, sie muss gleich hier sein", drängte sie und klopfte mahnend auf ihre Armbanduhr.

Mit der Unterwäsche, die sich gut anfühlte, fing er an, sich anzuziehen, riss mit den Zähnen das Preisschild von den Shorts und auch den Faden, der die Socken fest zusammenhielt. Das großkarierte Hemd, von durchsichtiger Folie umhüllt, war mit unzähligen Nadeln zu einem Päckchen gestrafft. Es dauerte eine Ewigkeit, bis er alles auseinandergenommen und sich vollständig angekleidet hatte.

Bevor er in die Schuhe stieg, nahm er sie in die Hände. „Die also sind alte Wegbegleiter und die letzten Zeugen meines Unfalls", dachte er, fuhr tastend mit den Fingern über aufgeworfenes Leder, über Schrammen, Flecken und getrocknetes Blut. Er konnte es nicht lassen, seine Nase in einen der Schäfte zu stecken. Ein strenger, würziger Geruch schlug ihm entgegen, mehr nicht. Hatte er gehofft, das Vergessene erschnuppern zu können? Behutsam stellte er die Schuhe wieder auf den Boden und schlüpfte hinein.

Obwohl seine Füße sofort ihren Platz in ihnen fanden, ging er mehrere Male, den Kopf gesenkt, mit kreisenden Zehen und auf der Suche nach vertrauter Befindlichkeit, vorsichtig von seinem Bett zur Tür und wieder zurück. Doch jedes Mal, wenn er bei seinem Auf und Ab sein Krankenblatt vor Augen hatte, blieb er stehen, las seinen Namen, der nun seit kurzem dort verzeichnet war, und sprach ihn halblaut vor sich hin. „Ein schöner Name“, sagte er zu seinem Bettnachbarn, der seine Wanderung durchs Zimmer beobachtet hatte und nun heftig nickte.

Müde geworden, setzte er sich aufs Bett und wartete auf seine Frau. Und als sie kam, ging er ihr nicht entgegen, und als sie „Komm, lass uns gehen“ sagte, war ihm zumute, als lege man ihm eine Kette um den Hals.

Die Sonne stand schon hoch am Himmel, als sie die Stadt mit ihrer mächtigen, ins Meer vorgeschobenen Zitadelle und der von Palmen umsäumten Hafenmole den Rücken kehrten. Langsam fuhren sie am Meer entlang, durchquerten ein paar Dörfer, bis das Grün der Macchia immer dichter und die Straßen immer enger und holpriger wurden. Streckenweise ging es nah am Abgrund entlang, dem felsigen Gebirge entgegen.

Staub wirbelte auf und wehte in die geöffneten Fenster des Autos, eines klapprigen Kastenwagens mit Ladefläche, der

Josette und ihn kräftig durchschüttelte, wenn er sich über Geröll und Schlaglöcher einen Weg zu bahnen suchte. Anfangs hatte er sich noch weit hinausgelehnt, hatte die wilde Landschaft auf sich wirken und sich von der Frau an seiner Seite die Namen der Ortschaften, die sie durchfuhren, sagen lassen. Alles war ihm fremd, nichts erkannte er wieder. Er würde sicher auch den Ort, das Haus, in dem sie wohnten, nicht erkennen, glaubte er, zog sich ins Wageninnere zurück und steckte einen Finger in den Kragen seines Hemdes, wo das Etikett an seiner Haut rieb.

Der Geruch der weiß, violett und gelb schimmernden Kräuter, die zu beiden Seiten des Weges wucherten, machte ihn schläfrig und benommen. Mit hängendem Kopf starrte er vor sich hin, sah von seinen Knien und den schwarz behaarten Beinen hinunter zu den Schuhen und dachte, dass ihm eine lange Hose lieber gewesen wäre. Mit einer müden Bewegung strich er die Haartolle zurück, die ihm der Fahrtwind ins Gesicht getrieben hatte.

Das Pochen gegen seine Schädeldecke, das sich mit jeder Unebenheit, die sie durchfuhren, noch verstärkte, wurde unerträglich. „Räder und Reifen sind für dieses holprige Gelände nicht geeignet“, stieß er hervor. „Und überhaupt, das ganze Auto ist ein Haufen Schrott.“

„Aber es fährt“, erwiderte Josette. Sie unternahm nichts, um mit dem Stoff des Kleides, der immer höher rutschte und ihr zum Schluss gefältelt und gebauscht im Schoß lag, ihre Schenkel wieder zu bedecken. Er schielte zu ihr hin. Ihre Knie waren fleischig, die Waden kräftig und die Schuhe, mit denen sie in die Pedalen stieß, so derb und ungeschmeidig wie die seinen. Das Umfahren eines Schlaglochs warf ihn unsanft gegen ihre Schulter. Sie lachte und hielt das Lenkrad fest umklammert.

Abgründe und Schluchten taten sich auf. Von der Sonne bestrahlt, glitzerte silbrig das Wasser, das da und dort in kleinen Wasserfällen über die Felsen sprang. Jetzt war vom Meer nichts mehr zu sehen. „Sind wir da?“, fragte er, als sie sich nach langer Fahrt einem winzigen, verschlafenen Bergdorf näherten. „Nein, aber bald“, sagte Josette. Sie atmete unruhig und es kam ihm vor, als versuche sie, die alten Männer, die hier und dort mit über einen Stock gefalteten Händen vor grauen, dicht beieinanderstehenden Häusern saßen, krampfhaft zu ignorieren. Denn diese machten allesamt ein finsteres Gesicht, als sie das Auto sahen.

Die Gassen waren eng, teilweise so eng, dass Josette nicht nur im Schritttempo fahren, sondern in einer Kurve sogar halten und warten musste, bis sich ein Mann von seinem Stuhl erhoben und sich mit diesem gemächlich in seinen Hauseingang zurückgezogen hatte. Sie seufzte auf und lehnte sich zurück, als sie das Dorf durchfahren hatten. Von hier aus sah man hohe Bäume in den Himmel ragen und das gigantische, vom rosa schimmernden Licht der Sonne eingehüllte, Felsmassiv.

Er fragte nach der Uhrzeit und ob er keine Armbanduhr besitze. „Zu Hause hast du eine, ich habe nur vergessen, sie dir mitzubringen“ erwiderte Josette.

Sie kamen an eine alte Steinbrücke, unter der sich viele Meter tief mit donnerndem Getöse ein reißender Gebirgsbach wirkungsvoll in Szene setzte, und überquerten sie. Dann ging es wieder steil bergauf. Das Auto schlingerte im ersten Gang, bis sie ein Plateau erreichten. „Da, unsere Schafe!“, rief Josette und zeigte in die Richtung, aus der das leise Klingeln kleiner Glocken kam. Wie kleine Erdhügel ragten die Rücken der Tiere aus der wild wuchernden Macchia. Eine Weile blieb er mit seinen Augen daran hängen, dann sah er auf die hohen Felsen, deren Spitzen noch ein wenig glühten. „Bald wirst du wieder braun sein, wie Schokoladenpudding“, sagte Josette mit einem Blick auf seine blassen Schenkel. Er schwieg. „Was denkst du?“, fragte sie vorsichtig und sah ihn dabei von der Seite an.

Er stellte fest, dass sie viel leichter sprach als damals an seinem Bett im Krankenhaus. „Nichts“, log er, lehnte sich zurück und schloss die Augen. „Gut, dass du nicht tot bist“, hörte er sie sagen. „Ich dachte damals wirklich, dass ich ..., dass du ..., oh, lieber Gott, das alles war so schrecklich, bis mir Julie erzählte, dass du lebst!“ Er schwieg.

Sein Schädel tat ihm weh. „Wie ist das eigentlich, wenn man im Koma liegt?“, fragte sie. Er wollte nicht darüber reden, versuchte aber, sich an diese Zeit, an diesen Zustand zu erinnern. Nichts, selbst wenn er etwas wahrgenommen oder gespürt haben sollte, vermochte er wiederzugeben. „Vielleicht ist es wie scheintot sein“, fuhr sie fort, ihn auszufragen. Er stöhnte auf. Doch sie schien sein Missfallen an ihrer Vorwitzigkeit nicht zu bemerken. „Meine Mutter hat mir mal von einer Frau erzählt, die kurz vor der Beerdigung die Augen wieder aufgeschlagen hat“, begann sie von diesem Ereignis zu berichten. „Ist das nicht gruselig?“ Er dachte kurz an seine Ohrenstöpsel, die er im Krankenhaus vergessen hatte. „Warum sagst du nichts?“

hörte er sie fragen. „Weil ich nicht darüber reden möchte“, sagte er.

Noch einmal war die Strecke steil und steinig. Konzentriert und mit nach vorn gebeugtem Oberkörper hielt sie das Lenkrad. Auch er sah aufmerksam geradeaus. „Muss komisch sein, nicht mehr zu wissen, wer man ist“, sagte sie plötzlich. „Das ist es nicht“, erwiderte er kurz angebunden.

Schon aus der Ferne wirkte die Hütte, die im Schatten der hohen Felsen lag und auf die sie mit dem Finger zeigte, klein und verloren. So blieb es auch beim Näherkommen: grob verfugtes Mauerwerk aus Stein und Lehm, die Schwelle vor der Türe ausgetreten, zwei Fensterlöcher und graue Schieferplatten auf dem Dach, von denen einige beschädigt waren. Neben dem Eingang stand eine morsche Bank, an der Wand lehnte ein ausgefranster Besen und daneben lümmelten schwarze Gummistiefel.

Er sah sich um, entdeckte den nur wenige Schritte vom Haus entfernten Brunnen, verlor sich im Betrachten der hohen Berge, dem Grün, das ringsherum aus den Spalten der verstreuten Felsbrocken wuchs, und zog den Kopf ein, als er Josette ins Innere der Hütte folgte. Moder und andere unbekannte Gerüche schlugen ihm aus dem Halbdunkel entgegen, in dem er einen Tisch, zwei Stühle und in der Ecke neben einem Stapel Holz einen Eisenherd entdeckte.

Josette stieß eine zweite Türe auf. Er ging ihr nach, sah in eine gleichfalls winzige und dunkle Kammer, in der ein Bett stand und ein Schrank und wusste mit den Augen nicht wohin, als sie ihr Kleid und ihre rote Jacke mit einer alten, ausgebleichten Jeans und einem schmutzig-weißen Oberteil vertauschte. „Das sind deine Sachen“, sagte sie in dem Moment, als er seine Fassungslosigkeit hinsichtlich der Behausung zum Ausdruck bringen wollte, und zeigte auf den teils bunten, teils wolligen, unordentlichen Haufen Stoff im Schrank. Nur ein schwarzer, abgewetzter Anzug und ihr geblümtes Kleid hingen ordentlich auf einem Bügel.

Er schwieg, obwohl ihm der Gedanke, hier zu wohnen und all diese Sachen zu tragen, Tisch, Schrank und Bett, Zahnpasta und Seife mit dieser fremden Frau zu teilen, mehr als Unbehagen bereitete. Nur zögernd griff er nach der schäbigen, mit Flecken übersäten Hose, die sie ihm entgegenhielt. „Die ist zu groß“, murmelte er, nachdem er widerstrebend in sie hineingestiegen war. Breitbeinig, weil sie rutschte und er die Hände brauchte, um sein Hemd zu ordnen, stand er da und sah an sich herunter. Sie hielt ihm Hosenträger und einen braunen Gürtel hin. Er entschied sich für den Gürtel, den er sich wortlos um die Taille zog, bis sich der Stoff der Hose um seine Hüften beulte.

Der schräge Anbau hinterm Haus, den sie großspurig als ihre Käserei bezeichnete, war nichts weiter als ein Kabuff. Über der offenen Feuerstelle hing ein Topf. Tisch und Hocker waren aus rohem Holz, ebenso das Regal für unterschiedliche Behälter. Ein unbekannter, beißender Geruch schlug ihm entgegen. Er trat ein und reckte auch gefällig seinen Hals, als Josette auf ein paar gelochte Näpfchen zeigte, aus denen eine helle Brühe tropfte. Doch was sie ihm dazu erklärte, ging an ihm vorbei.

Er griff sich in die Magengegend. „Mir ist nicht gut.“ Sie nickte. „Es wird dir besser gehen, wenn du gegessen hast. Komm mit, ich fahr nur schnell den Wagen in den Schuppen.“ Und sie zog ihn zu jenem halb verfallenen, aus Wellblech und Brettern zusammengehauenen Gebäude, das, wie sie sagte, nicht nur Garage und Abstellmöglichkeit, sondern auch Schlaf- und Eierlegeplatz für ihre Hühner war, und wenn der Winter streng sein sollte, auch Quartier für ihre Schafe.

Er sah sich darin um und tastete nach einem Halt. Kalter Schweiß bedeckte seinen Körper und ein würgendes Gefühl stieg in ihm hoch. War es der Geruch der Hühner, die gackernd auf der Stange hockten, deren angetrockneter, den Boden bedeckender Kot, oder war es der Gestank, der aus der Ecke kam, wo die mit einem Loch versehene Bretterwand ein Klosett vermuten ließ?

Er beugte sich nach vorn. Josette kam auf ihn zu. „Jetzt abhauen“, dachte er, mit seiner Schwäche kämpfend, und riss sich von ihr los, als sie ihn halten wollte. Auf der Bank vorm Haus ließ er sich nieder, während sie das Auto in den Schuppen fuhr und später mit einem Eimer in der einen und dem Schemel in der anderen Hand den Weg hinunterlief, den sie gekommen waren.

Inzwischen war die Sonne hinter den Felsen verschwunden, die düster und dicht aneinandergedrängt in die Höhe strebten. Er legte den Kopf zurück und wartete. Mit dem gefüllten Eimer und einem schwarzen Hund an ihrer Seite kam Josette zurück. „Das ist Toutou“, sagte sie, als der Hund begann, ihn zu beschnüffeln.

Sie ging ins Haus. Er kam ihr nach, blieb in der Türe stehen und sah ihr dabei zu, wie sie das Feuer im Herd entfachte, wie sie einen Ölkanister in die Höhe hob, um etwas von dem Inhalt in den Topf zu geben, wie sie fahrig und schwitzend vom Herd zum Tisch eilte, rührte und schnitt, etwas fallen ließ und wieder aufhob, mit dem Geschirr klapperte und dem Hund etwas in die Schüssel tat. Zwei Kerzen standen auf dem Tisch, die notdürftig den Raum ausleuchteten. „Du bist zu Hause“, sagte sie schüchtern und machte mit den Händen eine Geste, dass er sich setzen solle. Er folgte ihrer Aufforderung, saß da und sah dem Flackern der Kerzen zu, bis der Hund angetrottet kam und sich zu seinen Füßen legte. „Kennt er mich?“, fragte er. „Er mag dich.“ Josette lächelte.

Es roch nach Essen. Er hob den Kopf und sah die Kräuterbündel, die von der schwarz verräucherten Decke hingen, die beiden langen Würste und den halben, in einen Leinensack gehüllten Schinken. Dann wanderte sein Blick zum Herd, wo sich Josette zu schaffen machte. Er sah den aufgelösten Zopf auf ihrem kurzen Rücken, das runde, ein wenig zu üppig geratene Hinterteil in schmuddeligen, abgewetzten Jeans und verfluchte seinen Zustand, der ihm die Antwort auf ein Warum verwehrte.

Plötzlich streifte sie sich an ihren Hosen die Hände ab, nahm eine Streichholzschachtel und trat mit feierlicher Miene an ein schmales Wandbrett. Auch dort standen Kerzen, drei im Vordergrund und weggerückt von ihnen, dicht neben einer kleinen Muttergottesstatue, eine vierte. Bis dahin war ihm ihr Tun wie eine alltägliche Verrichtung vorgekommen. Doch als sie Wasser in eine Schale goss und ein paar Tropfen Öl aus dem Kanister darüberträufelte und anschließend, begleitet von undeutlichem Gemurmel, die Schale an die Seite der brennenden Kerzen rückte, bekam für ihn das Ganze rätselhafte und okkulte Züge.

Obwohl er Fragen hatte, schwieg er, als sie sich zu ihm setzte. Der Tisch war klein und wackelte, und die zwei Stühle standen über Eck, so dass er bei bestimmten Bewegungen Mühe hatte, Josette nicht zu berühren. Sie schöpfte Grünliches in schüsselgroße Teller und hielt ihm anschließend ein Körbchen mit aufgeschnittenem Brot entgegen. Zögerlich und nach der kleinsten Scheibe suchend nahm er davon, legte sie neben seinen Löffel und nickte müde, als sie erklärte, dass dieses ausnahmsweise Stadtbrot sei und dass ihr sonst zum gemeinschaftlichen Backen im Dorf ein Backhaus zur Verfügung stünde.

„Ich bin so froh, nicht mehr allein zu sein", bekannte sie mit heißem Atem. Er rückte unauffällig von ihr weg, denn ihr Haar, das feucht an ihrer Stirne klebte und um den Kopf herum in kleinen krausen Locken in die Höhe stand, roch säuerlich. Ein ähnlicher Geruch entströmte ihrer Kleidung.

Er biss vom Brot ab, kaute teilnahmslos. Es war ihm gleich, was sie empfand. Der kleine, dunkle Raum mit seiner tief hängenden Decke wirkte auf ihn klaustrophobisch, die Luft war heiß und stickig – und Josette die falsche Frau. Er trank vom Wasser, das in einem dunkelbraunen, dickwandigen Becher neben seinem Teller stand, und sah in seine Suppe, von der ein wenig über den Rand geschwappt war. Er fühlte keinen Appetit.

Josette dagegen aß mit Lust, so schien es ihm, und redete dabei von ihren Schafen: dass man sie täglich melken müsse, dass es nötig sei, ein Gatter um sie herum zu ziehen und dass man ihnen hin und wieder ihre Klauen schneiden müsse. Dann folgten noch eine kurze Unterweisung zu dem Ablauf des Käsezubereitens und eine Aufzählung der täglichen Arbeiten, die von nun an wieder von ihm zu verrichten seien. Er war nicht bei der Sache, die Ausführlichkeit ihres Vortrags ermüdete ihn so sehr, dass ihm dann und wann der Kopf nach vorne fiel. „Freust du dich nicht?"

„Was meinst du?"

„Ob du dich freust, dass du zu Hause bist."

„Ja", sagte er matt und dachte, nein. Während seiner Zeit im Krankenhaus hatte er sich nichts sehnlicher gewünscht, als ein Zuhause, doch diese Hütte hier oben übertraf alle seine Befürchtungen, die er sich nach Josettes Schilderung gemacht hatte. Und die Vorstellung, hier seine Tage verbringen zu müssen, ließ ihn erneut erstarren. „Ich bin in einem falschen Leben", dachte er. „Doch andererseits, vielleicht lässt sich ja gerade hier ein Leben ohne Erinnerung am leichtesten ertragen." Er lachte auf und schielte zu ihr hin. War sie gekränkt? Er konnte nichts erkennen. Im Gegenteil. „Es ist ein solches Wunder, dass du am Leben bist!", stieß sie hervor. „Ja, wenn man an den armen Teufel von Taxifahrer denkt."

„An wen?" Er nickte müde. „Hat man dir nicht erzählt, dass er bei dem Unfall umgekommen ist?"

„Ach ja, der Taxifahrer“, sagte sie gedehnt. „Doch andererseits“, er schlug sich an die Stirn, „was ist denn hier noch von mir übrig?“

„Pipo ist viel ärmer dran“, entgegnete Josette.

„Wer ist Pipo?“

„Einer aus dem Dorf dort unten. Ein Schwachkopf. Manchmal kommt er zu uns hoch.“

„Ein Mann?“

„Pipo ist sechzehn, glaube ich, vielleicht auch älter, ich habe nicht danach gefragt; und richtig heißt er Philippe-Paul. Das hat mir seine Großmutter, die alte Jeromine erzählt, seine Mutter kenn ich nicht. Man sagt, sie hat ihr Kind bald nach der Geburt im Stich gelassen. Und wer sein Vater ist?“ Sie zog die Schultern hoch. „Seitdem hängt alles an der alten Frau. Pipo, der kleine Laden, ihr Mann mit seiner ..., na ja, so einer Hirnerkrankung, die man im Alter kriegen kann. Ein flotter Kerl soll der einmal gewesen sein, man hat im Dorf auf ihn gehört. Und plötzlich das.“

„Dann passe ich ja gut zu diesem Haufen trüber Tassen“, sagte er. „Du bist perfekt“, entgegnete Josette. „Perfekt? Soll das ein Witz sein?“ Er zog die Stirne kraus. Seine Müdigkeit war verflogen. „Wir müssen ernsthaft miteinander reden“, meinte er, indem er seinen Stuhl nach hinten rückte. Sie sah zu Boden. „Warum leben wir hier oben?“, fragte er. „Wer von uns beiden hatte diese Schnapsidee?“

„Du“, sagte sie. „Du wolltest weg. Der schlechten Luft und der Touristen wegen. Calvi ist im Sommer voll davon.“

„Calvi hat mir gefallen“, sagte er, „es ist ein schönes Städtchen. Auch wenn ich es nur vom Fenster des Krankenhauses aus sehen konnte: der Blick aufs Meer, die Schiffe im Yachthafen, die Zitadelle, die hübschen Häuser, die Hotels ...“

„In einem davon sind wir uns zum ersten Mal begegnet“, unterbrach sie ihn. „In einem Hotel? Wie das?“, fragte er irritiert. „Wir haben dort gearbeitet, ich in der Küche und du als Hauswart.“ Hauswart? Er sah sich seine Hände an. Was sollte er schon sagen, sie sahen kräftig aus. „Und eines Tages“, fuhr sie fort, „da hatten wir genug von all der Hektik und dem Touristenpack, wie du die Gäste im Hotel und alle Fremden auf der Straße nanntest, wir wollten frei und unabhängig sein.“

„Und ich war einverstanden, mein Leben hier oben zu verbringen?“ Sie nickte.

Nachdenklich stand er auf, öffnete die Türe und starrte auf die Felsen, die sich so düster vor ihm erhoben, dass ihm der Nachthimmel beinahe hell erschien. Frei und unabhängig! Ein böses Lachen steckte ihm im Hals. Und als ihm die abgrundtiefe Stille ringsherum den Atem abzuschnüren drohte, ging er ins Haus zurück. Josette kam auf ihn zu und schob den Riegel vor die Türe. Flüchtig berührten sich ihre Arme. Er sah, wie sie erbebte. Wie gerne hätte er sich jetzt an irgendein Gefühl für sie erinnert. „Wir sollten schlafen gehen“, sagte sie.

Im Schlafraum roch es dumpf und abgestanden. Er öffnete das kleine Fenster. Das Bett war aufgeschlagen und leicht zerwühlt. Ohne zu wissen, auf welcher Seite er zu liegen hatte, ließ er sich darauf fallen. Steif, die Augen an die Decke gerichtet, lag er auf klammen Laken und fürchtete sich vor dem unvermeidlichen Nebeneinanderliegen mit dieser fremden Frau. Er dachte an ihre glühenden Augen und ihre unbekannte, feuchte Haut. Was mochte sie von ihm erwarten?

Die Tür zur Küche, in der sie noch ein wenig herumwerkelte, ließ sich nicht schließen. Fahles Licht und der Geruch der übriggebliebenen Suppe schlich sich durch den Spalt. Er war unglaublich müde und konnte doch nicht schlafen.

Doch irgendwann musste er entschlummert sein, denn als er nach einem Schlaf voll wilder Träume seine Augen aufschlug, war es bereits Tag und eine Frau stand dicht an seinem Bett. Sekundenlang war ihm, als hätte er sie noch nie zuvor gesehen. Erzürnt griff er nach ihrem Arm, als sie die verrutschte Decke über seine Blöße zog. „Du hast dich aufgedeckt“, entschuldigte sich Josette und trat vom Bett zurück. Allmählich fiel ihm alles wieder ein, auch dass er am Abend zuvor kein Schlafhemd hatte finden können. Langsam ließ er den Kopf zurück ins Kissen sinken, fasste sich an die Stirn und stöhnte auf. „Ist dir nicht gut? Soll ich dir einen Kaffee machen?“, fragte Josette. „Später“, sagte er, „ich möchte noch ein bisschen liegen bleiben.“

Im hellen Morgenlicht erschien alles um ihn herum noch schäbiger und enger, als er es vom Vorabend in Erinnerung hatte, er sah das winzige, staubbedeckte Fenster, die kahlen Wände und die Arbeitskleidung an einem Nagel. Er zwang sich aufzustehen.

„Es ist Sommer“, amüsierte sich Josette, als er in einem flauschigen Pullover, den er blindlings aus dem Schrank gezogen hatte und der ihm bis zum Kinn ging, in die Küche kam.

Ihn fror, obwohl das Feuer loderte. Ruckartig zog er hinter seinem Rücken ein Gewehr hervor und hielt es ihr entgegen. „Das hab ich unterm Bett gefunden“, sagte er. „Das ist deins“, rief sie, „ich habe damit nichts zu tun!“ Sie lächelte, doch ihre Hände zitterten, als sie das Brot aufschnitt. „Nur einmal“, gab sie kleinlaut zu, „habe ich es hervorgeholt. Ich hatte Angst. Es kommen ja so selten Menschen an unser Haus.“

Sie erzählte ihm von Schritten in der Nacht, von Stimmen und von einem Gesicht an ihrer Fensterscheibe, während er noch immer das Gewehr anstarrte. Ja, dass Josette im Notfall zu dieser Waffe greifen würde, konnte er sich vorstellen, zupackend, wie sie war. Doch dass er selbst einmal ...? Er betrachtete das Gewehr in seinen Händen, fühlte das warme Holz, den kalten Stahl und dachte, dass er es sich im Falle nicht enden wollender Verzweiflung an die Kehle setzen könne. Und dieses Denken, so schrecklich es auch war, machte ihn ruhig und gab ihm eine Art von Halt. „Josette, mir ist da vorhin etwas eingefallen“, sagte er und stellte das Gewehr zur Seite. „Ich muss doch Eltern haben, Geschwister, die ganze Sippschaft, die der Mensch normalerweise ...“

„Du bist ein Waisenkind“, fiel sie ihm schroff ins Wort, goss kochend heißes Wasser auf Kaffeepulverhäufchen in zwei Keramikschalen und forderte ihn auf, sich zu bedienen. Im Stehen nahm er einen Schluck. Die Wärme tat ihm gut. „Das heißt, ich habe keinen Menschen außer dir?“

„Sieht so aus.“

„Auch keine Freunde, Kollegen oder was man vielleicht sonst so hat?“

„Darüber hast du nie gesprochen."

„Briefe, Notizen, Hinweise auf Erlebtes, nichts?"

„Nichts", sagte sie und zuckte gleich darauf zusammen. Sie hatte sich in den Finger geschnitten. Er starrte auf das Blut, das aus der Wunde tropfte. „Kann ich einmal den Nachweis für unsere Eheschließung sehen?", fragte er. An dem verletzten Finger lutschend zog sie mit ihrer unversehrten Hand die Schublade unterm Tisch hervor und begann, darin herumzuwühlen. Nach einer Weile hielt sie ihm ein Papier entgegen. „Die Heiratsurkunde", sagte sie.

Er nahm das zweimal gefaltete und an einer Ecke umgeknickte Dokument auseinander, las seinen Namen und sein Geburtsdatum. Er las das Datum der Trauung, die Unterschrift des Standesbeamten und tat es immer wieder, um seinen Kopf an diesen Umstand zu gewöhnen. „Ich brauche Zeit", murmelte er und gab ihr das Papier zurück.

Der Tag, der hell und freundlich war, misslang. „Komm, ich führe dich ein bisschen rum", sagte Josette, hängte sich einen grob gewirkten Beutel über die Schulter und zog hinter ihm die Türe zu. Er folgte ihr, zunächst noch aufmerksam und konzentriert. Er bückte sich sogar nach einem Ast, der ihm als Stütze dienen sollte. Doch als sich weder Kopf noch Füße daran erinnern wollten, den Weg einmal gegangen zu sein, verlor er wieder das Interesse und gab sich seinem Trübsinn hin.

Sie hatten sich bereits ein ganzes Stück vom Haus entfernt, als der Stock zerbrach. Eilfertig lief Josette voraus und bückte sich nach einem neuen. „Steineiche ist stabiler", rief sie ihm zu. Sie hatte Recht, der Ast, den sie gefunden hatte, war fest und belastbar. Und doch gab er sich nach einer Weile beschwerlichen Auf- und Abwärtsgehens keine Mühe mehr, seine Erschöpfung zu verbergen. „Es war zu früh für einen Ausflug", sagte er schwer atmend.

Er sah sich suchend um. Ein Felsbrocken, der aus der Macchia ragte, lud ihn zum Sitzen ein. Josette blieb vor ihm stehen, wartete, beäugte ihn und schlurfte erst davon, als er auf ihren Beutel zeigte und sie bat zu tun, was sie sich vorgenommen hatte.

Wie unendlich einsam er sich mit ihr fühlte und auch mit sich, mit diesem Fremden, mit dem er noch so wenig anzufangen wusste. Die hohen Felsen ringsum waren nichts als eine graue Wand, die ihm den Blick verstellte. Der bunte Falter, der beinahe sein Gesicht berührte, war ihm ein Störenfried und die erstarrte Echse neben seiner Hand ein toter Gegenstand.

Ihn trieb nichts anderes um als der Wunsch, sein Gedächtnis möge endlich ein Einsehen mit ihm haben. Er hoffte auf Eingebungen, auf einen plötzlichen Geistesblitz und bekam doch nur diese immer wiederkehrenden und unerträglichen Kopfschmerzen. Das Summen der Insekten, das Singen der Vögel und das weit entfernte Rauschen eines Gewässers klangen wie Lärm in seinen Ohren. Selbst die Sonne war ihm lästig.

Josette erschien mit prall gefülltem Beutel und setzte sich dicht neben ihn. Ein Duftgemisch von frisch gepflückten Kräutern und Schweiß stieg ihm in die Nase, dem er, ebenso wie ihrer feuchten Haut, zu entfliehen suchte, indem er sich, so weit es ging, nach vorne beugte und seine Unterarme auf die

Schenkel legte. Als er ihre Hand auf seinem Rücken spürte, sprang er auf und deutete wortlos an, dass sie sich auf den Heimweg machen sollten. Auch während des Gehens schwieg er beharrlich, wenn sie ihn etwas fragte.

Zuhause angelangt, verkroch er sich ins Innere der Hütte. Josette kam ihm nicht nach. Und als sie wenig später mit einem Stapel Holz in den Armen in die Küche trat, Feuer machte, Wasser aufsetzte und mit dem Geschirr klapperte, sprach er noch immer nicht mit ihr. Auch nicht, als sie bereits die kleine Mittagsmahlzeit aufgetischt und an seiner Seite Platz genommen hatte. Er hob den Kopf nur so weit, dass er sehen konnte, wie sie mit ihrer Gabel sinnlos ein Stück Käse malträtierte, bis sich nach kurzer Zeit ein weißer Matsch auf ihrem Teller ausgebreitet hatte.

„Was ist? Was hast du? Warum sprichst du nicht?“, stieß sie hervor. Sie war den Tränen nahe. „Lass mich!“, sagte er. „Wie lange noch?“,

„Ich weiß es nicht.“

„Du hast dir mich und dein Zuhause anders vorgestellt, nicht wahr?“ Gleichgültig zuckte er mit den Achseln. „Aber es ist doch gut, dass wir, du und ich, nicht mehr alleine sind.“ Josette fing an zu weinen. „Jeder ist allein“ war seine knappe Antwort. „Mir tut der Kopf weh“, stöhnte er auf und fügte vorwurfsvoll hinzu, dass es nicht klug von ihr gewesen sei, ihn voreilig durch die Gegend zu schleppen.

Josette stand auf und ging nach nebenan. Sie wischte sich die Augen, als sie mit einer Schachtel wiederkam, die sie auf den Tisch warf und sich entschuldigte, als sie zu Boden fiel. Die öffnete sich und gab ein paar Streifen eingestanzter Pillen frei. Er bückte sich und hob die Schachtel auf. „Du kannst ja gehen, wenn du willst“, sagte sie müde. „Ja“, dachte er, „weg, nur weg.“ Doch er schüttelte den Kopf und sagte: „Wo soll ich hin, zurück ins Krankenhaus?“ Er schluckte eine Tablette, spülte sie hinunter und nahm sich vor, in nächster Zeit sein Missbehagen besser zu verbergen.

Nach ein paar Tagen versuchte er, Josette zur Hand zu gehen. Man sah ihr an, dass sie sich freute. Und trotzdem glaubte er, dass er keine Hilfe, sondern eher eine Belastung für sie war, denn er benahm sich ungeschickt und war schon um die Mittagszeit am Rande seiner Kräfte. Dann setzte er sich auf die Bank vorm Haus, malte mit einem Stock Figuren in den Staub und stocherte gedanklich in seinem Hirn. Josette sah es und schwieg.

Als er körperlich genesen war, begann er immer öfter, ihrer Nähe zu entfliehen. Fernab vom Haus entdeckte er zwei Steine, die eine Sitzgelegenheit mit Lehne bildeten. Dort konnte er in Ruhe grübeln. Doch immer kamen die Abende, die sie entweder auf der Bank vorm Haus oder, wenn es dunkelte, drinnen am Tisch verbrachten. Jedoch seit ein paar Tagen nicht mehr über Eck, er hatte es nicht ausgehalten, dass ihre Arme sich berührten und ihre Knie aneinanderstießen.

In angestrengtem Schweigen, einander den Blicken ausweichend, saßen sie sich gegenüber. „Ich kann nicht mehr“, flüsterte Josette und senkte den Blick, wie um zu zeigen, dass sie nicht mit ihm streiten wolle. „Dann sind wir ja schon zwei“, erwiderte er lakonisch. Erschrocken sah sie auf. „Ich meinte nur ..., ich wollte doch nur sagen, dein Schweigen und die ganze Arbeit hier ..., du weißt schon“, stammelte sie und legte flehend die Hände aneinander. „Fällt dir nicht auf, wie ungeeignet ich für diese Arbeit, für dieses Leben bin? Wie kann es sein, dass ich auf einmal von Schafzucht, Melken und Käsemachen nichts mehr verstehe, dass ich auch keine Lust verspüre, mich damit abzugeben?“

„Das kommt schon wieder“, sagte sie. Er winkte ab. „Erzähl mir lieber, warum ich damals mit einem Taxi unterwegs gewesen bin.“

„Weil ..., weil unser Auto ..., na ja ..., weil es an jenem Tag nicht funktionierte, du hast doch selbst gesagt, dass es ein Haufen Schrott ist.“ Sie stand vom Tisch auf, trug die Teller ab und legte sie in eine große Schüssel. „Was wollte ich auf diesem Berg, auf diesem Monte Cinto?“

„Das weiß ich nicht. Du kamst nicht mehr zurück. Ich hatte Angst, tagelang, bis dann Julie ...“ Hart schlug ein Löffel gegen das Geschirr. „Wir sollten beide in die Stadt hinunterfahren“, schlug er vor. „Vielleicht gibt es ja alte Zeitungen, in denen ich Berichte über meinen Unfall finden kann. Weißt du das Datum noch?“

„Nein.“

„Na gut, dann fragen wir das Krankenhaus. Irgendwo muss ich beginnen. Ich muss mich informieren. Ich bin es leid zu warten.“ Sie rang nach Luft, sie sprach nicht aus, was ihr so offensichtlich auf der Seele lag. Sie schob den Stuhl zurück, ging mit schnellen Schritten auf die Türe zu, riss sie auf und stieß sich beim Durchschlüpfen am Stein den Ellenbogen an.

Er sah ihr nach, wie sie sich krümmte, sich den Arm hielt und mit dem Fuß die Türe zuschlug. Die Kerzen flackerten unruhig. Langsam brach die Dunkelheit herein.

Julie war, wie sie versprochen hatte, aus der Stadt zu ihnen hoch gekommen. Sie war eifrig bemüht um ihn, stellte Fragen, kontrollierte seinen Puls und seinen Blutdruck und legte eine Schachtel mit Tabletten auf den Tisch. „Alles in Ordnung", sagte sie zufrieden. „Nichts ist in Ordnung", sagte er und beobachtete die beiden Frauen, die immer wieder intensive Blicke tauschten. „Es tut sich nichts, ich kann nicht schlafen, und wenn ich doch mal Ruhe finde, holen mich immer wieder wilde Träume in die Wirklichkeit zurück."

„Nehmen Sie von den Tabletten, die ich Ihnen dalassen werde", entgegnete Julie und zeigte auf den Tisch, auf dem die kleine Schachtel lag, verloren zwischen Tellern, Tassen und Besteck. „Vielleicht sollte ich doch mit einer Therapie beginnen", schlug er vor, „zum Beispiel mit der Hypnose, die mir der Arzt damals empfohlen hatte."

„Das ist nicht ratsam", widersprach Julie. Sie wirkte nervös und ungeduldig, als sie, sich ihr spärliches Haar zurückstreichend, davon sprach, dass es der Mehrzahl der Patienten unter dem Druck der inneren Bilder schlechter ginge als vorher, weil sie dann letztlich doch nicht in der Lage seien, sie zu präzisieren. „Und es ist teuer!", rief Josette dazwischen. „Ja, es kostet eine Menge Geld", bestätigte Julie, während sie sich zum Aufbruch rüstete.

Er ging den Frauen nach, die Arm in Arm vors Haus getreten waren. Kein Laut war weit und breit zu hören. Dunkle Wolken hatten sich gebildet. Ein leichter Wind kam auf. „Ich muss jetzt los“, sagte Julie, umarmte Josette, reichte ihm die Hand und sagte: „Haben Sie Geduld mit sich.“

„Geduld? Wie lange noch? Ich habe das Gefühl, verrückt zu werden. Ich habe Angstgefühle, Fluchtgedanken.“

„Auch Angst hat ihren Sinn“, erwiderte Julie. „Wie schon gesagt, die Pillen werden diesen Zustand mildern.“

„Gibt es denn niemanden, der mir helfen kann? Diese gnadenlose Stille um mich herum und dieses Schweigen in mir drin, verdammt, ich kann damit nicht umgehen!“ Immer wenn er die Dinge aussprach, die ihn quälten, war ihm noch elender zumute als zuvor. „Vielleicht ist das ein Schutz der Seele, um nicht an jenem Vorfall zu zerbrechen“, versuchte Julie, ihm gut zuzureden. „Wahrscheinlich braucht sie die Blockade, um wieder heil zu werden.“

„Ja, ja, mit fast den gleichen Worten hatte man mich seinerzeit im Krankenhaus auch trösten wollen, aber es hätte doch gereicht, mir die Erinnerung an diesen einen Tag zu nehmen. Warum gleich alles?“

„Sie messen dem Verlorenen zu viel Bedeutung bei.“

„Was?“ Er lachte auf. „An Ihrer Stelle würde ich anstatt zu warten, diese Zeit, die auch in Kürze wieder ein Stück Vergangenheit sein wird, ganz anders nutzen“, sagte Julie, sah auf ihre Armbanduhr, dann in den Himmel und schulterte ihre Tasche. „Sie wissen nicht, wovon Sie sprechen“ war seine Antwort. „Es ist, entschuldigen Sie bitte, aber es ist wirklich ein Scheißgefühl, an jedem Morgen neu vor dieser undurchdringlichen Wand zu stehen, das können Sie mir glauben." Er drehte ihr den Rücken zu und machte ein paar ziellose Schritte. Diese wie in Nebel gehüllten dumpfen, armseligen und ereignislosen Tage als eine lebenswerte Zeit zu sehen, lehnte er entschieden ab. „Sie sind doch ein gescheiter Mann!", rief sie ihm nach. „Sie können sehen, fühlen, hören. Und da Sie augenblicklich – wie soll ich sagen – leer und aller Bande ledig sind, wird es doch einfach für Sie sein, sich neu inspirieren zu lassen. Versuchen Sie, von Ihrem ständigen Denken an das Zurückliegende Abschied zu nehmen und Ihrem jetzigen Leben, so wie es ist, einen neuen Sinn, eine neue Gültigkeit zu geben."

Ruckartig drehte er sich um, sah ihr ins Gesicht. „Ich habe nicht die geringste Ahnung, was ich hier oben soll. Mir fehlen Menschen, mit denen ich anregende Gespräche führen könnte, mir fehlen Bücher, Zeitungen und auch die Möglichkeit, mich mit meinem Unfall zu beschäftigen." Sie hob die Hände. „Nichts überstürzen, das hat noch Zeit. Ich habe mit den Ärzten gesprochen. Wir alle sind der Meinung, dass Ihnen, um wieder Tritt zu fassen, die Ruhe und Abgeschiedenheit hier oben guttun wird." Sie sprach ruhig und beherrscht, doch er meinte, eine gewisse Gereiztheit in ihrer Stimme wahrzunehmen.

Sie ging zu ihrem Auto, öffnete die Türe, warf ihre Tasche auf den Beifahrersitz und winkte ihm zu. Dann stieg sie ein und fuhr davon. Hin und her gerissen zwischen dem Gefühl der Erleichterung, die Last unerträglich gewordener Gedanken abgeschüttelt, und dem einer gewissen Scham, sie preisgegeben zu haben, sah er dem Fahrzeug nach, das schlingernd den schmalen, immer abschüssiger werdenden Weg hinunterfuhr.

Der Wind wurde stärker. Josette zog ihr gestricktes Jäckchen über der Brust zusammen und ging, nach vorn gebeugt, ins Haus zurück. Er folgte ihr. Es wurde Zeit, Feuer im Herd zu machen. „Sie ist sehr klug, nicht wahr?“, wollte Josette bestätigt wissen. Sie sprach leise und andächtig, als hätte sie Angst, Julies Worten das Gewicht zu nehmen. „Sie nimmt sich viel heraus“, stieß er hervor. „Sie meint es gut, Julie meint es immer gut.“

„Woher kennst du sie? Seid ihr verwandt?“

„Nein, aber sie ist alles, was mir geblieben ist. Sie hat meine kranke Mutter bis zu ihrem Tod betreut, dann hat sie mir geholfen, meinen Vater zu beerdigen. Sie war mir immer eine große Hilfe.“

In dieser Nacht schlich er hinaus, legte ein paar Felle auf den Boden und hüllte sich in eine Decke. Das Gewitter war, ohne sich zu entladen, vorbeigezogen, und zwischen den Wolken blitzten schon wieder ein paar Sterne hervor. Mit sich und der Welt am Ende, blieb ihm nur noch der Himmel, den er um Hilfe und Befreiung bitten konnte.

„Es muss doch einen Menschen geben, der bereit ist, mir wieder auf die Beine zu helfen“, dachte er verzweifelt. Doktor Martini fiel ihm ein, jener ernste, väterliche Arzt aus dem Krankenhaus. Da er aber fürchtete, dass dieser ihm das Gespräch in Rechnung stellen würde, verwarf er den Gedanken wieder. Auch von der Idee, sich in einen Zustand der Entrückung versetzen zu lassen, um Einfluss auf sein Inneres nehmen zu können, hatte er inzwischen wieder Abstand genommen. Die Frauen hatten Recht, ohne Garantie auf Besserung würde es ihr ganzes Geld verschlingen, von dem er nicht einmal wusste, wie viel sie davon besaßen.

Schließlich fiel ihm das Dorf mit den alten Männern ein. Josette erschrak. „Was willst du sie denn fragen?“

„Weiß ich noch nicht, es ist nur ein Versuch.“

„Hast du vergessen, was Julie gesagt hat?“

„Zum Teufel mit Julie!“

Gardinen wurden vorgezogen, als er das Dorf durchschritt, hier eine Türe fest verschlossen, dort ein Fensterladen zugemacht. Die alten Männer jedoch saßen so, als hätten sie seit jenem Tag, als er zum ersten Mal mit Josette den kleinen Ort durchfahren hatte, sich nicht vom Fleck gerührt. Sie saßen auf den Stufen ihrer Häuser, auf Stühlen oder Bänken und sahen an ihm vorbei, als er, die Hand zum Gruß erhebend, an ihnen vorüberging.

Nachdem er zwei-, dreimal die enge Gasse, die einem Bogen folgte, auf und ab gegangen war, blieb er vor zwei von ihnen stehen. Die Mützen in die Stirn gezogen und beide Hände auf einen Stock gestützt, sahen sie ihn an: gleichgültig, der Hagere, und der Schnurbärtige mit stahlhartem Blick. Pasquin grüßte. Er sprach vom Wetter. Die alten Männer reagierten nicht. Auch nicht, als er das Plätzchen pries, auf dem sie saßen, und ihren Ausblick auf die Berge. Doch als er mutig „Sie kennen mich, Sie wissen, wer ich bin, nicht wahr?“ fragte, da sahen sich die beiden Alten an und lachten auf. Es klang verächtlich. Pasquin war irritiert. Gerade als er sich fragte, ob es noch sinnvoll sei, die Unterhaltung fortzuführen, bequemte sich der Alte mit dem Schnauzbart zu reden. Doch aus allem, was dieser zwischen zusammengepressten Zähnen hervorstieß, war nur der Name Spinosi herauszuhören. „Was meinen Sie?“ Unsicher sah er mal dem einen, mal dem anderen in die Augen.

Nun sprach der Hagere. Er sprach sonderbar, ein Gemisch aus zwei Sprachen und einem Dialekt, dem er, Pasquin, nur mit großer Mühe folgen konnte. Es hörte sich für ihn so ähnlich an, wie „Mach dich davon, Spinosi!“. Dann flüsterten sie sich gegenseitig etwas zu und brachen anschließend in hässliches Gelächter aus.

„Ich war im Krankenhaus“ wollte er gerade sagen, als eine Türe knarrte. Ein greisenhaftes Frauenantlitz, das keine Regung zeigte, als er zum Gruß hinübernickte, ließ sich im Spalt der Öffnung sehen. Trotz der deutlichen Missachtung, die man ihm entgegenbrachte, wandte er sich erneut den Männern zu, versuchte herauszubekommen, was er ihnen angetan habe, doch die sagten nichts mehr. Sie legten fest die Hände um den Knauf ihrer Stöcke, hoben den Kopf und starrten auf die Berge. Und die alte Frau schloss, bis auf einen Spalt fürs Auge, ihre Tür.

Was wollte er, die beiden Männer hatten doch bestätigt, dass er Pasquin Spinosi war. „Es war kein Scherz, als ich Sie bat, mich ..., äh ..., mir ...“, setzte er zu einer Erklärung an, aber schwieg gleich wieder. Nein, er wollte diese Fremden, die ihm so feindselig entgegengetreten waren, nicht einweihen, wollte nichts von seiner Krankheit sagen, das Recht, davon zu erfahren, hatten sie verwirkt, abgesehen davon, dass sie ihn vielleicht nicht einmal richtig verstanden hätten. Oder schämte er sich gar, dann völlig wie ein Hohlkopf dazustehen? „Sagen Sie, wo wohnt Pipo?“, fragte er stattdessen.

Der Hagere stellte sich taub, der mit dem Schnurbart ebenfalls. Dann, gereizt und ohne aufzusehen, zeigte Letzterer den Weg entlang. „Bei Jeromine“ verstand Pasquin und auch noch „Kleiner Laden“. Er wich zurück, als der Alte plötzlich drohend seinen Stock schwang und damit mehrmals in den Boden stieß. Er bedankte sich, ging, drehte sich noch einmal um und sah, wie die Männer wieder den Blick in die Höhe richteten, dorthin, wo die Berge an den Himmel stießen.

Mal war der Weg ein Stück gepflastert, dann wieder staubte es gewaltig unter seinen Füßen, als er dem angezeigten Haus entgegenging. Der kleine Laden war verschlossen. Er ging ums Haus herum und blieb vor einer leicht verwitterten Türe stehen. Er klopfte. Nichts rührte sich. Er klopfte noch einmal. Unschlüssig sah er nach oben und blickte in die Augenhöhlen eines Tierschädels, der furchteinflößend über dem Türsims hing. Kein Mensch war weit und breit zu sehen. Gerade als er wieder gehen wollte, tat sich vorsichtig die Türe auf und vor ihm stand eine runzlige Schönheit mit weißem, aufgelöstem Haar.

„Jeromine?“

„Madame Cesarini“, korrigierte sie mit kühler Würde.

„Die Großmutter von Pipo?“

„Was wollen Sie von ihm? Wenn Sie ihn suchen, er ist irgendwo da draußen.“ Ihr Kinn wies kreisend in die Weite. Dann hob sie die Hand und zeigte mit dem Finger in die Richtung, aus der er, Pasquin, gekommen war. „Oder er geht dort den Weg hinauf zur Hütte, zu Josette und ihrem Mann, einem unangenehmen Zeitgenossen, sagt man hier. Aber Pipo hat einen Narren an ihm gefressen.“

„Was hat der Mann verbrochen?“, fragte er.

„Er habe uns einmal auf unangenehme Art und Weise seine Aufwartung gemacht, erzählte man mir. Ich selber habe ihn nicht zu Gesicht bekommen. Doch warum erzähle ich Ihnen das. Wer sind Sie überhaupt?“

„Ich bin der Mann, von dem Sie sprechen, ich bin Pasquin Spinosi.“

Sie fuhr zusammen, wollte die Türe wieder schließen, doch er schob blitzschnell seine Hand dazwischen. „Verzeihung“, sagte er. „Lassen Sie uns in Ruhe, ich bitte Sie.“ Ihre Unnahbarkeit hatte sich in Angst verwandelt. „Ich will nur mit Ihnen reden“, flehte er. „Das ist nicht nötig, wir halten still, wem sollten wir auch etwas sagen, keiner von uns tut das, wir sind doch alle mit uns selbst beschäftigt, jeder hier im Dorf hat seine eigenen Sorgen.“ Mit jedem Wort, das sie hervorstieß, zog sie sich mehr und mehr ins Haus zurück. „Was und wem werden Sie nichts sagen?“ Er spürte, wie ihm der Schweiß ausbrach, wie seine Stimme zitterte. „Ich bin alt, mein Herr, Sie sollten nicht versuchen, mich in ein Spielchen zu verwickeln“, sagte sie. „Das will ich nicht.“ Er schüttelte den Kopf. „Ich will nur wissen, warum man mich hier so ablehnend behandelt, das ganze Dorf scheint Angst vor mir zu haben und zwei der Alten dort“, er wies den Weg hinab, „behandeln mich wie einen Übeltäter.“

„Und das nicht ohne Grund. Auch wenn Ihr Aufstand für Sie vielleicht ein Spaß gewesen ist, hier hat man es als Überfall empfunden. Und wenn Sie klug sind, lassen Sie sich hier nicht mehr blicken."

„Aufstand? Überfall? Wovon sprechen Sie?"

Sie sah an ihm vorbei. Er folgte ihrem Blick. Ein Mann mit weißem Bart, gestreiftem Hemd und einer flachen Mütze, so wie die Männer sie hier trugen, kam auf sie zu. „Jeromine!", rief dieser schon von weitem, „gibt's ein Problem? Ich hole Hilfe, wenn du willst." Sie winkte ab. Pasquin war wie gelähmt. Der Bärtige ließ ihn nicht aus seinen Augen, als er am Haus vorüberging, und drehte sich auch noch ein paarmal nach ihm um.

„Wer ist der Mann?"

„Wer er ist? " Erstaunt sah sie ihn an. Sollte er der alten Frau jetzt sagen, wie es um ihn stand? Sollte er ihr sagen, dass er sich an keine einzige Person im Dorf erinnern konnte, dass seinem Denken ein Riegel vorgeschoben war? Er war doch schon ganz dicht davor gewesen. Er zuckte mit den Schultern. „Das ist Maurice, erinnern Sie sich nicht? Sie haben damals seinen Hund erschossen."

„Ich habe …? Gütiger Himmel, ich werde mich bei ihm entschuldigen."

„Besser nicht, Maurice ist jähzornig und unbeherrscht. Und auch sein Hund war ein sehr angriffslustiger Geselle", versuchte Jeromine, ihn zu beruhigen, „immer bereit zuzubeißen. Das weiß jeder hier im Dorf."

„Was sind das alles für Geschichten?“ Ihm war ganz flau zumute. „Wollen Sie damit sagen, dass Sie sich an jenen Tag nicht mehr erinnern können?“

„Nein, alles ist wie ausgelöscht.“

Neugierig geworden, trat sie aus der Türe heraus und sah ihn an. Er ließ das lange Schweigen zwischen ihnen zu und hielt den klugen Augen stand, die prüfend sein Gesicht abtasteten. Ihr Gesicht war schön, trotz ihres hohen Alters. „Mit einem Gewehr sind Sie hier aufgetaucht und haben wie ein Wilder in die Luft geschossen. Warum bloß, frag ich Sie? War es nötig, sich so aufzuspielen?“ Kopfschüttelnd und verzweifelt sah er sie an. „Wofür Sie sich einsetzen und was Sie vielleicht aus Übereifer einmal angerichtet haben, wollen wir hier oben doch überhaupt nicht wissen, wir sind alt und euer Kampf dort unten an der Küste interessiert uns nicht, glauben Sie mir.“

„Hören Sie, Madame, ich ...,“

„Schon gut“, fiel sie ihm sanft ins Wort. „Mein Gespür sagt mir, dass Sie kein Unhold sind. Und darauf habe ich mich ein Leben lang ...“

Ein Geräusch ließ sie verstummen. Eine große, leicht gebeugte Gestalt mit baumelnden Hosenträgern schlurfte aus dem Halbdunkel der Hütte hervor und blieb in einiger Entfernung von ihnen stehen. „Was will der Fremde?“ Der Mann sprach mit leiser, brüchiger Stimme. „Er sucht Pipo“, antwortete die Frau. „Wer ist Pipo?“, fragte der Mann. „Geh wieder in dein Zimmer“, bat Jeromine, doch der Alte blieb wie angewurzelt stehen.

„Sie kennen meinen Enkelsohn, nicht wahr?“ Sie wandte sich mit müder Stimme wieder an Pasquin. „Schwachsinnig, zu nichts nütze, nicht klug genug für die Schule – und seit einem Jahr auch er, Tomaso Cesarini, mein stolzer Italiener.“ Sie zeigte auf den alten Mann im Hintergrund. „Auch er ist nun zum Kind geworden, verwirrt und orientierungslos, hat vergessen, wie er in seine Hose steigen muss, läuft im Pyjama auf die Straße und verwechselt mich mit seiner Mutter.“ Er nickte. Worte des Trostes fand er nicht. Sein eigenes Schicksal stand für ihn im Vordergrund. „Ich muss mich um ihn kümmern“, sagte Jeromine, nickte ihm zu und zog mit beiden Händen das schwarze Tuch über ihrer Brust zusammen.

Er hob die Hand zum Gruß und ging den Weg zurück. Vorbei an den beiden Alten, die ihm so feindselig begegnet waren und deren Groll er erneut zu erregen schien, nur weil er ihre Straße nahm. Er drehte sich noch einmal um, als er schon außerhalb des Ortes war.

Man hatte Angst vor ihm. Er hatte etwas angerichtet in diesem kleinen Dorf, das war nun sonnenklar. Doch wie sollte er Genaueres erfahren, wenn er sich selbst so kompliziert und undurchsichtig benahm? Schämte er sich seines Leidens? Denn so ungenau, wie er seinen Zustand beschrieben hatte, konnte er nicht erwarten, dass Jeromine sofort erfasste, wie es um ihn stand.

Es ging steil bergauf, die Gedanken hingen wie Gewichte an seinem Körper und sein Gehen war ein ständiges Sprechen mit sich selbst: „Längst schon hätte ich von hier verschwinden sollen, um ein neues Leben zu beginnen. Doch wohin? Zurück nach Calvi oder weiter in den Süden?“ Sein Körper war mit Schweiß bedeckt.

Plötzlich, wie ein Blitz aus heiterem Himmel, war es wieder da, dieses mörderische Sehnen nach dem Wissen um seine gelebte Zeit. Wo war sein Ursprung, wo das Kinderland? Und wenn es keine Eltern gab, wo waren dann die Menschen, die ihn in dieser Zeit begleitet hatten? Wo waren sie, die Jungenstreiche, die Freunde, die erste Liebe und all jene Frauen vor Josette? Josette ..., warum nur sie?

Es war schwer erträglich, nicht mehr zu wissen, was ihm einmal mehr oder weniger gefallen, ihn abgestoßen oder getragen hatte. Mit gesenktem Kopf setzte er einen Fuß vor den anderen und zählte seine Schritte, um nicht mehr denken zu müssen. Und als er bei der Brücke angekommen war und in das Gewässer sah, überfiel ihn der Gedanke, der ganzen Qual ein Ende zu setzen. „Einfach springen“, dachte er und beugte sich noch weiter vor. Doch dann, als er dem Wirbeln und Tanzen des Wassers erschrocken folgte, das Rauschen und Donnern vernahm, wenn es über die Felsen sprang, schien sein Wunsch, leben zu wollen, größer zu sein als der zu sterben. Müde und erschöpft kam er zu Hause an.

Nach dem bescheidenen Abendessen, das aus Eiern und einem Stück frischen Käse bestanden hatte, starrte er von seinem Stuhl aus durch das kleine Fenster in die Ferne. Nach einer Weile fragte er: „Josette, was ist im Dorf passiert? Was habe ich getan?“

„Ich weiß es nicht.“

„Doch, du weißt es. Du weißt es ganz bestimmt."

„Du hast mir nichts erzählt."

„Ich habe einen Hund erschossen."

„Wer sagt das?"

„Jeromine."

„Das glaub ich nicht."

„Sie hat von einem Überfall gesprochen."

„Ach, die Geschichte."

„Welche Geschichte?"

„Ein Irrer soll irgendwann mit einer Waffe durch das Dorf gelaufen sein. Wahrscheinlich hast du Ähnlichkeit mit ihm."

„Dann wird es jetzt Zeit, das Märchen aus der Welt zu schaffen."

„Spar dir die Mühe, es wird dir nicht gelingen. Verbohrt, wie die da unten sind."

„So wie ihr alle hier." Sein Blut pulsierte wild. „Ich bin müde", sagte Josette, „ich hatte einen schweren Tag."

„Ich auch. Dieses Gefühl, aus dem Nichts zu kommen, strengt mich unglaublich an und hindert mich daran, das Leben wieder anzupacken", sagte er mehr zu sich selbst als zu Josette.

Ein Gähnen unterdrückend fragte sie: „Was hast du gesagt?"

„Dass es mir schwerfällt, ohne Erinnerung zu leben."

„Ich könnte das."

„Das sagt sich so dahin."

„Nein, ganz im Ernst, Erinnerungen machen mich traurig", sagte sie. Er schwieg. „Alles hinter sich lassen und noch einmal ganz von vorn beginnen, so wie du."

„Du machst dir doch kein Bild davon, wie man sich fühlt, wenn man die ganze Zeit im Dunkeln stochert", sagte er. „Josette, ich bitte dich, du führst ein Leben, das du kennst und mitgestalten kannst. Ich aber habe keine Ahnung, ob ich wollte, wie es ist. Verstehst du diesen Unterschied?"

Die Kerzen waren runtergebrannt, Rauchfäden stiegen an die Decke. Der Kopf des Hundes lag auf seinem Knie. Und so saßen sie einander gegenüber. Josette mit herunterhängenden Mundwinkeln und er mit finsteren Gedanken, die, wie er wusste, ihn wieder die halbe Nacht beschäftigen würden. Wie immer zogen sich die Stunden bis zur Schlafenszeit in grausame Länge.

Er legte den Kopf in seine aufgestellten Hände. „Haben wir jeden Abend so dagesessen?", fragte er halb mürrisch, halb gelangweilt. Josette sah auf. „Nein", sagte sie, „manchmal haben wir gesungen."

„Gesungen? Wir beide?"

Ihre Müdigkeit schien sich davonzumachen. Denn plötzlich erhob sie sich, stieß die Tür zum Schlafraum auf und kam mit einer Gitarre wieder. Staub wirbelte auf und ein dumpfer Hall drang an sein Ohr, als sie mit der Hand über den braun lackierten Klangkörper fuhr. Zwei der Saiten hingen lose herunter. „Zeig her." Neugierig geworden, streckte er die Hand aus. Sie wich zurück, demonstrierte die Nutzlosigkeit des Instruments, indem sie hilflos an den losen Fäden zupfte, hob die Schultern, lächelte verlegen und machte wieder kehrt.

Von seinem Stuhl aus sah er, wie sie die Gitarre unterm Bett verschwinden ließ. Dann kramte sie aus einer Ecke, versteckt hinter einem Kasten voll von Zetteln, Garnrollen, Pflaster und anderen Kleinigkeiten, ein Radio hervor. Es war kaum größer als seine Brieftasche, die sie ihm am Abend seiner Ankunft übergeben hatte. Eine Brieftasche mit Führerschein und Ausweis, auf denen jeweils groß sein Name stand und er auf beiden Fotos unschwer zu erkennen war. „Jetzt singen die doch immer“, murmelte Josette, mit einem Auge auf den Wecker schielend, und drehte den Knopf der Skala vor und zurück. Schwermütiger Männergesang erklang. Sie nannte ihm den Namen jener Gruppe, lehnte sich in ihren Stuhl zurück und summte, plötzlich von tiefem Ernst erfüllt, die Melodie der Lieder mit.

Eine Weile lauschte er diesem dunklen, aufwühlenden Gesang, der den ganzen Raum erfüllte und Josette die Tränen in die Augen trieb. Den Text der Lieder verstand er nicht. „Was ist das für eine Sprache?“, fragte er. „Die Sprache der Alten und der Patrioten“, erwiderte sie feierlich und stellte die Musik noch etwas lauter. Er dachte an die Gitarre unterm Bett, an das Gewehr und fühlte weder den Wunsch zu singen noch zu schießen. „Ich bin nicht mehr derselbe“, sagte er.

Eines Morgens sah er den Weg hinab. Eine schlaksige Gestalt kam auf ihn zu. „Guten Morgen, Pipo, du bist doch Pipo?“, rief Pasquin, als der ungelenke, etwas zu groß geratene Junge vor ihm stand. Pipo schwieg. Seine Haut schimmerte in der Sonne wie Bronze und sein Gesicht war fein geschnitten. Nur seine Bewegungen, sein nass glänzender, offenstehender Mund, an dem ein Faden Speichel hing, und der Ausdruck seiner Augen sagten ihm, dass mit dem Bengel etwas nicht in

Ordnung war. Unschlüssig und einander musternd standen sie sich beide gegenüber.

Josette kam aus dem Haus. „Pipo!“, rief sie aufgeregt. „Pipo sieh nur, er ist wieder da, Pasquin ist heimgekehrt.“ Der Junge achtete nicht auf sie. Er ließ Pasquin nicht aus den Augen, griff ihm ins Gesicht, befühlte seine Stoppeln. „Kleine Haare“, sagte er nuschelnd mit offenem Munde. „Die wachsen wieder.“ Josette lachte gekünstelt und versuchte, Pipo wegzuziehen. Doch der hörte nicht auf, Pasquin anzuglotzen. Er formte mit den Händen einen kleinen Bogen über seinen vorgestreckten Bauch und blies die Backen auf. Fragend sah er von einem zum anderen.

„Hör zu“, sagte Josette, „wenn man sich verirrt und eine Weile nichts zu essen hat, dann wird man dünn, verstehst du das?“ Pipo verzog den Mund. Schlurfenden Schrittes ging er zum Haus, nahm den Besen von der Wand und setzte ihn linkisch in Bewegung. „Wenn man sich verirrt und nichts zu essen hat? Ich war im Krankenhaus, Josette.“ Pasquin war außer sich. „Er kennt doch gar kein Krankenhaus“, flüsterte sie ihm zu.

Es gab Wein zum Essen, zum ersten Mal, seit er hier oben war. Schon nach dem ersten Schluck war ihm ganz warm geworden. Um dem Genuss noch einmal nachzuspüren, nahm er sofort den zweiten, dann den nächsten. Er fand nicht nur Gefallen am Geschmack des Weines und an seiner Wirkung, er meinte sogar, sich daran zu erinnern.

In Qualm gehüllt, stand seine Frau am Herd. Zerlegte Teile eines Huhnes zischten in der Pfanne und in einem Topf daneben brutzelten Kartoffelscheiben, aus denen es tomatenrot und grünlich blitzte. Wohltuend stieg ihm ein Duftgemisch von Knoblauch, Wein und Kräutern in die Nase, versetzte ihn in eine andere Zeit, an einen anderen Ort, doch ohne dass er ein Bild vor Augen hatte. War das womöglich schon ein Zeichen von anbrechender Gesundung oder lag alles nur am Alkohol, der bereits nach wenigen Schlucken seine Sinne durcheinandergebracht hatte?

Er aß mit großem Appetit. Zum Nachtisch gab es einen schaumigen Kastanienpudding. Immer wieder hob Josette den Kopf und schielte zu ihm hin. Sie war am Tag zuvor mit dem Auto in der Stadt gewesen, um all die Herrlichkeiten einzukaufen. Und nun hatte sie ein Huhn geschlachtet. Erst jetzt gestand sie ihm, dass sie Geburtstag habe. Schon leicht angesäuselt und mit dem Nachgeschmack der Köstlichkeiten auf der Zunge, fragte er nach ihrem Alter. „Einundzwanzig“, sagte sie.

Sie war sorgfältig gekämmt, trug eine Spange im Haar und das Kleid, das sie im Krankenhaus anhatte, das Kleid mit den großflächigen roten und gelben Blumen, von dem er nur den Rock und den aus der roten Jacke herausquellenden Kragen in Erinnerung hatte. Der Ansatz ihrer Brüste war zu sehen und dazwischen lag ein goldenes Kreuz.

„Glückwunsch, Josette.“ Er nahm sein Glas, das sie, kaum hatte er es leergetrunken, immer wieder füllte, und trank ihr zu.

„Danke.“

„Ich hätte dir etwas schenken sollen.“

„Aber nein“, erwiderte sie verlegen. Josettes Wangen glühten und auch ihre Augen, mit denen sie sich in die seinen drängte.

Sie stürzte den Inhalt ihres Glases in einem Zug hinunter. Dann sprang sie auf und zündete wie jeden Abend die Kerzen an, goss Wasser in den flachen Teller und träufelte ein paar Tropfen Öl darüber. Bisher hatte er diesem Tun keine wesentliche Beachtung geschenkt, hatte nie ernsthaft darüber nachgedacht. „Was tust du da? Was hat das zu bedeuten?“, fragte er plötzlich. „Ich meine das mit dem Wasser und dem Öl.“

„Das ist ein Ritual aus dieser Gegend“, erklärte sie. „Und was soll es bewirken?“ Zweifelnd sah er sie an. „Man wehrt damit das Böse ab“, sagte sie so ernst und feierlich, dass er ein Glucksen nicht unterdrücken konnte. „Und deine Muttergottes dort? Ist sie nicht dazu da?“

„Das eine ist ein Bannspruch, doch zu Maria bete ich“, sagte Josette, schob die Kerzen noch ein bisschen hin und her und redete dabei von ihren toten Eltern. „Du kannst dich wenigstens an sie erinnern“, stieß er hervor und musste sich zusammenreißen, um nicht gleich wieder in Trübsal zu verfallen. Doch für Josette waren seine Worte Aufforderung genug, um ihm von sich und ihrem Leben zu erzählen.

Anfangs noch stockend und dann immer lebhafter werdend beschrieb sie ihm das kleine Restaurant, das schlicht und schmal wie ein Korridor, eingepfercht zwischen zwei anderen Häusern in einer Seitenstraße, etwas ganz anderes war als die vielen Touristenabfertigungslokale in der Stadt am Meer. Und dass dort, auch weil sie nur sechs Tische hatten, ohne Reservierung kein Platz zu kriegen war. Sie sprach von der alles verändernden, schweren Erkrankung ihrer Mutter, die so wunderbare Speisen zubereiten konnte, und davon, dass nach und nach alles zusammenbrach, so sehr sie, Josette, sich auch bemühte, sich dem entgegenzustellen. Sie sprach vom Tod der Mutter und der darauf folgenden Abgekehrtheit ihres Vaters, der immer sonderbarer wurde und schon kurze Zeit später auch starb, weil er sterben wollte. „Es war schrecklich", seufzte sie. „Kannte ich deine Eltern?"

„Nein", sagte sie. Schweigend griff er zum Glas und trank. In seinem Blickfeld lag das seltsame Arrangement von geistergläubigem Brauchtum und religiösem Kitsch. Die zwei Kerzen für die toten Eltern flackerten. Auch wenn er für den Hokuspokus, den Josette veranstaltete, wenig Verständnis hatte, fragte er, nachsichtig lächelnd, für wen die beiden anderen Kerzen standen. Ihr Kopf drehte sich ruckartig zu ihm hin. Plötzlich bemerkte er Angst in ihren Augen. „Die kennst du nicht", sagte sie und sah plötzlich aus, als würde sie in eine andere Zeit eintauchen. Ihr Blick ging in die Ferne, als sie sagte: „Ich weiß, dass unerlöste Seelen nach dem Tod in einen anderen Körper wandern können."

„Aha!"

„Ja, die unerlösten Seelen schweben so lange über den Wassern, bis sie ihren Platz in einem anderen Körper finden."

„Wo hast du das denn aufgeschnappt?"

„Du glaubst nicht daran?"

„Nein, ich denke nicht."

„Wahrscheinlich wird es kein gutes Ende nehmen", flüsterte sie vor sich hin, und ihre Wangen glühten stärker als zuvor. Er fasste sie am Arm. „Was redest du für einen Unsinn und was verschweigst du mir, Josette?" Sie wand sich unter seinen

Händen. Dann schloss sie die Augen, fing plötzlich an zu zittern und flüsterte Unverständliches vor sich hin. „Josette, was ist mit dir?“ Sie kam wieder zu sich, sah ihn an und sagte mit Tränen in den Augen: „Ich konnte nichts dafür, es war ein Unfall.“

„Ja, bei dem der Taxifahrer sein Leben geben musste und ich meine Erinnerung verloren habe, doch was hast du damit zu tun?“

„Er hätte vorsichtiger sein müssen“, sagte sie. „Ja, er ist viel zu dicht aufgefahren, hat man mir gesagt.“

„Er war leichtsinnig, und das alles nur wegen eines Tiers“, sagte Josette. Begriffsstutzig sah er sie an, zog die Stirn in Falten und rief erbost: „Ich weiß von keinem Tier. Weißt du mehr als ich? Nun lass doch endlich die Katze aus dem Sack!“ Josette fing an zu weinen. „Die arme Katze.“

„Josette, ich bitte dich.“

„Katzen sind wasserscheu“, redete sie weiter. „Ich habe nicht daran gedacht, sie vorher …“

„Menschenskind, das ist doch eine Redensart, die Katze aus dem Sack zu lassen, soll heißen, endlich mit der Wahrheit rauszurücken.“

„Ich habe sie ertränkt. Ich habe sie in einen Sack gepackt und in den Fluss geworfen.“

„Deine Katze?“

„Nein, deine.“

„Und warum hast du das getan?“

„Weil sie schuld am Unfall war.“

„Du langweilst mich, Josette.“ Er lehnte sich zurück und schloss die Augen. „Mit allem hat sie mich allein gelassen“, fing sie wieder an zu jammern. „Wer hat dich allein gelassen?“

„Meine Mutter. Mit ihrem Tod ging alles aus dem Leim, mein ganzes Leben.“

„Ich kann dir nicht mehr folgen, du springst von einem Gedanken zum anderen!“, rief er gereizt. Sie wischte sich die Tränen ab. „Ich hätte unser Haus niemals verkaufen dürfen“, sagte sie. „Damit habe ich mein ganzes Leben weggegeben.“

„Und weiter?“, fragte er. „Nun sind wir hier … Na, gut.“ Er sah, dass es vergebens war, noch weiter in sie einzudringen. „Wahrscheinlich gibt es einen Grund dafür, mir immer wieder auszuweichen“, sagte er. Sie nickte, hob ihr Glas und sagte: „Tut gut, beschwipst zu sein.“

„Ja, mir hilft es gerade, dein Versteckspiel besser zu ertragen“, brummte er. „Ich hatte keine Wahl“, entschuldigte sie sich. „Lass gut sein“, sagte er.

War sie nur betrunken, oder hatte sie tatsächlich eine Meise? Hin und her gerissen zwischen Wut und Hilflosigkeit, nahm er einen großen Schluck aus seinem Glas, setzte es ab und trank noch einmal, bis es leer war. Er spürte, wie sie sich immer mehr von dem entfernten, womit sie angefangen hatten, doch die Verbindung dazu fand auch er nicht mehr. Egal, der Wein in seinem Kopf begann zu wirken, lähmte das Denken und den Zorn.

Sie hatten bereits die zweite Flasche geleert und eine dritte angefangen. „Mein Vater hat mich nicht geliebt“, begann Josette aufs Neue.“

„Und ich?“, fragte er. An ihren Augen konnte er erkennen, dass sie verwirrt war. „Das muss man fragen dürfen, wenn man sein Gedächtnis verloren hat“, fügte er hinzu. Sie überlegte, öffnete langsam ihre Haare an der linken Schläfe, dort, wo sie ihren Ansatz hatten, und hielt ihm eine kleine, schräg gestellte, rötliche Unebenheit entgegen. „Schau her.“

„Was bedeutet das?“ Ohne darauf zu antworten, ließ sie ihr Haar wieder fallen. „Lass mich noch einmal sehen“, bat er. Ein zweites Mal hob sie die Haare, und er berührte die Narbe mit dem Zeigefinger. „Du hast ein Glas nach mir geworfen“, sagte sie. „Tatsächlich?“ Er sah sie an und wartete auf weitere Eröffnungen. Doch sie blieb stumm, stand auf, schwankte ein wenig und hielt sich am Tisch fest. Dann ging sie ein paar Schritte, angelte in gebückter Haltung aus dem Korb die letzte Flasche Wein und stellte sie ihm vor die Nase. „Manchmal bist du ausgerastet“, versuchte sie so deutlich wie möglich herauszubringen, denn ihre Zunge schien ihr nicht mehr zu gehorchen. „Erzähl noch mehr von mir, von dir, ich muss doch wissen, wer wir sind“, sagte auch er schon recht undeutlich, während er den Korken aus der Flasche zog. „Und wenn du alles wüsstest“, lallte sie, „was würdest du dann tun?“ Ihre Zunge wurde immer schwerer.

Plötzlich erschien es ihm gar nicht mehr so widersinnig, dass er einmal ein Glas nach ihr geworfen haben soll. „Also, wenn ich was wüsste“, versuchte er noch einmal, in sie einzudringen.

„Ich hab’s vergessen“, sagte sie. „Ich hab’s vergessen“, äffte er sie nach. „Du lieber Himmel, worauf wartest du? Darauf, dass ich losbrülle und dich mit Gewalt zwinge, mir alles über mich und uns zu sagen? Du lässt etwas durchblicken und machst wieder dicht. Dann folgen erneut ein paar Andeutungen, und kurze Zeit später scheinst du zu bereuen, was du gesagt hast. Was ist das für ein Spiel?“

Mit einer schnellen Bewegung fegte er sein Glas vom Tisch, das am Boden zersplitterte. Er hatte ausprobieren wollen, wie es ist, den Gefühlen freien Lauf zu lassen, und wie es sich anfühlt, enthemmt und außer sich zu sein. Ja, der Moment des Ausbruchs war befreiend, aber das anschließende Niederknien, das Einsammeln der Scherben machte es wieder zunichte. „Ein Reflex“, entschuldigte er sich, als sie sich wieder gegenübersaßen, tastete den Tisch entlang, nahm die Flasche und sah dem roten Strahl nach, der sich gluckernd in das verbliebene Glas ergoss. Zuerst trank sie daraus, dann er, dann wieder sie, bis er erneut zur Flasche griff. Josette nahm einen ordentlichen Schluck und zeigte mit dem Finger auf die Teller, die voller Essensreste waren. Und er stand auf, nahm den Eimer und ging mit Knien, die nachzugeben drohten, vor die Türe.

Die frische Luft war wie ein Schock. Er holte Wasser aus dem Brunnen, torkelte mit nass gespritzten Füßen zurück in die verqualmte Küche und goss alles, was sich im Eimer noch an Flüssigkeit befand, zum Wärmen in den bereitgestellten Kessel. „Wie ich als Kind war, würde ich schon gerne wissen“, sagte er, als sie begann, das schmutzige Geschirr zu säubern. „Aber das andere, mit dem du ständig hinterm Berg hältst, macht mir inzwischen Angst, über ein verfehltes Leben nachdenken zu müssen.“

„Du hast mich heute angelächelt“, sagte sie über ihre Schulter hinweg. „Tatsächlich?“

„Weil ich Geburtstag habe?“

„Vielleicht, ich weiß es nicht.“

„Egal“, meinte sie und wandte sich wieder ihrer Arbeit zu. „Hör zu, Josette, es ist wahrhaftig keine leichte Zeit für uns“, versuchte er einzulenken. „Und wenn ich, beduselt, wie ich gerade bin, versuche, es richtig zu bedenken, muss sie für dich noch schlimmer sein: das Unausgesprochene zwischen uns, das dich vielleicht noch mehr belastet, weil du mich damit verschonen willst, diese Unruhe und diese Schwere, die ich Tag für Tag verbreite. Und dann die leeren Nächte, ich spüre sie doch, deine Sehnsucht nach Liebe, deine ...“ Was fiel ihm ein? Erstaunt lauschte er seinen Worten, deren Tonfall ihm viel weicher vorkam, als er es beabsichtigt hatte.

Auch Josette schien schon lange auf Worte dieser Art gewartet zu haben, denn nun stellte sie den Teller, den sie gerade in der Hand hielt, zur Seite, kam auf ihn zu und sagte: „Ich träume jede Nacht davon.“ Er sah und spürte ihr Verlangen. Sein Körper reagierte – zum ersten Mal. War nun der Augenblick gekommen? War er in eine Falle getappt? Falle? Wieso Falle? Sie waren doch verheiratet und hatten ganz bestimmt schon viele Male miteinander ... Er kam sich schrecklich unbeholfen vor, so, als hätte er noch nie mit einer Frau geschlafen. Oder hatte er Angst, sich ihr zu nähern, Angst davor, sie danach mit anderen, vielleicht liebevolleren Augen zu sehen?

Josette schien seine Qual zu spüren. Mit einer Bewegung, die nicht so recht zu ihr passen wollte, und mit einem Lächeln, das einer anderen zu gehören schien, begann sie, an den Knöpfen ihres Kleides herumzufummeln. Sie öffnete erst einen Knopf, dann einen weiteren, sah verschämt an sich herunter und ließ die Hände wieder sinken.

Er hörte nicht nur seinen Atem schneller werden, er hörte auch die Stimme der Vernunft: „Und was ist mit deiner Unlust an dem Leben hier, mit deinem Vorsatz, dir diese Frau vom Leib zu halten, mit deinem Wunsch, dich sogar ganz von ihr zu befreien?“ Obwohl sie ihm im Augenblick zuwider war, diese Stimme, die seinem Rausch die Seligkeit zu nehmen drohte, ließ sie sich nicht verdrängen. „Vielleicht hält sie mich davon ab, mich zu blamieren“, dachte er. So sagte er mit abgewandtem Kopf: „Josette, ich denke, dass du den Mann willst, den du von früher kennst, doch diesen Mann kenne ich nicht mehr.“

„Komm“, sagte sie, „komm und umarme mich.“ Er schielte zu ihr hoch. Sie zitterte vor Verlangen.

Dass er sein Alltagswissen verloren hatte und es sich mühsam wieder aneignen musste, war schon Qual genug. Doch dass ihm trotz spürbarer Lust und einer Menge Wein die Leichtigkeit fehlte, auf sie zuzugehen, sie in den Arm zu nehmen und ihr die Kleidung abzustreifen, das war erbärmlich. Wie gelähmt saß er auf seinem Stuhl und sah, wie sie sich ihrer Worte schämte und mit nervösen Fingern nach den Löchern ihres Kleides suchte, durch die sie zuvor noch erwartungsvoll die Knöpfe geschoben hatte. War er ein Drückeberger und der, der in ihm sprach, ein kleiner Wichtigtuer? Oder war es ganz normal, dass man in manchen Situationen so zerrissen war, dass man sich selbst blockierte?

„Du willst einen, der weder sich noch dich kennt? Einen, der nicht zu leben weiß und im Grunde seines Herzens auf etwas hofft, das dich zutiefst verletzen würde?“ Er lachte spöttisch auf und lachte etwas leiser, als er in ihre Augen sah. „Na ja, vielleicht wird ja tatsächlich eines Tages alles wieder gut“, lenkte er ein, ohne den Satz zu Ende zu führen, denn er glaubte nicht daran.

Was er verloren hatte, hätte längst präsent sein müssen, und es war doch eigentlich nichts hinzugekommen, womit es sich gelohnt hätte, neu anzufangen. Doch andererseits, der Wein in seinem Kopf, der Nachgeschmack des guten Essens und Josette mit ihrer Leidenschaft, die sie heute nicht zu unterdrücken wusste, ließen ihn erneut erweichen. Er nahm den Faden, den er in diesem Augenblick bereute, durchgeschnitten zu haben, wieder auf. Er musste die Gelegenheit beim Schopfe packen. Er musste es versuchen, und wenn auch nicht aus Liebe, dann wenigstens, um am Leben wieder teilzuhaben.

„Josette“, begann cr vorsichtig, „wic hat cs mit uns angefangen? Erzähl ein bisschen, erzähl vom ersten Mal. Das könnte hilfreich für uns beide sein.“ Ihr ohnehin schon weingerötetes Gesicht stand nun in Feuer. „Ich weiß es auch nicht mehr genau“, sagte nun auch sie schon ziemlich unartikuliert. „Aber ich weiß, dass ich mich gleich in dich verliebte, als ich dich zum ersten Male sah. Selbst als ich wusste, dass es Wahnsinn war, tat ich nichts, und irgendwann war es zu spät.“

Er wusste mit dem Gesagten wenig anzufangen. Er fasste nach dem leeren Glas und hielt es ihr mit abgestütztem Arm entgegen. Sie nahm die Flasche, die zwischen ihnen stand, drehte sie um, blickte mit glasigen Augen auf den spärlichen Rest roter Flüssigkeit, der in das Glas tropfte und sagte: „Wir haben viel zu viel getrunken.“

Die Kerzen brannten nach und nach herunter. Sein Kopf war schwer, die Sinne schwanden mehr und mehr. Dass sie ihn liebte, hatte sie gesagt, das war ihm doch schon lange klar, doch davor, was hatte sie davor gesagt? Egal, auch wenn sie dies und das und auch noch abergläubisch war, unansehnlich war sie ja schließlich nicht, und ihr Fleisch war jung und prall. Und plötzlich war ihm nur noch wichtig, mit welchen Worten er ihr sein Verlangen signalisieren könne, ohne ebenfalls von Liebe sprechen zu müssen. Schwerfällig erhob er sich. „Komm, lass uns schlafen gehen“, sagte er, mehr fiel ihm nicht ein. Josette sprang auf.

Im Bett lagen sie nebeneinander. Er fühlte ihre Hand, die auf dem Laken lag. Diese heiße Hand, vor der er sich jeden Abend aus Mangel an Begierde gefürchtet hatte und vor der er stets an den äußersten Rand seines Bettes geflüchtet war. Benebelt und fiebrig aufgeladen, wie er jetzt war, ging alles wie von selbst.

Dann, als die dumpfen Schläge seines Herzens wieder zur Ruhe kamen und seine Glieder sich entspannten, hörte er sie weinen: erst leise, dann immer lauter werdend. Der Zauber war verflogen. Auf dem Rücken liegend sah er in die Dunkelheit und dachte, dass das, was einem Festmahl hätte gleichen müssen, nur sättigend gewesen war, wie dicke Suppe. „Und doch, es kann so gehen“, dachte er.

Josette war wie verwandelt. Sie summte schon am frühen Morgen vor sich hin, tat ihre Arbeit, als sei es ein Vergnügen, und ihre Erschöpfung, wenn der Tag vorüber war, ging sichtbar einher mit einer tiefen Zufriedenheit. Er sah, dass sie sich plötzlich mehrmals täglich wusch und sich bemühte, ihre Hände mit einer Salbe weich zu halten.

Doch als sie eines Abends, kaum dass er saß, vor ihm auf die Knie ging, ihm, auf den Fersen sitzend, seine schweren Schuhe und die verschwitzten Socken auszog und seine Füße küsste, zog er sie unter ihren Lippen fort. „Was tust du da? Steh auf, ich bitte dich, Josette, steh auf."

„Verlass mich nicht", bat sie und legte ihren Kopf in seinen Schoß. Er sah auf sie hinab und wusste nicht, wohin mit seinen Händen.

Die Hitze wollte in diesem Jahr kein Ende nehmen, sie kroch sogar ins Innere der sonst so kühlen Hütte. In der Nacht erwachte er. Nass geschwitzt stieß er die Decke von sich, lauschte in die Dunkelheit und hörte es draußen ungleichmäßig plätschern. Nach Regen klang es nicht. Hell schien der Mond ins Zimmer.

Josette lag nicht in ihrem Bett. Er rief nach ihr, doch es blieb still. Mit einem Schritt war er am Fenster. Splitternackt und mondbeschienen stand sie vorm Brunnen, hob einen Eimer in die Höhe und schüttete sich Wasser über den Körper. Er starrte wie gebannt auf dieses Bild, umfasste mit den Blicken die Konturen ihres Körpers, sah, wie sie sich über den Rand des Brunnens beugte, aufs Neue einen gefüllten Eimer hochzog, sekundenlang in die Höhe hielt, um sich mit seitlich geneigtem Kopf das glitzernde Wasser über die Schultern laufen zu lassen.

Aufrecht, die Hände rechts und links am kalten Stein der Fensteröffnung abgestützt, taxierte er den nackten Frauenkörper, wie man ein Bild betrachtet oder eine Skulptur. Mit den Augen formte er ihn nach, sah auf seine Hände und hatte plötzlich Lust, sie gleichfalls einzusetzen.

Weder Josettes Gestalt noch ihre Gebärden hatten ihn je zuvor zu einer Verbildlichung angeregt. Sie war weder zierlich noch graziös, hatte einen schweren Gang und ihre Arbeit tat sie wie ein Mann. Und doch, begeisterte er sich, folgte hier die Haltung ihres Körpers in vollendeter Form der natürlichen Bewegung ihres Tuns. Dass sein Entzücken nicht Josette galt, sondern vielmehr einer neu entdeckten Empfindungsfähigkeit, sah er als Fortschritt an.

Nachdenklich legte er sich wieder hin. Und stand noch einmal auf, als ihre nassen Haarspitzen seinen Arm berührten, um hinauszugehen, der Nacht zu lauschen und weiter seinen Gedanken nachzuhängen.

Am Morgen konnte er sich erinnern, von einem Meer aus Säulen, Kreuzen und Figuren geträumt zu haben, von hartem Stein, der sich, sobald er ihn berührte, in Stücke sprang, von denen jedes eine andere Gestalt annahm. Er sah zum Fenster hinaus. Das Wetter war klar und die Felsen zum Anfassen nah. Niemals zuvor war es ihm in den Sinn gekommen, das Felsgestein vor seiner Nase als Material zu sehen.

So ging die Zeit vorüber. Nichts durchbrach den Gang der Dinge, nichts störte den Ablauf eines geregelten Tages. Das verzweifelte Klopfen an der Tür zu seinem Erinnerungsvermögen wurde leiser, weil er plötzlich daran glaubte, dass sie sich Schritt für Schritt von ganz alleine öffnen würde.

Auch die Abende bestanden nicht mehr nur aus Schweigen oder einem verkrampften Austauschen von Belanglosigkeiten. Seit kurzem hatte er begonnen, mit einem Küchenmesser an einem Holz herumzuschnitzen, aus dem sich eine sichtbar weibliche, jedoch völlig aus dem Rahmen fallende, Figur entwickelt hatte. Josette lachte, nahm das Gebilde und stellte es aufs Bord, dorthin, wo die Kerzen standen.

Er sprach nicht mehr von seiner verloren gegangenen Zeit, erduldete das Leben in der Einsamkeit und behielt für sich, dass er sich nach einem anderen sehnte und auch, wenn er Josette betrachtete, nach einer anderen Frau. Er schlief mit ihr, ohne darüber nachzudenken, ob es aus Liebe zu diesem Weibe geschah.

Der Sommer neigte sich dem Ende zu. Obwohl Josette sich lange gesträubt hatte, ihn mitzunehmen, hatten sie sich beide eines Tages, und noch rechtzeitig vor den Tagen, an denen unablässig Regen fiel, aufgemacht, um in der Stadt ein paar Dinge für den Winter einzukaufen.

Zum ersten Mal saß er am Steuer ihres blauen Kastenwagens, und sie dirigierte ihn. Dort angekommen, zog sie ihm die Mütze, die sie aus der Tiefe des Schrankes ausgegraben und ihn gebeten hatte aufzusetzen, noch tiefer in die Stirn und schleppte ihn in sonderbarer Hektik durch die Straßen. Auch sie, fand er, sah wie verkleidet aus.

Neugierig sah er sich um. Dass er einmal in alten Zeitungen nach einem Artikel über seinen Unfall suchen wollte, hatte er vergessen. Ein Schnitzmesser wollte er kaufen und, nach einem Blick auf das Gebäude mit der Inschrift „Bibliothek“, sich für den Winter ein paar Bücher leihen. Er kaufte ein gutes Messer und er fand einiges an Literatur, von der er glaubte, dass sie seinen Geist beleben würde. Am Tag, und selbst am Abend im spärlichen Licht der Öllampen, vergrub er sich darin und las bis in die Nacht hinein, auch wenn die Augen ihm schon brannten.

Es regnete. Der Wind heulte ums Haus. Josette, die sich im Spinnen versuchen wollte, hockte ihm lauernd gegenüber. Die Spindel, ein schön geschwungener Holzstab, den sie bei einem Trödler aufgetrieben hatte, lag vor ihr auf dem Tisch und daneben das um einen Stock gebundene Spinngut. „Warum schnitzt du heute nicht?“, fragte sie. „Ich lese“ war seine knappe Antwort. „Ich höre das Geräusch so gerne, wenn du mit dem Messer ...“ Sie verstummte, als sie seinem vorwurfsvollen Blick begegnete, jedoch nur einige Sekunden lang. „Bald ist Weihnachten, du hast versprochen, die Heilige Familie zu schnitzen“, fuhr sie fort, ihm zuzusetzen. „Lies auch.“ Er zog ein Buch aus dem Stapel und hielt es ihr entgegen.

Sie nahm es und begann, darin zu lesen. Doch immer wieder hob sie den Kopf und sah ihn an. Neugierig spähend hob sie den Deckel seines Buches an und versuchte, den auf den Kopf gestellten Titel zu entziffern. „Es scheint dir zu gefallen“, sagte sie. Er sah auf. Dem Gefühl, mit der Hand auf den Tisch zu schlagen, widerstand er zähneknirschend. „Ich habe nur gefragt, ob dir gefällt, was du da liest.“

„Und wenn ich sage, ja, es gefällt mir?“

„Dann will ich wissen, was es ist.“ Er schwieg, versuchte alles, was er bis jetzt gelesen hatte, mit ihren Augen, mit ihrem Kopf zu lesen, und glaubte, dass sie nicht allzu viel davon verstehen würde. Doch schon Minuten später schämte er sich seines Hochmuts. „Na gut“, begann er schließlich. „Wie kann man, fragt hier ein Portugiese sich selbst und andere, wie kann man in eine zukünftige Zeit hinein leben, wenn man die rückwärtige nicht kennt?“

„Ach das schon wieder“, maulte sie. „Es ist nicht möglich, vertrauensvoll in die Zukunft zu blicken, wenn man seine Wurzeln nicht kennt. Sieh, hier steht es schwarz auf weiß.“ Mit säuerlicher Miene schob sie das Buch zurück, in dem sie hätte lesen sollen, und nahm wieder die Spindel in die Hand.

Wie er vermutet hatte, sie konnte ihm nicht folgen, oder wollte sie es nicht? Oder vielleicht beides? Er seufzte auf und las noch einmal jenen Satz, auf dem sein Finger liegen geblieben war, und dachte an einen ähnlich lautenden, den er vor kurzem erst gelesen hatte: „Vom Gewesenen hängt es ab, was man ist.“ Fernando Pessoa, Elias Canetti, Thomas Mann, alle hatten sie ihre Gedanken über die Bedeutung der Erinnerung zu Papier gebracht, jedoch ohne zu wissen, wie es sich ohne sie lebt. Oder hatte einer von ihnen etwa das Gedächtnis verloren? Er schlug die Bücher zu, um sie am nächsten Abend wieder aufzuschlagen.

Trauer überkam ihn jedes Mal beim Lesen, aber auch die Hoffnung, eines Tages alles Gewesene zurückzuerobern. Und es gab Augenblicke, da meinte er zu fühlen, dass es ihm schon an den Fersen hing.

Es war ein schöner Vorfrühlingstag, ein Tag, an dem schon warm die Sonne schien. Er hatte plötzlich Lust, noch einmal, und diesmal ganz alleine, in die Stadt zu fahren, um seine Bücher gegen neue einzutauschen. Josette rief aufgeregt: „Du kennst den langen Weg nicht gut genug, nichts ist beschildert, nach kurzer Zeit schon wirst du dich verfahren haben!“ Doch er, der ihre Bedenken nicht verstand, der ein paar Anhaltspunkte im Gedächtnis hatte und einmal ganz allein und frei sein wollte, schob ihre Hand von seinem Arm. „Ich möchte es und werde es versuchen“, sagte er. Doch sie fuhr fort herumzuquengeln: „Das ist Benzinvergeudung, die Tour so nebenher zu machen.“

Er stieg ins Auto. „Warte, du musst unten tanken!“, rief sie sichtbar schlecht gelaunt, lief ins Haus zurück, um Geld zu holen, reichte ihm zwei Scheine durch das Wagenfenster und bat ihn, frisches Brot, Batterien und Kerzen mitzubringen.

Mit neuen Büchern unter einem Arm und mit zwei langen, noch warmen Broten unterm anderen, mit Batterien in der einen Hosentasche und mit den Kerzen in der anderen spazierte er, diesmal darauf hoffend, dass jemand ihn erkennen, ihn ansprechen möge, durch die Stadt. Jedoch man ignorierte ihn. Ja schlimmer noch, man schien ihm sogar aus dem Weg zu gehen. Ihm wurde klar, dass er ein Ärgernis für alle war, die, sorgfältig gekleidet und gut frisiert, an ihm vorübergingen, und wandte sich unbelebteren Straßen zu.

Müde gelaufen, nahm er vor einer Bar am Hafen Platz, um dort in Ruhe einen Kaffee zu trinken. Zwei junge Mädchen, die vorübergingen, flüsterten miteinander und warfen ihm verstohlene Blicke zu. Er wagte nicht, sie anzulächeln. Stattdessen nahm er die Zitadelle ins Visier, die würdevoll und majestätisch über ihm und allem thronte.

Schön war es hier. Riesige Palmen bewegten sich im Wind. Die Ausflugsschiffe wurden seetüchtig gemacht. Es roch nach Meer. Die Bücher, ein unversehrtes Brot und eins, von dem er etwas abgebrochen und gegessen hatte, lagen mit Papier umwickelt vor ihm auf dem Tisch. Er nippte am Kaffee und nahm ein Buch zur Hand. Die Seiten flatterten ein wenig. Das Licht war grell. Er kniff die Augen zusammen. Und als er einmal aufsah, ging sie an ihm vorbei, eine große, schlanke Frau mit dunklem Haar und einem wallenden, der Farbe des Meeres ähnlichem Gewand.

Er fuhr zusammen. Wie sie den Kopf hielt und wie sie ihre Schritte setzte, als balanciere sie auf einem unsichtbaren Balken, das kannte er, das setzte sein Gehirn in Gang und auch sein Herz. Es klopfte stürmisch. Sie hatte sich schon einige Meter weit von ihm entfernt, als es ihn drängte aufzustehen und ihr nachzulaufen. Doch nicht nur seine Beine, sein ganzer Körper versagten ihm den Dienst. Er sah ihr nach, sah, wie sie eine weißlackierte Bank anpeilte, sich setzte und, wenn sie ihren Blick nicht geradeaus aufs Wasser richtete, den Kopf in den Nacken legte.

Nicht nur, dass sein Herz keine Ruhe geben wollte, ihm war, als krümme sich sein ganzer Körper. Was war geschehen? Wer war diese Frau? Was war das für ein Schmerz? Er ließ die Münzen für den Kaffee, die er schon eine Weile in der Hand gehalten hatte, neben seiner Tasse liegen, stand auf und ging von hinten auf die Bank zu. Ein paarmal schlenderte er daran vorbei, betrachtete im Gehen das Haar der Frau, die nach hinten ausgestreckten Arme, die schmalen Hände, die wie gemeißelt auf der Rückenlehne lagen, und trat dann mutig vor sie hin. „Verzeihung“, sagte er mit trockenem Mund. Doch als sie zu ihm aufsah, wusste er nicht mehr, was er meinte, in ihr gesehen zu haben.

Obwohl sie älter war, als es von weitem ausgesehen, und ihr Gesicht nicht ganz so ebenmäßig, wie er erwartet hatte, war sie noch jung und schön genug, um ihn in zusätzliche Verwirrung zu stürzen. Ganz unvorbereitet stand er allem, was er sah und fühlte, gegenüber und spürte, wie es ihn veränderte. Wer war die Frau? Der Wind spielte mit ihrem Haar. Ohne den Blick von ihm zu wenden, schob sie es aus den Augen und fragte: „Kann ich etwas für Sie tun?“

„Kennen Sie mich?“, fragte er. „Nein, sollte ich?“

„Es wäre schön gewesen“, sagte er. Sie lächelte. „Und ohne das?“, versuchte er es wieder, indem er verzweifelt grinsend an seinem Barthaar zupfte. „Vielleicht sind Sie ja in der Lage, es sich wegzudenken.“

Entgegenkommend legte sie den Kopf von einer Seite auf die andere, um ihn eingehend zu betrachten, und verneinte ein zweites Mal. Nun würde sie genug von ihm haben, fürchtete er und glaubte, sich davonmachen zu müssen. Doch sie hielt seinem Blick stand.

Nein, sie war es nicht, nicht ihre Augen, nicht die Nase, nicht der Mund und auch nicht ihre Stimme. Oder doch? Aber wer war sie nicht? Und wessen Augen, Nase und Mund hatte sie nicht, und mit wessen Stimme sprach sie, oder sprach sie nicht? Obwohl ihm klar war, dass er sie nun in Ruhe lassen und wieder gehen müsse, blieb er, ratlos diesem schmerzlichen Erinnerungsanfall nachhängend, wie festgenagelt vor ihr stehen.

Er hätte sich so gerne neben sie gesetzt. Auch wenn ihm schließlich sein Verhalten peinlich war, war er nicht fähig, sich zu rühren. „Wissen Sie“, fing er noch einmal an zu stammeln, „aus der Ferne haben Sie mich ..., Sie haben mich an eine Frau erinnert, die ich zu kennen meinte, auch jetzt, wenn ich Sie ansehe, denke ich … “ Stöhnend schüttelte er den Kopf.

Obwohl sie eher mitfühlend als abweisend zu ihm hochsah, wurde ihm heiß. Was musste er für einen beschämenden Anblick bieten: ein vor sich hin brabbelnder Mann mit schwarzem Schlapphut, ungepflegtem Haar und Bart, das Hemd verschwitzt, darüber Hosenträger, welche die an den Knien abgewetzte, ausgebeulte und viel zu weite Hose hielt. Warum störte ihn auf einmal sein Erscheinungsbild?

Er sah an sich herunter. „Ich gehöre ja mit meiner Aufmachung gar nicht in diese Umgebung, und schon gar nicht in die Nähe einer solchen Frau“, dachte er. „Ja“, sagte er, „dann geh ich mal.“

„Alles Gute!“, rief sie ihm nach, als er aufgewühlt und irgendeine Richtung nehmend, davonschlich. Immer wieder drehte er sich nach ihr um. Dann sah er, wie sie sich erhob und sich in dieser Gangart entfernte, die er zu kennen glaubte, die ihn aufwühlte, faszinierte und nun aufs Neue an eine Frau erinnerte, die er einmal geliebt haben musste, anders konnte er sich seine Gemütserregung nicht erklären.

War das Bild dieser Frau vielleicht etwas, das eingegliedert werden musste in eine Reihe, die sich Stück für Stück zu einem Ganzen fügen würde? Plötzlich wollte er wissen, welchen Weg sie nahm. Er machte kehrt und folgte ihr.

Von weitem konnte er das strahlende Blau ihres Kleides ausmachen. Dann sah er sie in eine enge Gasse einbiegen. Er holte sie ein, blieb ein paar Schritte hinter ihr. Der Wind wurde stärker. Kleider wehten auf dem Gestänge vor den Geschäften, von denen eins vom Bügel glitt und ihm fast vor die Füße fiel. Er machte einen Bogen um den Haufen Stoff und eilte weiter. Dann war sie weg.

Auf einmal sah er wieder einen Zipfel ihres Kleides. Bemüht, das Stückchen Blau im Auge zu behalten, rannte er los. Als er die erstaunten Blicke der Passanten sah, verlangsamte er seinen Schritt und wurde wieder schneller, als er die Frau hinter einer Tür verschwinden sah. Gemächlich ging er selbst die letzten Meter auf die Tür zu.

Es war ein hübscher kleiner Laden, in den sie eingetreten war, mit einem Schaufenster voller Tücher und Kleider, die in der Machart, im Stoff und in den Farben dem entsprachen, was sie, die Unbekannte und Geheimnisvolle, selber trug. An der Türe hing ein Schild. „Geschlossen“ las er. Die aufgestellten Hände an den Schläfen, näherte er sich der Scheibe und erschrak, als sich das Schild bewegte. Er schoss zurück und hastete davon. Und erst als er die Batterien und die Kerzen in den

Hosentaschen fühlte, fiel ihm ein, dass er die Bücher und das Brot vergessen hatte.

Der Regen hatte nachgelassen, und die Wege waren wieder hinlänglich befahrbar. Sie waren auf dem Weg zu einem Händler, um ihre Lämmer zu verkaufen.

„Ich bin schwanger", sagte Josette und sah dabei geradeaus. Er hielt den Atem an. „Ich weiß, dass du gleich sagen wirst, es wird nicht möglich sein. Wir haben keinen Platz, wirst du behaupten, wir haben es doch ohne Kind schon schwer genug. Aber es ist zu spät, ich bin im vierten Monat." Der letzte Satz klang wie ein Jubelschrei, obwohl sie leise sprach.

Er saß am Steuer und sah, wenn er nicht auf den Weg achtete, immer wieder auf die Frau an seiner Seite, die ihren Blick anhaltend in die Ferne gerichtet hielt. Ihr Bauch war wenig mehr gerundet als vorher. „Was meinst du damit, es ist zu spät, wozu ist es zu spät?"

„Für einen Abbruch. Julie sagt, nun geht's nicht mehr."

„Bis wann hätte man denn noch ...?" Er stockte, schämte sich für diese Frage. „Sie hat angeboten, das Kind zu nehmen, falls du dagegen bist", flüsterte Josette. „Julie will unser Kind?"

„Nur wenn du wütend wirst, hat sie gesagt. Sie will es nicht für sich, sie denkt dabei an ihre Nachbarin, die keine Kinder kriegen kann." Josette sprach leise und mit gesenktem Kopf. „Die Frau ist nicht bei Trost. Josette, ich bitte dich, merkst du denn nicht, wie sie in alles ihre Nase und ihre Finger steckt, wie sie die Mutter aller Dinge spielt?"

„Sie will nur helfen. Man muss ja nicht befolgen, was sie vorschlägt."

„Nein", sagte er wütend, „das muss man ganz bestimmt nicht."

„Also, du willst das Kind", konkretisierte Josette vorsichtig und mit leiser Stimme.

Er sah geradeaus. Die Lämmer rumpelten im hinteren Wagenteil und gaben kleine Mäh-Laute von sich. Er hatte deren Eintritt in die Welt verfolgt und versuchte, sich ein Bild davon zu machen, was Josette erwartete. „Warum erzählst du mir erst jetzt davon?"

„Ich hatte Angst, es dir zu sagen." Er hielt das Auto an. „Du weißt, dass sich an meinem Zustand nichts geändert hat", sagte er. „Ich bin noch immer mit mir selbst beschäftigt und weiß nicht, ob ich dir eine Hilfe bin. Doch du bist stark und wenn du glaubst, dass du es schaffen kannst, dann will auch ich ..." Er wusste nicht, was er versprechen sollte, trotzdem gab er sich Mühe, das Gesagte so zuversichtlich wie möglich klingen zu lassen, obwohl ihm nicht geheuer dabei war. „Ich schaffe es", rief Josette, „ich schaffe es bestimmt! Und diesmal wird es auch gelingen."

„Diesmal?"

„Ich war schon einmal schwanger."

„Und?"

„Ich habe es nicht halten können."

„Ein kluges Kind", entfuhr es ihm. Doch als er ihre Augen sah, bereute er seine Worte. „Es war so klein", sagte sie, spannte Daumen und Zeigefinger zu einem Längenmaß, während ihr eine Träne die Wange entlangkullerte. „Hör zu, Josette, du hast ganz Recht damit, was du am Anfang sagtest, ich glaube auch, dass wir dort oben in der Hütte kein Kind aufziehen können. Wir werden unsere Zelte abbrechen und in die Stadt zurückkehren. Dinge verändern sich, und es muss möglich sein, zum Wohle unseres Kindes den Trubel einer Stadt und die Nähe der Menschen wieder auszuhalten, meinst du nicht auch? Ich werde mich um einen Job bemühen, kann wieder Hauswart werden, vorläufig wenigstens, auch eine kleine Wohnung wird sich ..."

„Das geht nicht", unterbrach sie ihn. „Warum nicht?" Sie schwieg. „Kunststück, dich zu begreifen", sagte er, „doch eins steht fest, hier geht es nicht um dich, es geht um unser Kind, wir sind verpflichtet, ihm und seinen Bedürfnissen gerecht zu werden."

„Es geht um dich!" Sie schrie so laut, dass er erschrak. „Um mich?" Sie nickte. Er wollte lachen und hatte doch das Gefühl, dass sich hinter ihren Worten mehr verbarg, als er nun vorgab, herausgehört zu haben. „Josette?" Er griff nach ihrer Hand. Sie war eiskalt. „Nun hat es keinen Sinn mehr", flüsterte sie. „Was? Nun rede doch."

„Ich werde dich erschrecken."

„Egal."

„Man sucht nach dir."

„Man sucht nach mir", sprach er ihr nach, als wollte er versuchen, sich in diesem Satz zurechtzufinden. Dann rief er laut: „Man sucht nach mir? Was soll das heißen?" Heftig begann sein Herz zu klopfen, als würde es erspüren, dass sich ein Unheil anzubahnen schien. „Wer sucht nach mir?"

„Die Polizei."

Einen Augenblick lang wusste er nicht, was er denken sollte. Dann schoss er vor, rüttelte an ihrer Schulter und rief: „Was habe ich verbrochen?" Sie ließ sich von ihm schütteln, ohne etwas zu sagen. Ihr Kopf flog hin und her. „Josette, es ist doch zwecklos, du siehst, alles kommt irgendwann von selbst heraus."

„Ich weiß nicht, wie ich es dir sagen soll."

„Raus mit der Sprache! Warum sucht man mich?"

„Weil du so etwas wie der Kopf einer politischen Bewegung bist, ein Kämpfer im Untergrund, ein Rebell. So hast du es mir gesagt, so hast du dich genannt. Ich weiß nicht viel, nur dass eine halb fertige Ferienanlage am Meer durch eine Bombenexplosion zerstört wurde und dass zwei Bauarbeiter dabei umgekommen sind. Du meintest damals, dass du dich irgendwo verstecken solltest. Und ich wollte bei dir bleiben. Julie hat uns dabei geholfen. Es ist ihr Haus, in dem wir wohnen."

Sein Mund war in Sekundenschnelle ausgetrocknet und seine Knie weich wie Gummi. Josette fing an zu weinen und zu jammern: „Du bist es, du bist der Mann, von dem ich dir erzählte, du bist der Mann, der mit dem Gewehr durchs Dorf gelaufen ist." Er sah sie an und wusste nicht, ob er das alles komisch finden, sich entsetzen oder am Ende gar stolz darauf sein sollte. „Wir können von hier nicht weg, wahrscheinlich nie mehr", schluchzte sie.

Und er saß da und glaubte, körperlos zu sein, nur noch aus wirrem Denken zu bestehen, bis er den Druck auf seiner Blase spürte. Er öffnete die Wagentüre, stieg aus und pinkelte ins Gras. „Ich, ein Rebell, ein Kämpfer, ein Mann, der sich gegen andere erhoben, der sich am Tod von zwei Menschen mitschuldig gemacht haben soll?“ Um ein Haar hätte er aufgelacht, doch die Tragik der Geschichte verbot es ihm.

Josette sah starr geradeaus, als er sich wieder zu ihr setzte. In sprachlosem Nebeneinander fuhren sie dem Ort entgegen, in dem der alte Schafscherer auf ihre Lämmer, die er verkaufen wollte, wartete.

Mit der leeren Schüssel in der einen und dem nassen Handtuch in der anderen Hand ging er ins Haus zurück. Der Hund kam hinterher. Und auch der Name, der sich nach dem Aufwachen in seinem Kopf breitgemacht hatte, hing an ihm wie eine Klette. „Josette hat sicher Recht“, versuchte er, sich zu beruhigen, „Ribert Cassel war ein Bekannter, ein Freund, ein früherer Gefährte.“ Warum, um alles in der Welt, war er minutenlang auf die Idee gekommen, dass er es selbst sein könnte? Schließlich war er Pasquin Spinosi, ein Untergrundkämpfer, der mitsamt seiner Erinnerung auch seine verbrecherische Leidenschaft für diese Insel verloren hatte.

Untätig, beide Hände um ihren dicken, vorgeschobenen Bauch gelegt, saß Josette am Tisch. Das Schultertuch lag auf dem Boden. „Kannst du die Schafe suchen und sie melken?“, fragte sie. „Warum?“

„Ich habe Schmerzen.“

„Das Kind?“

„Ich weiß es nicht, Julie sagte doch, es kommt crst in drei Wochen.“

„Trotzdem, ich ruf sie an, bei Jeromine im Laden steht ein Telefon!“, rief er und war schon auf dem halben Weg zur Tür.

„Zuerst die Schafe!“, drängte Josette und stöhnte auf. Er nickte ungeduldig.

Hektisch griff er draußen nach dem Eimer und dem Schemel und machte sich zum Melken auf den Weg. Inzwischen hatte er auch das so weit im Griff, dass er dabei Ruhe finden konnte. In seine Gedanken an die bevorstehende Geburt drängte sich erneut der Name Ribert Cassel. Und plötzlich kam ihm die Idee, dass es sein wahrer Name sein könnte, den er womöglich im Laufe seines wilden Lebens hatte ändern müssen. Aber warum war Josette nicht in der Lage, es einfach zuzugeben? Was war daran so schlimm?

Mit halb gefülltem Eimer ging er den handtuchschmalen Weg hinab zurück zum Haus. Er hatte Hunger. Die Küche war verwaist. Kochendes Wasser verdampfte in dem Topf, der auf dem Feuer stand. Brot lag auf dem Tisch, eine halb gefüllte Kaffeeschale und eine zweite, umgestürzt, standen daneben. Alles, auch der kleine Zettel mit Julies Telefonnummer, lag inmitten dunkelbrauner Flüssigkeit, die auf den Stuhl und von dort auf den Boden tropfte. Was war geschehen?

„Josette?“ Er hörte Geräusche, dann ihre Stimme: „Pasquin, komm, komm bitte schnell!“ Er stieß die Tür zum Schlafraum auf, sah sie im Bett liegen und im selben Moment, als er den Mund öffnen und etwas sagen wollte, ihr schmerzverzerrtes

Gesicht. Ganz unbewusst trat er zurück. Spürbar begann sein Herz zu klopfen. Wie gerne hätte er jetzt kehrtgemacht. „Die Wehen“, presste sie zwischen den Zähnen hervor. „Sie kommen bereits in so kurzen Abständen, dass es ...“ Sie stöhnte auf: „Pasquin, wir müssen es alleine schaffen!“

Die Beine hielt sie angewinkelt. Ein schlimmer Schmerz schien sie gepackt zu haben, denn ihr Gesicht war rot und fast bis zur Unkenntlichkeit verzogen. Laut ausatmend und vor sich hin gurgelnd presste sie das Kinn gegen die Brust. Ratlos das auf ihn bedrohlich wirkende Geschehen betrachtend blieb er im Türrahmen stehen, bis sie ihn anwies, das zu tun, was sie vor Wochen schon miteinander besprochen hatten.

Er hatte gerade noch Zeit gehabt, Wasser aufzusetzen und die Schere auszukochen, als sie unter unsäglichen Schmerzen, jedoch ohne einen Laut von sich zu geben, ihr Kind auf die Welt brachte. „Es ist ein Junge“, sagte er mit erstickter Stimme und irritiert von all der rotgefärbten Flüssigkeit um sie herum. Behutsam legte er Josette das weißverschmierte Menschlein auf den Bauch, durchschnitt die Nabelschnur und versorgte seine Frau, so gut es eben ging. Josette war stumm vor Glück. Nachdem sie ihren Sohn ausgiebig betrachtet hatte, hob sie die Hand, zeichnete ihm ein Kreuz auf die zerknautschte Stirn und nannte ihn Corbin.

Erregt und unbeholfen, doch mit viel Zärtlichkeit, wusch er das Neugeborene und zog ihm an, was Josette in einer Kiste unter ihrem Bett verwahrt gehalten hatte, übergab es ihr, stürzte hinaus und raste mit dem Auto den Weg hinab ins Dorf, um Julie anzurufen.

Großes war geschehen: Er hatte einen Sohn. Aber dieser hatte einen Vater, der ihm nichts von sich erzählen konntc. Alles, auch seine Zeit im Untergrund, würde er von anderen erfahren. Oder würde sich sein Zustand doch noch ändern? Hin und her gerissen zwischen Glück und Beklommenheit, versuchte er, sich auf den Weg zu konzentrieren.

„Geh du für mich, ich habe Angst vor Toten", bat Josette und hielt ihm, leise weinend, den schwarzen, abgewetzten Anzug hin. Er sagte nichts.

Seit Tagen schon sprach er nicht mehr mit ihr, und wenn es gar nicht zu umgehen war, nur kurz und knapp. Auch wenn sie verzweifelt an seinen Augen hing, er wollte es nicht ändern. Mitleidlos und mit kaum zu zügelnder Wut war er davon besessen, sie einfach nur spüren zu lassen, dass er inzwischen wusste, wer er war, dass sich seine Ahnung, ein anderer zu sein, bestätigt hatte. Und er zog, wann immer sie ihn ansah, den Mund zu einer harten Linie und verdunkelte den Blick.

Der Raum, in dem der Tote aufgebahrt lag, war dunkel. Nur ein paar Kerzen gaben mattes Licht. Und Jeromine, das weiße Haar zu einer Krone aufgetürmt, saß kerzengerade und ohne Tränen in den Augen auf ihrem Stuhl und starrte auf die Leiche ihres Mannes. Um sie herum die Dorfbewohner, in erster Linie Frauen.

Neugierig sah Ribert sich um. In einer Ecke entdeckte er die alten Männer, die ihn für den aufmüpfigen und unberechenbaren Pasquin Spinosi hielten. Er hatte Mühe, ein Lachen zu unterdrücken, als er in ihre vorwurfsvoll auf ihn gerichteten Augen sah. Bei dem Gedanken, dass er ab diesem Tage darauf pfeifen konnte, was sie von ihm hielten, fühlte er sich wie neugeboren. Auch die Blicke der alten Frauen gingen ihn nun nichts mehr an. Eisig sahen die Weiber zu ihm hinüber, wenn sie nicht gerade, leise tuschelnd, ihre Köpfe aneinandersteckten, den Rosenkranz beteten oder in einen monotonen Klagegesang ausbrachen, der, nachdem sie ihn beendet hatten, im Raum noch eine Weile hängen blieb.

Er sah, wie Pipo vor dem Toten stand, wie er ihn betrachtete, wie er plötzlich den Mund verzog, zu lachen begann und sich dabei beifallheischend umsah. Doch niemand achtete auf ihn. Dann ging sein Blick zurück zu Jeromine. Und als er überlegte, ob die junge Frau an ihrer Seite, eine Frau mit rot gefärbtem Haar und leeren Augen, Pipos Mutter war, da nuschelte es dicht an seinem Ohr: „Bist nicht Pasquin." Er drehte den Kopf zur Seite. „Nein, Pipo", sagte er und erschrak nicht einmal, als es lauter klang, als es dem Anlass dieses Beisammenseins angemessen war, „ich bin nicht Pasquin."

Es war Ferienzeit. Wieder einmal hatte es ihn in die Stadt getrieben. Leicht vorgebeugt, die Unterarme locker auf den Knien liegend, saß er mit offenen Händen auf den Stufen, die zum Portal der Kirche führten, und sah sich um. Auch wenn der Strom der Vorübereilenden ihm immer wieder die Sicht verstellte, fand er Gefallen an der Betriebsamkeit der Stadt, bis zu dem Augenblick, als etwas Kühles, Glattes in seine Hand fiel. Er starrte auf die Münze und wurde rot vor Scham, als er der jungen, langbeinigen Frau in kurzen Hosen nachsah. War sie es, die ihm ...? Du liebe Güte, er hatte hier doch nur ein wenig warten wollen, bis jene Frau in Blau den Laden wieder öffnen würde.

Als er ein zweites Mal die Tür verschlossen vorgefunden hatte, war er dem Klang eines Akkordeons gefolgt, dem melancholischen Gesang einer Frauenstimme, war auf dem Platz gelandet, wo sich Touristen drängten, wo nahe der Kirchenstufen unter großen Sonnenschirmen die Kellner zweier Restaurants das Mittagessen reichten.

Er wusste nicht, wie lange er hier gesessen und dem Treiben zugesehen hatte. Das Geldstück brannte ihm in seiner Hand. Und als die Sängerin verstummte, sich durch die Tischreihen zwängte und den Gästen des Lokals ein Gefäß entgegenhielt, erhob er sich und legte es hinein.

Die Kirchturmuhr schlug drei. Hastig und gezielt ging er die Straßen entlang und fand die Tür des Ladens, den er suchte, offen stehen. Nach kurzem Zögern trat er ein. Obwohl sein Haar und auch sein Hemd gewaschen waren und seine Hose an der Luft gehangen hatte, sah er wohl immer noch schäbig genug aus, um als Bettler durchzugehen.

Die Frau, diesmal in Dunkelrot gekleidet, sah ihm entgegen. Und als sie ihre Arbeit unterbrach und liebenswürdig „Kann ich helfen?“ fragte, brachte er kein Wort heraus. Er war sehr angespannt. Natürlich wollte er sie um Hilfe bitten, doch wie sollte er es sagen?

Mit dem Gefühl, ein blödes Lächeln im Gesicht zu tragen, ging er auf die Kleider zu, die zart im Stoff und farbenprächtig von den Bügeln hingen, und zu dem Ständer mit den Tüchern.

Einen Schritt weiter tat er so, als würde er den Schmuck betrachten, der ausgebreitet auf den Tischen lag, dann die Figuren, die Gefäße aus Glas und anderen Materialien, und hatte doch nur sie im Sinn, die Frau, die vor ein paar Wochen ein kleines Erdbeben in ihm ausgelöst hatte. Ihr wollte er näherkommen. Er spürte, auch wenn er ihr den Rücken kehrte, ihr wohltuendes Zugegensein.

Der Raum war angefüllt von einer wunderbaren Stille, die es zu nutzen galt, denn bald schon könnte sie durch einen Käufer aufgehoben werden, befürchtete er. Aus Angst, den Boden zu beschmutzen, setzte er jeden seiner Schritte mit Bedacht und fühlte, dass die Frau ihn nicht aus den Augen ließ. „Das kommt aus Paris“, sagte sie, als er so tat, als würde er ein Kleid betrachten. „Aus Paris? Aha.“ Er nickte höflich. „Kann es sein, dass wir uns kennen?“, fragte sie. „Am Hafen hatte ich Sie einmal angesprochen“, sagte er und machte ein paar Schritte auf sie zu. „Es ist schon eine Weile her.“

„Richtig, und anschließend sind Sie mir gefolgt, nicht wahr?“

„Damals konnte ich nicht anders. Und auch heute bin ich wieder ... Also, ich bin nicht hier, um etwas einzukaufen“, beendete er sein Gestammel. „Ich weiß, man sieht es Ihnen an.“ Sie lächelte. Seine anfängliche Beherztheit machte Anstalten, sich zu verflüchtigen. „Es ist nicht einfach zu erklären“, sagte er zaghaft. „Sie könnten es versuchen.“

„Ich raube Ihnen Ihre Zeit.“

„Nun legen Sie schon los.“

„Ich brauche Ihre Hilfe, um meinem Schicksal zu entkommen“, sagte er und war sich, als er ihr Lächeln verblassen sah, der Vieldeutigkeit seiner Bitte bewusst. „Oh nein!“, rief er. „Sie glauben, dass ich Geld von Ihnen möchte, du meine Güte nein, das ist es nicht, es ist viel komplizierter.“

Eine Weile war es still zwischen ihnen. Dann spürte er den Ruck, den sie sich gab. Ihr Gesicht begann sich wieder zu erhellen, und mit einer leichten Handbewegung gab sie ihm zu verstehen, dass er reden solle. Es lag nichts Drängendes in ihrem Blick, aber ein Gespür für diesen Augenblick und eine Ahnung, dass er Kraft brauchte, um ihr zu sagen, was er sagen wollte. „Ich habe mein Gedächtnis verloren“, flüsterte er so leise, als sei es etwas Unanständiges. So hatte er es noch niemals ausgesprochen, hatte immer andere Worte dafür gefunden, auch vor sich selbst.

Wie elend er sich plötzlich fühlte. Wütend über die Tränen, die er im Winkel seiner Augen spürte, suchte er nach einem Halt und ließ sich schließlich auf dem Stuhl nieder, der dicht am Tresen stand. „Ich stehle Ihnen Ihre Zeit“, entschuldigte er sich wieder.

Als sie heftig den Kopf schüttelte, begann er zu erzählen: von seinem Unfall, vom Krankenhaus, von Julie, von seiner Frau Josette und dem erst ein paar Wochen alten Kind. Er erzählte von der Armseligkeit der Berghütte, in der sie hausten, von der Einsamkeit dort oben, sprach von den Schafen und der Arbeit, an der er keine rechte Freude fand, und gestand ihr, dass er glaubte, nicht dorthin zu gehören. „Sie haben mich an eine Frau erinnert, die mir einmal sehr nahe gestanden haben muss“, sagte er zum Schluss. „Aber das ist es nicht allein, was mich so mutig macht, meinen Schlamassel vor Ihnen auszubreiten.“ Er hob die Hand und wischte sich den Schweiß von der Stirn. Er hatte nicht einmal ein Taschentuch.

„Als Schäfer in den Bergen, ohne Wasser, ohne Strom? Gibt es das wirklich noch?“, wunderte sie sich und bat ihn um eine kurze Gesprächspause, weil eine Gruppe junger Mädchen in den Laden stürmte. Sein Satz „Wir haben einen Brunnen“ ging im Lärm des Geschnatters unter. Nass geschwitzt und mit einem dumpfen Klopfen seines Herzens, lehnte er den Kopf zurück. Wieder fuhr er sich durchs Gesicht, rieb die Hände an der Hose entlang, bis sie trocken waren, und wartete. Die Sonne schien durchs Fenster. Die Frauen unterhielten sich. Er sah nur eine.

Als die Mädchen ihren Einkauf getätigt und das Geschäft verlassen hatten, kam sie auf ihn zu und reichte ihm die Hand. „Ich bin Monique Menault.“ Und er, im Bewusstsein seiner ungepflegten Hände, wagte ihre zarten Finger nur sehr vorsichtig zu umfassen. „Gewöhnlich schließe ich den Laden gegen acht Uhr“, fuhr sie sehr ernst und leise sprechend fort, „wir könnten dann noch einmal über alles reden, wenn Sie wollen?“

„Das ist zu spät“, sagte er und stand auf. „Der Weg ist weit und manchmal nicht viel breiter als ein Eselspfad, im Dunkeln würde ich mich dort verzetteln.“

„Gut, warten Sie!“ Sie lief zur Türe, drehte den Schlüssel herum und hängte das Schild davor. Dann machte sie eine einladende Bewegung in Richtung eines Hinterzimmers, bat ihn, vorangehen zu dürfen, und wies, dort angekommen, auf einen kleinen Sessel. Sie setzte sich ihm gegenüber. „Während ich Ihnen vorhin zuhörte“, sagte sie, „da ist mir plötzlich etwas eingefallen." Und sie erzählte ihm, dass irgendwann nach einem Unfall, von dem sie im vergangenen Sommer in der Zeitung gelesen hatte, ein Hotelier einen Gast, der an einem frühen Morgen zu einer Bergtour aufgebrochen und nicht mehr zurückgekommen war, erst nach ein paar Wochen als vermisst gemeldet hatte. Dass die Polizei vergeblich nach diesem Mann gesucht und dann an den Schwerverletzten im Krankenhaus gedacht hatte, der sich an nichts erinnern konnte. Da dieser aber inzwischen als ein anderer identifiziert worden war, hatte man die Suche nach dem Vermissten wieder aufgenommen und auch dessen Vater ausfindig gemacht. Danach habe sie von dieser Geschichte nichts mehr gehört.

Mit angehaltenem Atem hatte er ihr zugehört. „Der Name, können Sie sich noch an den Namen des Mannes erinnern? Und daran, an welchem Ort sich das Hotel befand und wie es hieß?", wisperte er aufgeregt. „Nein, das alles ist schon lange her. Der Name des Vermissten wurde in der Zeitung zwar erwähnt, aber da er keine Bedeutung für mich hatte, ist er mir auch schnell wieder entfallen."

Dann schoss er ihm durchs Hirn, dieser Name, der sich bei ihm eingeschlichen hatte, ohne sich zu offenbaren, an dem er sich gerieben und von dem er sich etwas versprochen hatte. Sein Hals war eng, als er sie fragte: „Hieß er vielleicht Ribert Cassel?"

„Tut mir leid, ich weiß es wirklich nicht, aber ... warten Sie, ich kann mich erinnern, dass von einem jungen Bildhauer aus Paris die Rede war."

Sein Herz begann zu toben. Er schloss die Augen. Das Toben breitete sich in seinem ganzen Körper aus. „Bildhauer ...“, flüsterte er vor sich hin, „... Paris, ja, oh, lieber Gott!“ Eine unbeschreibliche Erregung nahm von ihm Besitz. Er hatte das Gefühl, als würde sich die Umklammerung um eine bestimmte Stelle seines Gehirns lösen und dort ein fieberhaftes Arbeiten einsetzen. Er versuchte, Luft zu holen, einmal, zweimal, erst beim dritten Mal gelang es ihm. Ihm war, als würde er aus der Tiefe eines Gewässers auftauchen, als würde der Nebel, in dem er eine endlos lange Zeit und immer mit dem Gefühl, eines Tages den Verstand zu verlieren, herumgestochert hatte, sich langsam auflösen. „Ich glaube, ich erinnere mich wieder“, murmelte er. Sein Herz schlug immer noch bis zum Hals. Er fasste sich an die Stirne. Sie war kalt und feucht, doch seine Wangen brannten. „Trinken Sie“, sagte Monique und reichte ihm ein Glas Wasser. Er trank in gierigen Zügen, stellte das Glas vor sich auf den kleinen Tisch und sagte: „Ich bin Ribert Cassel, der vermisste Bildhauer aus Paris.“

„Nicht wahr?“, sagte sie, tief seufzend. „Es konnte gar nicht anders sein.“ Als er die Erschütterung in ihren Augen sah, griff er nach ihren Händen, drückte sie und sagte mit vor Aufregung zitternder Stimme: „Ich weiß es wieder, damals, als ich Sie sah, Sie hatten mich an eine Frau erinnert, die ich zu kennen meinte. Doch nur verschwommen, ich hatte nichts beim Namen nennen können.“

„An Ihre Frau?“

„Warten Sie. Nein, ich ...“ Er lächelte, dann schüttelte er den Kopf. „Es ist noch nicht parat.“ Er bemerkte plötzlich, wie er noch immer ihre Hände hielt. „Verzeihung“, sagte er und ließ sie los. „Seit jenem Tage ahnte ich, dass Sie mir helfen könnten. Und siehe da! Du liebe Zeit, ich bin berauscht, als hätte ich zu tief ins Glas geguckt, und andererseits unglaublich erschöpft.“ Monique nickte. „Wir können eine Weile schweigen“, schlug sie vor. „Ja, vielleicht. Ich bin so voll von Worten, Bildern und Gedanken, dass ich fürchte, dummes Zeug zu reden.“ Er lächelte gequält und hatte das Gefühl, ohnmächtig zu werden.

Wieder nickte sie, senkte den Blick und schwieg mit ihm. Doch er war viel zu nervös, um diese Stille auszuhalten, sprang auf und lief ein paarmal auf und ab. „Wie kann ich Ihnen weiterhelfen?“, fragte sie. Verwirrt sah er sie an. Er war nicht in der Lage, darauf zu antworten. Noch nicht. „Ich glaube, wir brauchen jetzt ein Glas Champagner“, sagte sie, ging zum Kühlschrank und entnahm ihm eine dunkelgrüne Flasche, die sie kritisch unter die Lupe nahm. „Nichts Spektakuläres, ein Alltagssekt, aber auch er wird uns helfen, diesem besonderen Augenblick eine gewisse Weihe zu verleihen, nicht wahr?“ Sie sprach mit ihm so ruhig und behutsam, als wäre er ein verstörtes Kind. Und er ließ es geschehen.

Mit einem Zischen glitt der Korken unter ihrem Daumen aus dem Flaschenhals. Sie stießen ihre Gläser aneinander. „Glückwunsch“, sagte sie verhalten. „Wie? Oh ja, danke. Mit dem Gefühl, von dem, was gerade in mich hineinstürzt, erschlagen zu werden, versuche ich, noch alles abzuwehren.“

„Vielleicht sollten Sie das nicht alleine, sondern mit einem dafür zuständigen Spezialisten aufarbeiten.“

„Ich bin noch nicht so weit, darüber nachzudenken“, entgegnete er, mühsam lächelnd, und griff sich an die Brust. Sein Herz wollte nicht zur Ruhe kommen. Monique sah auf die Uhr, erhob sich leise und vorsichtig, als wollte sie ihn nicht stören, und sagte: „Ich muss den Laden wieder öffnen, doch Sie sollten noch ein bisschen bleiben.“

Er sah sich um und wusste nicht so recht, wohin mit sich. „Nein, nein, ich bin okay“, sagte er und taumelte vor Schwäche. Bevor er sich am Stuhl festhalten konnte, hatte sie ihm schon die Hände entgegengestreckt. „Was werden Sie nun tun, Monsieur Cassel?“ Erstaunt sah er sie an. Sie meinte ihn. „Ribert“, bat er. „Nennen Sie mich Ribert.“

„Ribert.“ Sie lächelte. „Der Anfang ist gemacht“, sagte er. „So ist es“, bekräftigte Monique. „Dass es mir gelingen würde, mich heute schon wiederzufinden, hätte ich nicht einmal zu träumen gewagt“, sagte er und wusste mit dem neuen Mann in sich noch gar nichts anzufangen. „Ein bewegender Moment, auch für mich“ hörte er sie sagen und war von ihrer Stimme, ihrem Lächeln und ihrem Mitgefühl dermaßen überwältigt, dass er an sich halten musste, sie nicht in den Arm zu nehmen.

„Darf ich wiederkommen?“

„Kommen Sie das nächste Mal zu mir nach Hause, montags ist mein Geschäft geschlossen.“ Sie griff nach einem Faltblatt, schlug es auf und zeigte ihm im Wirrwarr der aufgezeichneten Straßen, wo ihre Wohnung lag. Dann sah sie auf. „Werden Sie einen Arzt aufsuchen oder das Krankenhaus, in dem Sie gelegen haben, benachrichtigen? Sie sollten sich umgehend in die

Hände von Fachleuten begeben.“ Er schüttelte den Kopf. „Ich will versuchen, erst mal alleine klarzukommen, auf meine Art.“

Die lange Zeit der quälenden Ungewissheit war vorüber. Greifbar nahe lag nun alles wieder vor ihm: dieses einzigartige und wunderbare Durcheinander eines Lebens, das er entwirren und Stück für Stück aneinanderfügen würde. Nein, die Hilfe eines Spezialisten benötigte er dazu nicht. „Viel Glück“, sagte Monique und reichte ihm die Hand.

Die schmale Gasse sah genauso aus wie vorher und war doch nicht mehr dieselbe. Die Häuser schimmerten im Abendlicht, als hätten sie einen neuen Anstrich bekommen. War die Luft inzwischen nicht viel weicher geworden, der Wind sanfter? Und hatten die Menschen, die ihm entgegenkamen, nicht einen anderen, einen freundlicheren Blick?

Mit dem Gefühl, wieder eingebettet zu sein in die Gesellschaft und vorwärtsgetrieben von unbekannten Kräften, ging er durch die Stadt und setzte sich dann später ganz mechanisch in Josettes Auto, das er auf einem Parkplatz inmitten einiger Reisebusse abgestellt hatte. Was für ein Tag! Noch ganz umnebelt von dem Geschehen der letzten Stunde, fuhr er die Straßen entlang, die er gekommen war.

Der Autoverkehr war inzwischen dichter geworden. Die Berge waren weit entfernt. Er fühlte sich erschöpft. Und es verging noch eine Weile, bis er sich in den neuen Bildern zurechtfand, bis einige der verloren gegangenen Dinge wieder Gestalt annahmen. Bildhauer! Er lächelte vor sich hin. Habe ich es nicht geahnt? Und dann Paris! Er fuhr sich mit der Hand durchs Haar. Wie er sich darauf freute, dorthin zurückzukehren.

In Gedanken die Straßen dieser Millionenstadt durchstreifend, als wäre er erst gestern dort gewesen, pfiff er vor sich hin. Manchmal vergaß er, Gas zu geben. Wie schön das Leben plötzlich war. Er summte und trällerte ein Liedchen nach dem anderen, bis er sich in Gedanken vor seinem Atelier befand: Ein Tor, ein Innenhof und rechts vom Wohnhaus des Vermieters ein unscheinbares, niedriges Gebäude. Hier war sein Arbeitsfeld, sein steinstaubiges Refugium, in dem der Großstadtlärm nur abgeschwächt zu hören war.

Schaffensfreudig sah er sich hier stehen. Er hob im Geist die Hände und glaubte, den rauen Stein an seinen Fingern zu spüren, den feinen Staub zu atmen, der ihn einhüllte, sich in den Nasenlöchern niederließ und unter das schmale Leder seiner Armbanduhr kroch. Als wäre er gerade dabei, mit Hammer und Meißel, mit Spitz- und Schneideisen seine Vorstellung von einem Kunstwerk zu vertiefen, Schlag um Schlag, bis hin zu einer kühnen Komposition. Einige der Skulpturen hatte er deutlich vor Augen. Was mochte inzwischen mit ihnen geschehen sein?

Er erinnerte sich an die Beglückung, die er Tag für Tag bei seiner Tätigkeit empfunden hatte, an die stolze Freude beim Betrachten seiner Werke, die, trotz aller gegenteiligen Voraussagen seines Vaters, nicht nur Beachtung, sondern auch Bewunderung gefunden hatten. Vor diesem Hintergrund hatte er dann auch die einzigartige Odile gewinnen können.

Die Erinnerung an diesen Namen fuhr ihm durch alle Glieder. Ja, so hieß die Frau, die ihm die Sinne verwirrt und die er auf abgründige Weise angebetet hatte. Der Name war wie

Glück und Schmerz zugleich. Und plötzlich wurde ihm auch klar, dass sie es war, die er damals meinte, in Monique gesehen zu haben, obwohl Odile um Jahre jünger und, wie er in diesem Augenblick glaubte, sich zu erinnern, auch schöner war als sie.

Er hielt das Auto an und legte seinen Kopf aufs Steuerrad. Wie war es möglich, dass er Odile vergessen konnte? Auf einmal hatte er den Wunsch umzukehren, zurückzufahren und sie anzurufen. Er stöhnte auf. Plötzlich hatte sich auch wieder die Erinnerung an seinen Vater dazugesellt. Er hatte neben einer schönen Frau auch einen Ursprungsmenschen. „Ihn sollte ich zuerst anrufen", dachte er und sah im Geist des Vaters müde werdendes Gesicht, die Schultern, die sich schon nach vorne beugten, den Gang, der mut- und kraftlos wirkte, und schließlich dessen ehemals so kräftigen, und neuerdings durch Knoten deformierten, Finger. Ob er noch in der Lage war zu arbeiten? Und wenn er gar schon tot war? Seine Gedanken sprangen hin und her.

Plötzlich war er wieder bei Odile. Er überlegte, ob er sie nicht zuerst anrufen sollte, versuchte, sich auf die Schnelle auszumalen, wie sie reagieren würde, und verwarf den Einfall wieder. „Alles muss erst wieder richtig eingeordnet werden", dachte er, und auch, dass er vergessen müsse, was er sich in den erinnerungslosen Monaten vorgestellt oder gewünscht hatte.

Er ließ den Motor wieder an und löste mit der Hand die Bremse. Der steil ansteigende Pfad war voller loser Steine, so dass die Räder sich eine Zeitlang auf der Stelle drehten, bevor sie griffen. Es dämmerte. Dunkel und mächtig kamen ihm die

Felsen entgegen. Alles, was vorhin noch grün war, hatte plötzlich keine Farbe mehr.

Wieder zuckte er zusammen. Doch diesmal so, als hätte man ihm einen Schlag versetzt. „Aber wer um Himmels willen", dachte er, „ist dann Josette? Wer ist die Frau dort oben in der Hütte, zu der ich fahre, als führe ich nach Hause? Die Frau, die mich vor mehr als einem Jahr in diese armselige Einsamkeit verschleppt hat?"

„Du bist Pasquin, mein Mann", so hatte sie ihn einst an seinem Krankenbett begrüßt, wohl wissend, dass er zu jenem Zeitpunkt eine leichte Beute für sie gewesen war. Obwohl sich damals alles in ihm gesträubt hatte, war er mit ihr mitgegangen und hatte zu alledem auch noch ein Kind mit ihr gezeugt. „Verdammt, wem habe ich mich da bloß anvertraut!", schrie er auf und sah, wie seine Hände zitterten. „Weg, auf der Stelle weg und niemals mehr zurück in dieses Leben", sagte er sich und blickte auf den steilen Weg, der von Bäumen dicht gesäumt und viel zu schmal war, um mit dem Auto umzukehren.

Voll Zorn schlug er aufs Steuerrad. Die Hupe tönte laut und das Getriebe kreischte auf, als er den kleinsten Gang einlegte. Ein aufgeschreckter Vogelschwarm flog vor ihm her. „Und wenn sie krank ist? Irre? Verrückt?" Er hatte plötzlich Angst vor dieser Frau und Angst um seinen Sohn. Immer noch zitterten seine Hände. Es fiel ihm schwer, das Steuerrad zu halten. „Es muss doch eine Erklärung dafür geben", versuchte er, sich zu beruhigen, und dachte, dass dieser Tag ein Glücks- und Unglückstag zugleich war, ein Tag, der ihn ungeheure Kraft kostete, und dass er darauf achten sollte, nicht in dem Maße von dieser Aufregung überwältigt zu werden, dass es ihn zu guter Letzt noch den Verstand kosten könnte. Er wenigstens sollte ihn behalten.

Was wollte diese Frau von ihm? Wie hatte sie ihn ausfindig machen können? Aus welchem Grund hatte sie ihn zu ihrem Ehemann gemacht? Und überdies zu einem, den man verstecken muss? „Man sucht dich, du bist ein Bombenleger", hatte sie ihm zu einem späteren Zeitpunkt vorgelogen. Unheimlich war das. Ihm schwante, dass Julie ihre Hand im Spiel hatte. Natürlich hatte man nach ihm gesucht, etwas spät erst allerdings, als er von seiner Bergtour nicht zurückgekommen war. Was war bloß schiefgelaufen zwischen Krankenhaus und Polizei? Wahrscheinlich hatte man ihn irgendwann für tot erklärt.

Erneut fiel ihm sein Vater ein. Was mochte diese Nachricht damals wohl für ihn bedeutet haben? Zu viel drängte sich ihm auf. Wie sollte er das alles in dieser kurzen Zeit bewältigen? Sein Hals war trocken. Er hatte Durst. „Vater!", brach es aus ihm heraus. Nicht zärtlich, denn er wusste wieder, dass sie beide ein distanziertes Verhältnis zueinander hatten, aber doch mit großer Erleichterung. Und plötzlich wieder froh über die allmähliche Wiederkehr alles Vergessenen, verdrängte er seine Wut und Bestürzung und befasste sich mit seinem Vater.

Im Geist sah er sein Elternhaus, das sich in einem Vorort von Paris befand. Er sah die Eingangstüre, das kleine Messingschild mit dem Namen seines Vaters: Arnaud Cassel. Er sah das grau verwitterte Holz um die verstaubte Schaufensterscheibe, hinter der seit langem schon kein Grabstein stand, sondern nur noch ein paar morsche Bretter lagen.

In Gedanken durchquerte er den Hof, schlenderte vorbei an Blöcken aus behauenem und unbehauenem Stein und stieß auf ein langgestrecktes, in seinen Augen hochtrabend mit „Kunst am Grab“ beschriftetes, Gebäude. Und jenseits der Straße lagen die Toten, gebettet in die dunkle Erde und bedeckt mit weißem, grauem oder schwarzem, fein poliertem Marmor. Auch seine Mutter ruhte dort.

Mit ihrem frühen, vorhersehbaren und doch unverhofften Tod hatte sein ohnehin schon schwer zugänglicher Vater den letzten Rest an Freundlichkeit verloren. Gebeugt und grau, auch im Gesicht, als wäre der Staub der Steine an ihm haften geblieben, hatte er mehr und mehr seinen zwei Mitarbeitern die Kundenberatung überlassen und war selbst seinen alten Freunden aus dem Weg gegangen. Hinzu kam, dass er nie verwunden hatte, dass Ribert, sein einziger Sohn, nicht Steinmetz hatte bleiben wollen, um ihm weiterhin zur Hand zu gehen, sondern, seinem Willen nach, ein studierter Bildhauer geworden war.

Die künstlerische Begabung seines Sohnes hatte er nicht sehen wollen. Unablässig hatte er ihn aufgefordert, das Handwerk seiner Großväter und Urgroßväter fortzusetzen. „Odile hätte sich zu diesem Thema nicht äußern dürfen“, dachte er und erinnerte sich an den ersten, gemeinsamen Besuch bei seinem Vater.

Der Zug war voll besetzt. „Nein“, sagte Odile und wollte wieder gehen, als sie keinen Sitzplatz fanden. Sie trug ein weißes Sommerkleid. Etwas zu tief ausgeschnitten, fürchtete er, als er an seinen Vater dachte. „Die Fahrt ist kurz, nicht länger als vierzig Minuten“, tröstete Ribert und hielt sie fest, als sich das Fahrzeug in Bewegung setzte. „Das nennst du kurz?“

Sie schüttelte ihn ab. „Ich hasse Vorortzüge. Du hättest dir den Citroën von Terry leihen können.“

„Nein, nicht schon wieder“, sagte er, „wir hätten schließlich auch mit dem Transporter fahren können.“

„Pah“, sagte Odile.

„Zwei Autos kann ich mir nicht leisten“, entgegnete er.

Angestrengt schweigend sah sie an ihm vorbei.

Der Zug hielt an. Niemand stieg aus, doch viele stiegen zu. „Es ist stickig, ich bekomme keine Luft, es ist unerträglich hier“, begann Odile aufs Neue, sich zu beklagen. Er beugte sich nach vorn und öffnete das Fenster. „Besser so?“ Mit beiden Händen hielt sie sich die Frisur, die durch den Zugwind zu verwehen drohte, und zog dabei ein alarmierendes Gesicht. Er schob das Fenster wieder hoch. Und als er sah, dass sich am Ende des Waggons ein Mann erhob und auf den Ausgang zuging, schob er Odile nach vorn und sagte leise: „Ein Platz ist frei geworden, dort hinten, in der letzten Reihe.“ Doch bevor Odile den freien Sitz erreichen konnte, hatte sich schon eine schwer bepackte Frau dort hingesetzt. „Noch zwei Stationen“, tröstete er sie, die mit gequältem Gesichtsausdruck zu ihm zurückkam, und half ihr, als sie angekommen waren, aus dem Zug.

Jedes Mal, wenn er vom Bahnsteig aus dem alten Bahnhofsgebäude entgegenging, wurde seine Kindheit wieder wach. Mit Knabenaugen sah er auch dieses Mal wieder die zwei Kastanienbäume, die lange Holzbank neben der Eingangstüre und den vermieften Schalterraum. Fühlte wieder die Erschöpfung nach den langen Schulstunden und die Liebesnot beim Anblick von Marie-Pierre, die, schön und einige Jahre älter als er, jeden Tag die gleiche Bahn genommen hatte, ohne ihn zu beachten. Er dachte an die Langeweile der Sonntage, denen er regelmäßig entflohen war, indem er und seine Freunde, auf der Bank vor den Gleisen sitzend, sich gegenseitig Schmuddeltexte vorgelesen hatten, während Schnellzüge, von denen er sich in Gedanken davongetragen fühlte, an ihnen vorbeigedonnert waren.

Wortlos steuerte Odile auf das einzig sichtbare Taxi zu. Ribert gab auf. Er wagte nicht zu sagen, dass sie zu Fuß in wenigen Minuten sein Elternhaus erreichen würden.

Sein Vater holte eine Flasche Portwein und drei Gläser aus dem Schrank. Im Halbkreis saßen sie zu dritt und sahen in den Garten. Beide Türflügel hinaus auf die Terrasse waren weit geöffnet. Das Abendzwitschern einer Amsel war zu hören. Ribert bemerkte, dass das Haus allmählich unter seiner mangelnden Pflege zu leiden begann. Überall entdeckte er einsetzenden Verfall und verblassende Farben. Doch dem Garten, den einst die Mutter angelegt und immer liebevoll gepflegt hatte, schien die Vernachlässigung nichts auszumachen. Die Spätsommerblumen leuchteten in unterschiedlichen Farben, und an der Mauer entfalteten die letzten roten Rosen ihre Pracht. Nie zuvor war Ribert die melancholische Schönheit dieses Gartens aufgefallen, den Reichtum der Natur hatte er bis jetzt nur im Gestein gefunden.

Vater und Sohn saßen sich wie Fremde gegenüber, sprachen stockend und mit großen Pausen. Und Odile saß da und rauchte. „Ich werde nicht mehr lange arbeiten können“, sagte der Alte zu seinem Sohn, „sieh dir meine Hände an.“ Flüchtig sah Ribert auf die geröteten und knotigen Fingergelenke der einstmals kräftigen und gesunden Hände und tat bekümmert, als er seinen Vater fragte: „Und? Was sagt dein Arzt dazu?“

„Es liegt am Essen!“, rief Odile dazwischen. „Sie kennt sich aus“, erklärte Ribert mit einem besänftigenden Lächeln. „Aha“, grunzte der Alte. Dann trat ein unbehagliches Schweigen ein.

Ribert, die Unterarme auf die Knie gestützt, betrachtete den abgewetzten Teppich. Nach einer Weile sah er auf. „Verkauf den Laden, Vater“, sagte er und wartete auf eine polternde Reaktion. Doch dieser legte die gekrümmten Finger ineinander und sagte so flehentlich, wie es sein sprödes Wesen erlaubte: „Ich werde alt und habe immer noch die Hoffnung, dass du einmal ...“

„Schlag dir das aus dem Kopf“, unterbrach Ribert ihn barsch und fügte ein leises „bitte“ hinzu, weil ihm plötzlich der allmähliche Niedergang all dessen, was das Leben seines Vaters ausgemacht hatte, vor Augen stand. Wie hinfällig er geworden war, war ihm noch nie so aufgefallen wie an diesem Tag. „Ribert ist Künstler und kein Handwerker“, sagte Odile. „So, dann sehen Sie sich einmal um, junge Dame“, donnerte der alte Mann und zeigte mit dem Finger nach draußen, „und dann sagen Sie mir, wer hier der Künstler ist!“

„Der Tod“, sagte Odile, „der Tod ist hier am Werk.“

Ribert erschrak, gab ihr mit Blicken zu verstehen, dass sie nun schweigen solle, und verwarf seinen ursprünglichen Plan, mit ihr sein altes Zimmer aufzusuchen, von wo aus man den ganzen Friedhof überblicken konnte.

Ungerührt drückte Odile ihre Zigarette aus, stand kurzweg auf und fragte: „Wo ist das Bad?“ Ribert zeigte den Korridor entlang. „Die zweite Türe rechts.“

„Sie meint es nicht so, wie es sich anhört“ sagte er zu seinem Vater, als Odile den Raum verlassen hatte. „Was Ernstes?“, fragte ihn sein Vater mit diesen hochgezogenen Augenbrauen, wie er ihn schon als Kind betrachtet hatte. Ribert deutete ein Nicken an, wagte aber nicht zu sagen, dass er bereits seit kurzem mit Odile zusammenlebte. Stattdessen sagte er: „Hör zu, Papa, ich brauche Geld.“

„Schon wieder?“

„Ich zahl es dir zurück.“

„Die junge Dame scheint sehr anspruchsvoll zu sein.“

„Nein“, log er, „es ist nicht ihretwegen, momentan bewegt sich einfach nichts bei mir.“

„Nimm meinen Vorschlag an, dann bist du aus dem Schneider.“

„Papa, ich bitte dich, nur dieses eine Mal noch.“

„Wie lange willst du noch so weitermachen?“, seufzte der Alte, erhob sich aus seinem Sessel, schlurfte zur Kommode und zog eine Schublade auf. „Es bleibt nicht so“, versprach Ribert. „Wie viel?“ Den Stift schon in der Hand und seinem Sohn den Rücken zugewandt, blieb der alte Mann vor der Kommode stehen. Ribert zögerte ein wenig, bevor er eine Summe nannte. Er bedankte sich, als er den Scheck gereicht bekam, und konnte trotzdem nicht umhin, sich zu beklagen, dass Odile von seiner Mutter, wenn sie denn noch gelebt hätte, wohl freundlicher empfangen worden wäre. Woraufhin beide Männer den Blick zu der Wand richteten, an der das Foto mit der müde lächelnden Frau hing, die bei Riberts Geburt beinahe gestorben wäre. Erst zu jenem Zeitpunkt hatte man ihren Herzfehler entdeckt. Achtzehn Jahre später hatte sie dann eines Morgens tot im Bett gelegen.

Als Odile aus dem Bad zurückkam und Ribert mit eindeutiger Geste zu verstehen gab, aufbrechen zu wollen, steckte er den Scheck in seine Hemdentasche, erhob sich, sah in die Runde und fragte: „Sollen wir gemeinsam etwas essen gehen?“ Odile reagierte mit widerstrebendem Mienenspiel, und der Alte kehrte ihnen den Rücken zu und ging zu seinem Sessel, der dicht am Fenster stand. „Geht ihr zwei, ich habe mir für heute schon eine Andouillette und frisches Brot gekauft.“

„Andouillette, du liebe Güte, das Zeug besteht aus Innereien, wissen Sie das nicht?“, entsetzte sich Odile, als hätte er sie dazu eingeladen. Ohne Kommentar ließ sich der Alte in den Sessel fallen. Ribert trat zu ihm hin. Er wollte etwas sagen, doch als sein Vater nach der Zeitung griff, wusste er, dass es nichts mehr zu sagen gab. Er beugte sich zu ihm hinunter, ließ ihn wissen, dass sie jetzt gehen würden, und bedankte sich, indem er ihm die Hand auf den Arm legte.

Darauf hoffend, dass auch Odile ein Wort zum Abschied finden würde, sah er sich nach ihr um. Doch sie stand schon in der Türe und gab ihm mit ungeduldiger Handbewegung zu verstehen, dass sie nun endlich gehen möchte.

„Ach, Vater“, dachte er, „wenn du mich hier sehen könntest, würden vielleicht auch dir die Tränen kommen.“ Er umklammerte das Lenkrad derart, dass seine Knöchel sichtbar wurden, und nahm sich vor, den alten Herrn baldmöglichst anzurufen. Doch vorher musste er herausbekommen, welch bitterböses Spiel man hier mit ihm getrieben hatte. Seine Freude an der Fähigkeit, sich erinnern zu können, wich wieder grenzenlosem Zorn.

Er rüttelte am Steuerrad, das Auto schlingerte. Er musste sich zwingen, seine Ruhe zu bewahren oder sie wiederzufinden. Doch als der Weg ein wenig breiter wurde und er von weitem die kleine, graue Hütte vor dem Hintergrund der Felsen sah, diese Kulisse seiner unheilvollen Geschichte, als er fühlte, dass seine Wut die Oberhand behalten würde, und er nicht wusste, wozu er fähig war, machte er kehrt und fuhr den Weg zurück.

Er dachte an Monique. Die Scheu, sie um Geld zu bitten, um damit eine Nacht in einem Gasthof zu verbringen, war nicht so groß wie seine Angst, die Nerven zu verlieren und dieser Frau dort oben etwas anzutun. Ihm war, als hätte er ein Karussell im Kopf.

Ohne viel zu fragen, gab Monique ihm nicht nur Geld, sie wusste auch eine Unterkunft, in der er sich seiner Aufmachung nicht würde schämen müssen. Ein kleiner Laden hatte noch geöffnet. Er kaufte eine Flasche Wein, Brot und ein Stück Käse, verschloss die Türe hinter sich und sah sich um. Das Bett war frisch bezogen. Es war nicht nur ein gutes Gefühl, allein in einem Raum zu sein, allein in einem Bett schlafen zu können, es war auch sehr bequem, dass Wasser aus dem Hahn lief und sich auf dem Gang ein Spülklosett befand.

Gesättigt und vom Wein berauscht, lag er auf dem Bett, machte die Augen zu und war erneut bei seinem Vater. Von klein auf hatte er sich seiner Unnachgiebigkeit gebeugt, hatte nie gewagt, zu opponieren. Doch dann, nur ein Jahr nach dem Tod der Mutter, war er vor ihm geflohen, vor seiner Bitternis und seiner missgelaunten Art zu trauern.

Mithilfe der kleinen Erbschaft, die ihm seine Mutter hinterlassen hatte, war es ihm möglich gewesen, ein Studium in Paris zu beginnen und sich mit kleinen Restaurationsarbeiten in Kirchen und Schlössern der Umgebung ein Zubrot zu verdienen. Zu seinem Vater war er nur gegangen, wenn er glaubte, dass es an der Zeit war, sich wieder mal bei ihm zu zeigen, und wenn er hoffte, etwas Geld von ihm zu bekommen.

Es waren anstrengende, aber gute Jahre gewesen.

Doch seine schönste Zeit, erinnerte er sich, hatte er einen Sommer lang hier auf Korsika verbracht, in der ihn Claude, ein alter, fast schon erblindeter Skulpteur, gelehrt hatte, die Welt mit anderen Augen wahrzunehmen. Kostbare Erinnerungen stellten sich ein, Fundstücke, die ihm wieder auf die Beine halfen und nach und nach den Boden unter seinen Füßen ebneten. Er machte damals seinen Abschluss und konnte sich mit dem Rest des geerbten Geldes ein Atelier und eine Wohnung mieten.

Langsam spürte er seine Lider schwerer und schwerer werden und schlief ein, bevor er den Vorsatz, sein wiedergewonnenes Leben ganz zu durchlaufen, in die Tat umsetzen konnte.

Als er erwachte, überfiel ihn die Idee, nicht wieder zu Josette zurückzukehren. Doch nur für einen Augenblick, denn schließlich gab es dort sein Kind. Und es gab seine mörderische Wut, die er, bevor sie von seiner Genesung erfahren sollte, sie fühlen lassen wollte, um sie anschließend an den Pranger zu stellen.

Während sich das Auto ein zweites Mal den steil ansteigenden Pfad hinaufquälte, fragte er sich, inzwischen etwas ruhiger geworden, aus welchem Grund er damals wohl zu dieser Insel aufgebrochen war. Wollte er den alten Claude aufsuchen, um wieder Zuversicht und einen klaren Blick für sich und seine Kunstform zu gewinnen? Es fiel ihm ein, dass er zu jenem Zeitpunkt seinen Stil verändert hatte, dass er plötzlich ganz erpicht darauf gewesen war, sich in andersartigen Materialien zu verwirklichen. Doch alles, was er geschaffen hatte, war von den Galeristen mit Skepsis aufgenommen worden.

Den Gedanken, sich an Monumentales heranzuwagen, hatte er zum Glück verworfen. Auch wären damit seine Schulden ins Unermessliche gestiegen, denn gleichzeitig war es seinem Vermieter eingefallen, die Miete für das Atelier, in dem seine Skulpturen darauf warteten, eine Lücke in einer Galerie zu finden, um eine nicht geringe Summe zu erhöhen. Unbezahlte Rechnungen hatten sich zu einem Stapel angehäuft.

Und Odile? Mit jedem Wort, mit jeder Geste hatte sie ihm seine Fehlschläge unter die Nase gerieben. Schließlich hatte er seinen Vater bitten müssen, ihm Geld zu leihen, da seine Bank ihm jeglichen Kredit verweigert hatte. Und er versetzte sich zurück in diese Zeit, um den Grund für seine Flucht – er wusste plötzlich wieder, dass es eine war – herauszufinden.

Viel zu viel Geld, geliehenes Geld war in die Einrichtung ihrer gemeinsamen Wohnung geflossen: Sitzmöbel aus weißem Leder, weiße Teppiche, verchromte Glastische und dramatische Vorhänge aus dunkelrotem Samt. Und er hatte inmitten dieses nie gekannten Übermaßes an Eleganz plötzlich das Gefühl, etwas vorzugeben, was weder seiner Art zu leben noch seinen derzeitigen Einnahmen entsprach.

Auch Odile verdiente nichts. Weil zwischen ihr und ihrem Chef eine ungeklärte Intimität bestanden hatte, hatte Ribert sie gebeten, ihren Job zu kündigen. Ob sie sich heimlich trafen? Sie wirkte stachelig in letzter Zeit. Und am Telefon war es zuweilen still geblieben, wenn er den Hörer abgenommen und sich gemeldet hatte. Außerdem tat sie nicht viel dafür, um einen neuen Arbeitsplatz zu finden. Und wenn sie mal ein Angebot bekam, dann lehnte sie es ab. Sie wolle sich viel Zeit mit ihrer Suche lassen, sagte sie, und war doch eher unterwegs, um ausgefallene Kleidung oder Zierstücke für die Wohnung aufzutreiben. Und abends wollte sie am liebsten essen gehen.

Das ging ins Geld, bis er, anfänglich lachend, dann immer ernster werdend, sagte, dass sie die Beibehaltung dieses Lebensstils ins Elend führen würde, denn heimlich hatte er gehofft, dass sich Odile nicht nur mit ihrer Schönheit, sondern ab und zu auch mit der Kunst der Essenzubereitung auseinandersetzen würde. Doch weit gefehlt. Nach ein paar misslungenen Versuchen hatte sie es wieder aufgegeben.

Was hatte er sich vorgestellt, Odile als Hausfrau? Sie war nicht einmal fähig, regelmäßig den Kühlschrank aufzufüllen. „Sie soll sich den Plunder selbst verdienen“, dachte er, wenn wieder mal ein neues Kleidungsstück am Bügel hing, wenn sich im Bad die Tiegelchen und Fläschchen auf wundersame Weise zu vermehren schienen und der Stapel der Mode- und Klatschzeitschriften immer größer wurde.

Inzwischen war die dunkle Jahreszeit vergangen. Interessenten für seine Kunst gab es seit langem schon so gut wie keine, die Auftragsarbeiten, die ihn vielleicht gerettet hätten, fehlten, und beide waren sie gereizt. Doch dass Odile noch immer keine Arbeit hatte, schien nur ihn zu stören.

Es war März, die Nächte waren noch empfindlich kalt, als er sie eines Abends vorsichtig fragte: „Hast du noch immer nichts, nicht mal ein Vorstellungsgespräch?“

„Nein“ war ihre knappe Antwort. Sie saß am Tisch, zerteilte mit trägen Bewegungen eine Ananas und steckte sie sich häppchenweise in den Mund.

Enttäuscht schlug er den Kühlschrank wieder zu, als weder kaltes Fleisch noch Schinken oder Käse sich darin befanden. Ein Stückchen altes Brot lag noch im Kasten, das war’s, und die Konserven waren aufgebraucht. Er lehnte ab, als sie ihm die unberührte Hälfte ihrer Ananas entgegenschob. „Wir sollten in den Süden fahren“, schlug sie vor, „jetzt, wo ich noch frei und ohne Arbeit bin.“

„Ich bin pleite“, sagte er. „Dann sei doch froh, dass ich nichts ausgegeben habe.“ Er lachte auf. „Und was ist das?“ Er zeigte auf die beiden roten Kugeln, die er noch nie an ihren Ohren hatte hängen sehen. Er wusste, dass sie, einmal getragen, zu dem anderen Krempel fliegen würden. „Sieh lieber zu, dass du mit deinem Laden wieder auf die Beine kommst, anstatt an mir herumzunörgeln!“, rief sie vorwurfsvoll. „Mach Werbung für dein Zeug, Ausstellungen zum Beispiel, oder besser noch, schlag wieder eine andere Richtung ein. Keinem scheint doch zu gefallen, was du augenblicklich an traurigen Gestalten produzierst.“

„Ja, das hat dir Spaß gemacht, als Superkunstwerk auf meinen Vernissagen zu fungieren“, dachte er grimmig. „Ach, das verstehst du nicht“, sagte er, „Kunst ist Kunst, sie hat nicht zu gefallen, man muss sie spüren und erleben. Und selbstverständlich werde ich, sobald ich mit der Serie fertig bin und mir mein Vater etwas Geld vorschießt, auch wieder eine Ausstellung arrangieren.“ Ihr Lächeln war herablassend und kalt. „Manchmal muss man einen langen Atem haben“, fügte er kleinlaut hinzu. „Ach, mach dir doch nichts vor!“, rief sie und zeigte mit spitzem Finger auf die Schalen der Ananas, was für ihn bedeutete, dass er sie umgehend in den Müllschlucker zu werfen habe.

Der unangenehme Geruch, der aus dem Schlund kam, blieb in der Küche hängen. Er öffnete das Fenster. „Ich bin sicher, dass man mir irgendwann meine traurigen Gestalten, wie du sie nennst, aus den Händen reißen wird. Doch im Moment ..., die Bank ist kategorisch. Und es fällt mir zusehends schwerer, an jedem Ersten meinen Vater anzupumpen, um meine Mieten bezahlen zu können. Zum Glück legt er immer noch was drauf. Hier“, er zog ein paar Scheine aus seiner Hemdentasche, „das ist alles, was wir für die nächsten Wochen haben, seit Monaten bin ich in der Klemme, es würde helfen, wenn du mitverdienen würdest."

„Ich hatte eine gute Stelle, du wolltest, dass ich kündige, vergiss das nicht."

„Das ist nicht wahr, Odile, du hast es ebenso gewollt. Ich kann mich gut daran erinnern, dass du nach jener Nacht – du weißt, von welcher Nacht ich spreche – deinem Chef nicht mehr begegnen wolltest. Gemeinsam hatten wir beschlossen, dass du gehst, dass du versuchst, woanders einen Job zu finden." Er biss sich auf die Lippen. Da war sie wieder, seine Eifersucht auf jenen Mann, in dessen Gegenwart er sich so schrecklich unelegant und unerfahren vorgekommen war.

Odile saß nur da und starrte schweigend auf einen ihrer Fingernägel. Er liebte ihre Hände, ihre langen, schmalen Finger mit den gepflegten, fein gewölbten Nägeln, doch momentan hasste er, mit welcher Ausschließlichkeit sie mit den Augen daran hing. „Warum läuft es eigentlich bei deinem Freund so gut? Warum ist er niemals in Verlegenheit? Warum hat er das dicke Geld?" Wie eine Kampfansage warf sie ihm plötzlich diese Fragen an den Kopf. „Das weiß ich nicht, vielleicht, weil er schon länger im Geschäft ist, vielleicht, weil er Beziehungen hat oder augenblicklich Holzskulpturen mehr gefragt sind als die aus Stein, es gibt doch Hunderte von Möglichkeiten."

Es gefiel ihm nicht, dass sie über Terry redeten, und er überlegte, wie er sie dazu bringen könnte, sich wieder anderen Themen zuzuwenden. „Wir sollten bald mal wieder mit ihm essen gehen", schlug sie vor, bevor ihm etwas eingefallen war, und setzte mit den Worten „Terry ist ein toller Typ, wir hatten letztes Mal viel Spaß miteinander“ dem Ganzen noch die Krone auf. Dass auch Odile, ebenso wie ihre Vorgängerinnen, an seinem Freund Gefallen fand, war ihm natürlich nicht entgangen. „Ich weiß, mit Frauen kennt sich Terry aus“, sagte er, mühsam seine Eifersucht verbergend. Lange schon zerbrach er sich den Kopf darüber, wie er dieses lästige und immer wiederkehrende Gefühl überwinden könnte. Doch eine Lösung fand er nicht.

„Liebst du mich?“

„Gütiger Himmel!“ Sie lachte schallend auf. „Also nicht.“

„So kann man das nicht sagen.“

„Manchmal denke ich, dass du nur deshalb eine Wohnung mit mir teilst, weil deine Unterkunft ein Loch war, weil du Ärger mit den Hausgenossen hattest und du nicht zu deiner Mutter ziehen wolltest.“

„Ach, meine Mutter, sie hat heute angerufen“, sagte Odile.

„Und?“

„Sie will sterben.“

„Das kennen wir doch schon.“

„Erfrieren sei ein schöner Tod, hat sie gesagt. Heute Nacht will sie sich in den Bois de Bologne setzen.“

„Dazu ist es nicht kalt genug, sie kann sich höchstens einen Schnupfen holen.“

„Das hab ich auch gesagt.“

„Wie hat sie reagiert?“

„Na, wie schon? Sie hat dummes Zeug geredet, so wie immer, wenn sie betrunken ist.“

„Du liebe Zeit.“ Er spürte, wie die Wut ihn packte. Das war ein Thema, das sich ständig wiederholte, und auch sein Schwanken zwischen Mitleid und Verachtung.

Da ging das Telefon. Odile sprang auf. „Für dich, es ist dein Vater“, sagte sie und reichte ihm den Hörer.

Das Gespräch verlief wie immer. Nach ein paar ausgetauschten Nichtigkeiten kam der Vater schnell zur Sache. Es gäbe einen Interessenten für Wohnhaus und Fabrik, und er, Ribert, solle sich nun endlich zu einer Entscheidung durchringen. „Es ist dein Elternhaus, es ist mein Lebenswerk, und bei dir läuft es doch augenblicklich nicht so gut. Überlege es dir doch noch einmal ganz in Ruhe“, hörte er den Vater bitten, während er selber drauf und dran war, ihn nach der Höhe des gebotenen Geldes zu fragen. Schon mit einem Bruchteil davon würde er seine Schulden bezahlen und vielleicht sogar einen künstlerischen Neubeginn starten können. Dass das eine gute Gelegenheit sei, wollte er dem Vater sagen, dass er verkaufen und sich endlich von dem Gedanken verabschieden solle, dass er sein Nachfolger werden würde, und erschrak, als er sich sagen hörte: „Ja, Vater, ich überlege es mir.“ Gereizt warf er den Hörer auf. „Was überlegst du dir?“, fragte Odile. „Wie lange ich noch meinen Hunger werde ertragen können.“ Eiskalt sah Odile ihn an. „Mein Vater droht, den Laden zu verkaufen, wenn ich nicht ..., na ja, du kennst ja die Geschichte“, versuchte er, sie wieder zu besänftigen. „Dein Vater, dein Vater! Der geht mir genauso auf die Nerven wie dein verdammter Hunger, dieses Getue um deine Fresserei: Was essen wir? Ist das alles? Warum nichts Warmes? Ich habe so die Nase voll davon.“

Hatte sie tatsächlich Fresserei gesagt? Als gefräßig wollte er nicht gelten. Genussfreudig war er, wusste die Feinheiten eines gut zubereiteten Mahles zu würdigen, und er war hungrig, war das so schlimm? Aber er sagte lieber nichts. „Und außerdem bist du wie er, genau so bieder und so simpel“, fuhr sie fort, ihn anzugreifen. „Ich bin sicher, dass du einmal genau dort enden wirst, wohin der alte Mann dich haben will.“

Er schluckte, war nahe dran zu explodieren und fragte trotzdem so ungerührt wie möglich: „Hast du schon mal darüber nachgedacht, dass Trunksucht erblich ist?“ So weit war er noch nie gegangen. Einerseits ganz stolz auf sich und den kurzen Augenblick der Überlegenheit genießend erschrak er und überlegte, ob er sie um Verzeihung bitten solle, doch bevor er etwas sagen konnte, zischte sie: „Wenn du Krieg willst, bitte sehr, du weißt genau, dass ich dir haushoch überlegen bin.“

„Nein, keinen Krieg“, sagte er müde und ließ sich in den Sessel fallen. „Im Gegenteil, ich hasse es, wenn wir uns streiten. Ich wehre mich doch nur, Odile.“ Diese Art der Auseinandersetzung war keine Seltenheit. Sein leerer Magen knurrte und rumorte.

Odile stand auf. Das kurze, graue Röckchen wippte neckisch über ihren langen, schwarzbestrumpften Beinen. Sie war so schön wie immer, er sah es wohl, doch die Verzückung, die er gewohnt war, bei ihrem Anblick zu empfinden, wollte sich nicht einstellen. Gerade als er nach der Zeitung greifen wollte, läutete es an der Wohnungstüre.

Er öffnete, und vor ihm stand die muntere Madame Borboulon, die mit ihrem Mann und ein paar Kindern in der

Wohnung gegenüber lebte. In den Händen hielt sie eine Kasserolle, aus der ein Duftgemisch entströmte, das ihn an Familienfeste längst vergangener Zeiten erinnerte. „Wir hatten Gäste heute Abend …, wenn Sie noch ein bisschen Hunger haben ...“, sagte sie und streckte ihm, verlegen lächelnd, das Gefäß entgegen.

Er hätte vor ihr niederknien können. Andächtig legte er die Hände um den Topf, stammelte ein paar Dankesworte und sah hinein. Mehrere Zentimeter hoch, also noch genug, um satt zu werden, war der Boden der braun verkrusteten Kasserolle mit einem Fleischgericht bedeckt, das er von seiner Mutter kannte und das ein besonderes Essvergnügen in Aussicht stellte. „Sie können ihn mir morgen wiedergeben“, sagte die Frau, sich schon zum Gehen wendend und zeigte auf den Topf.

„Odile!“, schrie er und schlug mit seinem Fuß die Türe zu. „Sieh dir das an, Madame von gegenüber hat uns eine ‚Daube‘ gebracht, aber eine von der allerfeinsten Sorte, wenn meine Nase mich nicht täuscht. Hast du schon einmal ‚Daube‘ gegessen?“

Er dachte nicht mehr an den unerfreulichen Disput mit ihr. Sein Appetit war unermesslich. Wie eine Kostbarkeit trug er die duftende Gabe vor sich her, drückte mit dem Ellenbogen die Küchentüre auf und stellte sie mitten auf den Tisch. Fröhlich vor sich hin trällernd nahm er zwei Löffel aus der Schublade, legte einen davon auf die Seite des Tisches, an der Odile gewöhnlich saß, fläzte sich, breitbeinig und weit über den Topf gebeugt, auf den Stuhl und langte mit dem anderen in die dunkelbraune Masse. Mit geschlossenen Augen schob er sich einen

Fleischbrocken in den Mund. „Odile!“, rief er kauend und mit aufgestützten Ellenbogen, „nun komm doch endlich, sonst wird die ganze Herrlichkeit noch kalt.“

In diesem Augenblick war er bereit, ihr alles zu verzeihen, die Kränkung, die sie ihm zugefügt hatte, wieder zu vergessen und sich alleine als den Schuldigen zu sehen. Er hörte, wie sie den Hörer auflegte. Dann stand sie in der Türe. „War das die Frau von gegenüber?“

„Hab ich doch gesagt.“

„Die mit den schlampig blond gefärbten Haaren und den vielen Kindern?“

„Komm, iss“, bat er. Sie beugte sich nach vorne, sah in den Topf, in dem er, genüsslich mampfend, herumfuhrwerkte, und fragte mit gerunzelter Stirne: „Das willst du essen?“

„Es schmeckt köstlich“, sagte er gut gelaunt und zeigte auf den Löffel, den er ihr zugedacht hatte. Noch einmal reckte sie den Hals, um sich gleich darauf wieder zurückzulehnen. „Da ist nur Fleisch drin“, sagte sie angewidert. „Hier, eine Karotte.“ Er schob ihr seinen Löffel in den Mund. „Igitt, das schmeckt nach Knoblauch.“

Sofort ließ er die Champignonscheiben, die er mühsam aus dem Topf herausgegabelt hatte, wieder zurückplumpsen. Nein, er wollte sich dieses Vergnügen nicht nehmen lassen. Er zermalmte mit den Zähnen das Fleisch, das keinen Widerstand leistete und sich mühelos auflöste, schob den köstlichen Brei in seinem Mund von einer Seite zur anderen und ließ alle seine Geschmacksnerven an diesem Genuss teilhaben, bevor er ihn mit rollenden Augen und einem zufriedenen Schlucken der

Speiseröhre übergab. „Du schmatzt“, warf sie ihm vor. Er grinste. Unbeeindruckt schob er sich den nächsten Happen in den Mund. „Wenn du dich sehen könntest!“, rief sie verächtlich und stand auf. „Meine Güte, wie lange ist es her, dass ich so was Köstliches gegessen habe“, dachte er, schrappte im Topf herum und träumte von einem Stück Baguette, mit dessen Hilfe es ihm sicherlich gelungen wäre, auch noch den letzten Rest dieser göttlichen Soße zu fassen zu kriegen. „Du weißt ja nicht, was dir entgeht“, sagte er mit vollem Mund und war erstaunt, wie wenig es ihm in diesem Augenblick bedeutete, dass ihr sein Benehmen nicht gefiel. Mit Nachdruck kratzte er in dem Gefäß herum, obwohl es nichts mehr hergab, und leckte mit herausgestreckter Zunge den Löffel ab.

Er erhob sich, ging zum Spülstein, ließ Wasser in die leere Kasserolle laufen und sah zu, wie es sich hellbraun färbte. Wenn es ihm gekommen wäre, mit Vergnügen hätte er jetzt laut gerülpst oder andere unanständige Dinge getan. Noch immer spürte er den Geschmack des Essens in seinem Mund, die wohlige Sättigung. Und anstatt sich einfach hinzusetzen, die Füße hochzulegen und die Hände über seinen zufriedengestellten Bauch zu falten, hatte er auf einmal Durst auf Bier und eine irre Lust, sich irgendwo zu amüsieren. Doch dass er auch zu tun gedachte, wonach es ihn verlangte, überraschte ihn. Sein Durchsetzungsvermögen, das bisher nur auf Zehenspitzen dahergekommen war, schien endlich Boden unter den Füßen zu gewinnen.

Er wischte sich den Mund ab, ging an Odile vorbei, die sich inzwischen eine Zigarette angezündet hatte, und griff nach seiner Jacke. „Wo gehst du hin?"

„Ins Atelier."

„Um diese Zeit?"

„Nachts bin ich am kreativsten."

„Verdammt, du bleibst!"

Er ging.

Josette stand in der Türe, als er der Hütte näher kam. Und als er vor ihr stand, trat sie zur Seite. „Wo warst du?", fragte sie. Ihr Haaransatz war feucht, das T-Shirt durchgeschwitzt und ihre Hose schmutzig. Er ging an ihr vorbei ins Haus, ging durch die schwarz verräucherte Küche, stieß die Türe zum Nebenzimmer auf, blieb vor dem Kinderbettchen stehen und verlor sich im Betrachten seines Sohnes, der dort mit weit geöffneten Armen lag und selig schlummerte.

Als Josette plötzlich an seiner Seite stand, warf er sich aufs Bett und schloss die Augen. Mein Gott, wer war sie? Eine Psychopathin? War sie vielleicht sogar gefährlich? Sollte er mit seinem Sohn die Flucht ergreifen oder doch lieber mit ihr sprechen und versuchen, die Wahrheit herauszubekommen? Aber das hatte doch bei ihr, dieser Schwindlerin, bisher noch nie geklappt. Und als er sie rumoren hörte, als hätte sie die Absicht, noch längere Zeit in diesem Raum zu bleiben, drehte er ihr den Rücken zu. „Die Suppe", hörte er sie flehentlich sagen, „seit Stunden versuche ich, sie warm zu halten." Er schwieg beharrlich und öffnete seine Augen erst, als er sie gehen hörte.

Sein Blick fiel auf die Wanderschuhe an seinen Füßen. Er trug sie jeden Tag, weil er die schwarzen Stiefel, die unterm Fenster standen, nur mit zwei Paar Socken tragen konnte. Wo war der Mann, dem sie gehörten? Wo war Pasquin Spinosi? Was war mit ihm geschehen? Sein eigener Unfall fiel ihm ein. Und er versuchte, sich an jenen Tag, der ihm ein Jahr seines Lebens gestohlen hatte, zu erinnern.

Er hatte das Meer vor Augen, das kleine Dorf, in dem er damals wohnte. Er sah die Berge, die er erwandern wollte, als er herausgefunden hatte, dass Claude, der alte, blinde Künstler nicht mehr lebte, als er genug hatte von den weinseligen Nächten mit x-beliebigen Leuten, genug vom Schlafen bis in den halben Tag hinein. Er sah sich auf dem Rücksitz eines Taxis sitzen, direkt hinter dem Fahrer, der ihn auf kurvenreicher Strecke ein Stück weit dem Monte Cinto entgegenfahren sollte. Und er sah vor sich die scheppernden und beängstigend schlecht gesicherten Bleche auf der Ladefläche eines Transporters und hörte noch einmal den ohrenbetäubenden Lärm. An mehr konnte er sich nicht erinnern.

Das Kind bewegte sich, quengelte ein bisschen und begann zu schreien. Josette erschien. Sie nahm den Jungen hoch, setzte sich aufs Bett und legte ihn an ihre Brust. Ihr unterdrücktes Schluchzen, das Zucken ihrer Schultern, ihr Schweißgeruch, all das setzte ihm derartig zu, dass er aufsprang und in die Küche lief. Sein Kopf tat weh. Er stocherte in der Glut, setzte Wasser auf und gab zwei gehäufte Löffel Kaffeepulver und etwas Zucker in die Schale. Bereits im Gehen zog er in kleinen Schlucken die heiße, schwarze Flüssigkeit in sich hinein und ließ sich draußen vor der Türe auf die Holzbank fallen.

Die Hühner kamen auf ihn zu gerannt. Er hasste es, wie sie sich gackernd um ihn scharten. Mit einer schnellen Bewegung seines Fußes jagte er sie fort. Bilder aus Vergangenheit und Gegenwart vermischten sich in seinem Kopf.

Wohin gehörte er? Wo war die Wirklichkeit? Weiter von seiner Zerrissenheit getrieben, stellte er die leere Kaffeeschale neben sich, stand wieder auf und ging am Haus vorbei, den schmalen ausgetretenen Weg entlang, der aufsteigend bis zum Fuß der Felsen führte.

Mehr als ein Jahr war seither vergangen. Er konnte es nicht fassen, dass er bereits so lange mit einer fremden Frau in dieser Einöde seine Zeit verbracht haben sollte. Dass er in dieser Umgebung ein Kind mit ihr gezeugt hatte, was für ein jämmerlicher Start ins Leben.

Die Luft war seidenweich. Der Kopfschmerz ließ ein wenig nach. Doch der andere, ihn so ratlos machende, in den tiefsten Abgründen wühlende und so schwer zu benennende ..., er würde nie vergehen, wusste er, wenn er Josette nicht endlich zwingen würde, ihm alles zu erklären. Warum tat er es nicht? Vielleicht aus Angst, dass sie ihm nicht die volle Wahrheit sagen würde? Sie war ja eine Meisterin im Lügen.

Er ging und ging. In der Ferne hörte er die Schafe blöken, das vertraute Klingeln ihrer Glöckchen. Er kannte jeden Baum und jeden Felsbrocken, den er umgehen musste. Und als er einmal stehen blieb und sich dabei ertappte, dass er das Ausmaß eines Steines prüfte, dessen Maserung und Beschaffenheit studierte, und als er spürte, dass er wieder in der Lage war, sich eine Vorstellung davon zu machen, welches Gebilde er aus ihm würde herausschlagen können, berührte er den Stein und suchte tastend nach einer Linienführung. Doch die Beglückung, die er einmal gewohnt war, dabei zu empfinden, das Eintauchen in eine andere Welt, das Gefühl, losgelöst zu sein von allen Alltagsdingen, wollten sich noch nicht wieder einstellen, das Gegenwärtige war übermächtig. Und als er die Sonne hinter der Felsenwand versinken sah und ihm der Abend mit Josette vor Augen stand, war ihm der Hals wie zugeschnürt.

Sie hing weit überm Tisch, als er das Haus betrat. Langsam hob sie den Kopf aus ihren Armen und sah verweint und flehend zu ihm auf. „Weißt du, dass das ein Verbrechen ist!“, war er im Begriff, ihr ins Gesicht zu schleudern und, ließ die Hand, die er schon gegen sie erhoben hatte, zur Faust geballt in seine Hosentasche gleiten. Ein zweites Mal stand er vor seinem Bett. Er fuhr sich durch die Haare. Wohin sollte ihn diese Unrast führen? Wann würde er bereit sein, dieses heimtückische Spiel zu beenden? Ob auch er schon nicht mehr ganz bei Sinnen war?

Als er sich auszog, ließ er die hier verbrachte Zeit im Geist an sich vorüberziehen. In einem trüben Spiegel an der Wand sah er sein sonnenverbranntes Gesicht, die wilden Locken, die ihm nun fast schon bis zu den Schultern gingen, den ungepflegten Bart. Mit trockenen, rissigen Händen knöpfte er sein Hemd auf, die Hose, alles war zu groß und ohne Form. Er fragte sich erneut, wem all das Zeug gehören mochte und warum ihm sein Aussehen die ganze Zeit über so egal gewesen war.

Widerwillig warf er die Kleider auf den Boden und kroch ins Bett. Das Kind schlief, atmete gleichmäßig. Und als Josette sich zu ihm schlafen legte, war er sekundenlang bereit, sie zum Reden aufzufordern. Doch immer noch fest davon überzeugt, dass sie nur durch sein Schweigen die größten Qualen litt, verwarf er den Gedanken wieder. Steif, die Arme an den Körper gepresst, lag er da und hörte sie etwas vor sich hin murmeln, undeutlich und monoton, als würde sie ein Gedicht aufsagen. Doch ganz bestimmte Worte sagten ihm, dass es ein Gebet sein könnte. „Ja, bete nur, du hast es wahrlich nötig", dachte er in boshafter Zufriedenheit, stand auf, nahm, obwohl er sich beim letzten Mal großflächig eine Menge Insektenstiche zugezogen hatte, sein Kissen und die Decke, griff nach den Fellen, die auf dem Boden lagen, und ließ sich draußen nieder, nachdem er mit den Füßen einen leidlich weichen Platz ertastet hatte.

Er starrte in die Sterne. Die Grillen zirpten. Aus dem halb geöffneten Fenster hörte er das Kind weinen, dann die Stimme dieser durchgedrehten Frau. Und weil er immer noch nicht anders konnte, nahm er sich vor, sie weiterhin mit seiner Nichtachtung zu strafen, sie Tag für Tag mit seinem vorwurfsvollen Gesichtsausdruck zu quälen und zu zermürben. Erst wenn sie ganz am Boden sein würde, und das, so glaubte er, wäre doch nur ein Splitter von dem, was er durchlitten hatte, würde er eine Erklärung von ihr fordern, sein Kind nehmen und sie der Polizei ausliefern.

Ein leises Knacken war zu hören. Er schloss die Augen, als er sie näher kommen sah. Ihr Schluchzen war dicht über ihm.

Es rührte ihn nicht. Auch nicht die Träne, die ihm ins Gesicht fiel.

Wie ein Getriebener eilte er am anderen Morgen wieder aus dem Haus. „Kommst du zurück? Bitte, sprich mit mir!“ Josettes Stimme hatte etwas von einem winselnden Hund. Und er, der sich schon ein paar Schritte von der Türschwelle entfernt hatte, blieb stehen und drehte sich nach ihr um. Wie sie dort stand, mit wildem Haar und nackter Schulter, bloß gezogen bis hinunter zur Brustwarze vom Kind, das sie an sich presste, und, als sich ihre Blicke begegneten, ihm wie eine stumme Bitte entgegenhielt. Er sah auf das ihm zugewandte Gesicht des Jungen und wusste, dass er ihn beschützen musste. Vielleicht sogar vor seiner Mutter, denn wie es aussah, schien sie vor nichts zurückzuschrecken. In ihren Augen suchte er nach einer Spur von Irrsinn und sah nichts anderes als bodenlose Traurigkeit.

Die helle, modern nach unten ausgestellte Baumwollhose passte. Und auch die leichte Jacke mit dem Shirt darunter war wie für ihn gemacht. „Ich sehe gut aus“, dachte er, sich plötzlich lustvoll im Spiegel einer Jeans-Boutique betrachtend, denn er hatte sich die langen Haare schneiden und den Bart entfernen lassen. Mit einem Seufzer der Zufriedenheit trat er auf die Straße und konnte es nicht lassen, sich noch einmal in der Fensterscheibe der Boutique zu spiegeln, bevor er sich in den Stadtplan vertiefte, den Monique ihm damals zugesteckt hatte.

Ansteigend war sein Weg in Richtung Zitadelle. Er führte ihn durch steinerne Gassen, die zu beiden Seiten direkt und ohne Bürgersteig in kleine, niedrige Häuser übergingen. Verwinkelte Ecken musste er nehmen und immer wieder Stufen erklimmen, um zu Moniques Wohnung zu gelangen. Bei jedem Schritt nach oben spürte er auf seinen Oberschenkeln den seidenglatten Stoff der neuen Hose, einer Hose, die ebenso leicht und luftig war wie die neuen Schuhe, die ihm das Gehen zu einem ungewohnten Genuss machten.

Und ebenso gefiel es ihm, wie Monique ihn ansah, als sie ihm die Türe öffnete, und nach einer Weile stummen Musterns lachend rief: „Ach, Sie sind es! Wären Sie auf der Straße an mir vorbeigegangen, ich hätte Sie ganz sicher nicht erkannt!“

„Ich platze einfach so herein“, entschuldigte er sich. „Sie haben Glück, normalerweise bin ich im Geschäft. Nur montags habe ich geschlossen. Hatte ich das nicht gesagt?“ Sie löste ihre aus seiner Hand. „Und was ist heute für ein Tag?“

„Mittwoch. Ich hatte ein paar Schreibarbeiten zu erledigen.“

„Du meine Güte, ich habe immer noch kein Zeitgefühl und tue alles, ohne richtig nachzudenken.“

„Treten Sie ein, Ribert, ich freue mich.“ Ribert, wie ungewohnt ihm noch sein Name in den Ohren klang.

Sie führte ihn einen schmalen Korridor entlang und von dort in eine Art Museum, in einen niedrigen, mit Trödel vollgepackten Raum, so empfand er, was sich seinen Augen bot, von dem aus man in einen anderen, ähnlich ausgestatteten, sehen konnte. „Ständig bin ich auf der Suche nach kleinen Antiquitäten“, sagte sie, als sie bemerkte, wie verblüfft er war, „und im Laufe der Zeit haben sich dann so einige Dinge angesammelt, gefallen Sie Ihnen?“

„Ich weiß nicht recht, aber sie passen in diese Räume“, sagte er, obwohl er insgeheim daran zweifelte, dass ein Mensch zum Wohnen so viel Krimskrams um sich haben muss. „Ich kann mich nicht von ihnen trennen“, entschuldigte sich Monique, „Sammeln ist eine Leidenschaft von mir.“

Während sie das sagte, strich sie mit ihren Händen über eine filigrane Tänzerin, die neben anderen Figuren aus Porzellan auf einem Schränkchen stand. Unterschiedliche Spiegel fielen ihm ins Auge, verschnörkelte Leuchter, Schalen, Vasen mit Goldrand oder wild gemustert, Glaskaraffen, mit Gold gerahmte Bilder und reich bestickte Kissen. Bemalte Teller hingen an den Wänden, abgewetzte Perser bedeckten die dunkelbraunen Dielen und putzige Gardinen bekleideten die Seiten eines kleinen Fensters, durch das man einen zauberhaften Blick aufs Meer genießen konnte. Welch ein Gegensatz zu dem, was sie in ihrem Laden zum Verkauf anbot!

„Möchten Sie Tee oder lieber Kaffee?“

„Egal“, sagte er. „Dann mache ich uns Tee.“

Monique bat ihn, in einem der beiden Sessel, die ein zierliches Tischchen umstellten, Platz zu nehmen, und verschwand in ihrer winzigen, gut ausgestatteten und chromblitzenden Küche, die er von seinem Sitz aus sehen konnte. Fast schwebend ging sie zwischen beiden Räumen hin und her. Dann blieb sie mit Geschirr in ihren Händen vor ihm stehen. „Es ist wirklich kaum zu glauben“, sagte sie. „Was meinen Sie?“

„Diese Veränderung.“ Sie musterte ihn zum wiederholten Male. Er sah an sich herunter. „Ich habe zwischen Schwarz und dieser Farbkombination hin- und hergeschwankt“, versuchte er, seine Verlegenheit zu überspielen. „Die Auswahl hat mich etwas überfordert.“

„Das helle Braun ist gut gewählt und das Beige ist freundlich“, sagte sie ermutigend und ihr ästhetisches Empfinden zum Ausdruck bringend. Er nickte und sah ihr zu, wie sie Tassen und Teller auf dem Tisch verteilte. Nach einer Weile des Schweigens sagte er: „Ich habe sie bestohlen.“

„Bestohlen? Mich?“

„Verzeihung, nein, nicht Sie, Josette habe ich bestohlen. Frei von jedem Schuldgefühl, habe ich mir Geld genommen, um mich neu einzukleiden.“ Sie nickte. Was sollte sie auch dazu sagen.

Diesmal trug sie ein schmales, ärmelloses, bis zu den Knien reichendes Kleid in Dunkelgrün. Ihr Haar war flüchtig hochgesteckt und ein paar gewellte Strähnen umrahmten das Gesicht. „Damals am Hafen“, sagte sie und stellte zu den beiden Tassen jeweils einen Teller, auf dem ein braunes Törtchen thronte, „als Sie ..., wie soll ich sagen, so hilflos und betreten vor mir standen ...“

„Ein aufdringlicher, zerlumpter Mann“, verbesserte er sie. „Aufdringlich? Ach nein.“ Sie lächelte. „Zerlumpt? Schon eher. Zu jenem Zeitpunkt nahm ich Sie als einen etwas ältlichen und aus der Spur geratenen Menschen wahr. Doch später, als Sie bei mir im Laden waren, erkannte ich, dass Sie der jüngere von uns beiden sind.“

„Ich?“ Er tat erstaunt. Es lag ihm auf der Zunge, ihr zu sagen, dass sie jung und attraktiv sei, und sagte es dann doch nur mit den Augen.

Der Tee war fertig. Sie setzte sich. Die heimliche Freude, die sein Erstaunen und sein lang anhaltender und unmissverständlicher Blick bei ihr ausgelöst hatten, stand ihr gut zu Gesicht. „Anstatt das Geld klammheimlich zu nehmen, wäre es in Ihrem Falle doch legitim gewesen, es von ihr zu fordern“, kam sie noch einmal auf das vorausgegangene Thema zurück. „Ging nicht, Monique, auch heute noch kann ich kein Wörtchen mit ihr reden. Ich kämpfe jeden Tag mit mir und meinen wirbelnden Gefühlen und frage mich noch immer, was die Frau mit ihrem Übergriff im Sinn hatte.“

„Sind Sie nicht neugierig, es zu erfahren?“

„Natürlich will ich alles wissen, aber irgendetwas in mir schreit nach Rache und glaubt, dass ich, auch wenn es kindisch klingt, Josette zunächst am schmerzhaftesten bestrafe, wenn ich nur düster schweige. Ich habe mir vorgenommen, sie allein mit meinem Blick und meinen Gesten in Angst und Schrecken zu versetzen. Und ich hoffe, dass es mir gelingt. An manchen Tagen bin ich allerdings schon kurz davor gewesen, sie zu fragen. Und nicht zuletzt danach, was es mit diesem Rebellen auf sich hat.“

„Mit wem?“ Er lachte auf. „Sie sagt, ich sei ein sich gegen das Regime auflehnender Korse, Anführer einer Bande, ein Bombenleger, verantwortlich für eine Explosion mit Todesopfern.“

„Was?“ Monique schlug beide Hände vor den Mund. Zuerst sah es so aus, als ob sie lachen wollte. Doch ihr Gesicht, als sie es wieder freigab, war ernst und angespannt. „Sie sagt, wir sind geflüchtet und haben uns versteckt, wie Kriminelle“, fuhr er fort. „Was hat das zu bedeuten?“, fragte sie erschrocken. „Es kommt noch besser. Eines Tages soll ich mit dem Gewehr ins Dorf gelaufen sein, in die Luft geschossen und gedroht haben, alle Dorfbewohner zu erschießen, falls einer von ihnen auf die Idee kommen sollte, mich zu verraten. Und das, weil ein paar von ihnen mir scheinbar auf die Spur gekommen waren. Josette hat mir den Irrsinn aufgetischt, als sie mir ihre Schwangerschaft gestand und ich sie bat, an einem anderen Ort die Zelte aufzuschlagen.“

„Ob sie das alles nur erfunden hat?“ Monique war fassungslos. „Ich glaube nicht, denn unterm Bett liegt ein Gewehr, es gibt eine Gitarre, die ich nicht spielen kann, es stehen schwarze Stiefel in der Ecke, die mir nicht passen, genauso wenig wie die Hosen und die übrige Männerkleidung. Und jetzt wird's spannend: Der Mann, dessen Pass ich habe, hat mein Gesicht. Ich habe einen Doppelgänger, der Bomben legt. Was sagen Sie dazu?“

„Ich bitte Sie, Ribert, so können Sie nicht weitermachen, Sie müssen mit ihr sprechen.“

„Ich weiß.“

„Wo mag der Mann sein, dessen Rolle Sie zu spielen haben? Hat das alles nicht den Anschein eines Verbrechens? Das sind Fragen, die mich frösteln lassen“, sagte Monique. Das Lächeln, das sonst immer ihren Mund umspielte, war verschwunden.

„Soll ich die Mutter meines Sohnes anzeigen?“, fragte er. „Das müssen Sie entscheiden.“

„Ich weiß nicht, wie ich das später einmal meinem Kind erklären soll.“ Er seufzte auf. „Ich setze immer noch die einzelnen Bilder meiner Vergangenheit wie ein Puzzlespiel zusammen und muss mich gleichzeitig mit der Frage eines an mir begangenen Vergehens herumschlagen.“

„Sie müssen mit ihr reden“, sagte Monique. „Das ist mir klar, aber zurzeit versuche ich noch immer herauszufinden, ob die Frau nicht ganz bei Sinnen ist. Ich beobachte ihr Verhalten und bringe kein Wort heraus.“

„Kann es sein, dass Sie die Macht genießen, die Sie auf einmal über sie gewonnen haben?“

„Wenn es so ist, geschieht es unbewusst. Was ist das überhaupt für eine Straftat?“, fragte er und spürte, wie seine Stimme anfing zu vibrieren, „Menschenraub?“

„Vielleicht, gütiger Himmel, ich habe keine Ahnung“, sagte sie. „Dabei ist diese Frau doch eher ängstlich“, fuhr er fort, „treuherzig, anschmiegsam und eher etwas unbedarft. Eine diffuse Ahnung, dass sie mir einiges verschweigt, war zwar immer da, doch nicht in dieser Größenordnung. In was für eine verworrene Geschichte, in was für ein Gespinst von Lügen bin ich da bloß hineingeraten? Ist es nicht himmelschreiend, wozu Menschen in der Lage sind?“

„Ja“, sagte sie, „doch nun hat sich das Blatt gewendet, nun haben Sie die Fäden in der Hand.“

Er stutzte. Obwohl er wusste, dass sie nur deshalb in dieser Tonart mit ihm sprach, um ihn zum Handeln zu bewegen, fühlte er sich irgendwie gegängelt, an längst Vergangenes erinnert. „Ich muss erst wieder richtig denken können", sagte er. „Ich mach uns neuen Tee." Monique stand auf. „Sie finden es nicht richtig, wie ich mich verhalte, nicht wahr?", rief er ihr nach. Im Gehen drehte sie sich nach ihm um und zuckte mit den Schultern.

Die Tür zur Küche ließ sie offen stehen. „Ich bin noch nicht so weit, normal zu denken und zu handeln", versuchte er, ihr seine Handlungsweise zu erklären. „Mal denke ich, nun ist es Zeit, die Wahrheit zu erfahren, dann wieder fühle ich mich nicht stark genug dafür. Vielleicht will ich auch erst mal wissen, wer und wie ich wirklich bin, will ordnen und begreifen."

„Sie entscheiden, auf welche Weise Sie glauben voranzukommen!", rief sie ihm aus der Küche zu. „Ich überlege gerade, wer Ihnen dabei helfen könnte." Er hörte am Geräusch, dass sie den Tee aufgoss. „Da gibt es nichts zu überlegen", rief er forsch zurück und schob bittend nach: „Ich wäre froh und dankbar, wenn Sie an meiner Seite blieben."

„Ich? Wie, glauben Sie, sollte das vonstattengehen?"

„Ganz einfach, ich erzähle, was mir wieder in den Sinn kommt, und Sie hören zu." Er wartete auf eine Antwort, doch in der Küche blieb es still. „Was halten Sie davon?", fragte er, als sie mit zwei silbern glänzenden Gefäßen in der Hand erschien. „Vielleicht lässt sich beim Reden alles besser gliedern als beim bloßen Denken. Sie müssen nicht, nur wenn Sie wollen", fügte er hinzu. „Meinen Sie nicht, dass Sie bei einem Fachmann besser aufgehoben wären?", fragte sie und stellte Kanne und Zuckerschale auf den Tisch. „Nein, ich werde mein

Problem nicht irgendeinem Fremden anvertrauen", protestierte er. „Aber dazu sind sie schließlich da, die Fremden, Neutralen und fachlich Versierten." Er winkte ab.

Sie setzte sich und sah ihn lange an. Dann sagte sie: „Na gut, wenn Sie glauben, in mir die vertrauenswürdige Person gefunden zu haben, und wenn Sie meinen, dass mein Zuhören genügt, will ich gerne an Ihrer persönlichen Entdeckungsreise teilnehmen." Sie machte mit den Händen eine auffordernde Geste. „Sie meinen jetzt, sofort?", fragte er erstaunt. „Warum nicht?"

„Haben Sie denn Zeit?"

„Ja, und Sie?" Überrumpelt und noch ein wenig unentschlossen, sagte er: „Mir fehlt der Einstieg, noch springe ich von einem Erinnerungsfetzen zum nächsten."

„Soll ich helfen?" Er lachte. „Beginnen Sie doch mit jener Frau, die Sie damals glaubten, in mir gesehen zu haben."

„Oh ja, sie war der Schlüssel. Warten Sie, zuletzt wohnten wir sogar zusammen. Aber da ich noch immer nicht klar sagen kann, wer und wie ich wirklich bin, ist es auch schwer für mich zu definieren, wer sie ist und wer sie für mich war. Da liegt noch einiges im Dunkeln."

„Das wird sich beim Erzählen finden." Wie sollte er beginnen? Versuchen, alles so linear wie möglich darzustellen oder einfach wild drauflos erzählen. Er sah zum Fenster hinaus.

„Ich glaube, ich war verrückt nach ihr", erinnerte er sich laut, „sie war so wunderschön, sie war die schönste Frau, die ich bis zu jenem Augenblick gesehen hatte. Es würde viele, viele Sätze brauchen, sie zu beschreiben." Dass er Monique mit ihr verwechselt hatte, war ihm in diesem Augenblick nicht mehr erklärlich. Oder doch?

War es die gleiche Größe beider Frauen, die langen Glieder und ihre Art zu gehen, die das heraufbeschworen hatten? Odile war einfach nur erregend schön, doch sie, Monique, die er ganz plötzlich mehr als alles andere im Fokus hatte, die ihn in seinem heruntergekommenen, hilflosen und lächerlichen Zustand kaum anders behandelt hatte, als sie es jetzt tat, was war sie ihm? Sein einziger Halt in dieser verworrenen Geschichte? Der Inbegriff von Güte, von Wärme und Geborgenheit?

Nein, es war mehr. Ein Empfinden, dass er sich noch nicht genau erklären konnte. Oder fand er nach Männerart womöglich nur Gefallen daran, dass ausgerechnet diese Frau Interesse an ihm zeigte? „Ich sollte", dachte er, „bevor ich von Odile erzähle, ihr etwas sagen, was sie ein wenig in Verwirrung stürzt, zum Beispiel, dass ich mir wünschte, dass dieser Nachmittag mehr als nur der Anfang einer Freundschaft sei, oder Ähnliches. Auf alle Fälle muss sie wissen, dass sie mir gefällt." Aber alles, was ihm dazu einfiel, verwarf er wieder.

Mit wachen, klugen Augen sah Monique ihn an. Er betrachtete ihr fein geschnittenes Gesicht, ihre Haltung, die Anmut ihrer Bewegungen, und hatte den Eindruck, dass sie aus gutem Hause kommen müsse. Ein Streifen Sonne schien auf ihr Haar, so dass es rötlich schimmerte. Und ihre Hände, die gerade noch im Einsatz gewesen waren, lagen nun locker und entspannt in ihrem Schoß. Sie ließ ihm Zeit, das war so wunderbar an ihr. Das alles lag ihm auf der Zunge, ihr zu sagen.

Und was tat er? Er hob hervor, wie sie für alles Worte finde, und dass es bei ihm Spuren hinterlassen habe, wie sie mit ihm und seinem Verhalten umgegangen sei, damals am Hafen und später, als er wie ein Bettler in ihrem Laden gestanden habe. Er redete und redete, doch alles, was er wirklich sagen wollte, blieb ungesagt. „Das hört sich an, als würden Sie mir einen Heiligenschein verpassen wollen." Sie lachte. „Nein, nein, so war das nicht gemeint." Er winkte lächelnd ab. „Ein Satz nur, dann werde ich das Thema fallen lassen", dachte er. „Monique", begann er zögernd. „Ich ..." Sie sprang aus ihrem Sessel. „Mögen Sie Musik?"

„Musik? Oh ja, ich glaube schon."

„Was halten Sie von Mozart?"

„Mozart ist okay", sagte er und suchte in seinem Kopf nach einer Klangfolge, nach einer ganz bestimmten Melodie, die er mit diesem Komponisten in Verbindung bringen könnte. Aber so auf die Schnelle rührte sich nichts in ihm. „Das Klarinettenkonzert in A-Dur" hörte er sie sagen und sah ihr zu, wie sie mit feierlicher Langsamkeit eine Platte aus der Hülle zog, sie auf ein Abspielgerät legte und die Nadel auf den Anfang der Rille gleiten ließ. Der Klang der Streichinstrumente erfüllte den Raum. „Das ist Musik, die glücklich macht", flüsterte sie ihm zu, als sie auf Zehenspitzen zurück zu ihrem Sessel ging.

So saßen sie sich schweigend gegenüber, tauschten immer wieder intensive Blicke, und er wusste, dass er diese Blicke und diese Melodie niemals mehr aus dem Zusammenhang würde reißen können. Doch schon nachdem der erste Satz verklungen war, sprang sie wieder auf, stoppte die Musik und sagte: „Den Rest hören wir ein andermal.“ Und er, mit diesem wunderbaren Klarinettensound im Ohr, gestand ihr, dass er nicht vorgebildet und, soweit er sich erinnere, ein Klassik-Muffel sei. „Ob man sich darin auskennt oder nicht, ist nicht entscheidend“, sagte Monique ernst und mit erhobenem Zeigefinger. „Wichtig ist, dass man bereit ist, sich damit zu beschäftigen.“

„Danke für den Ratschlag.“ Er grinste unverhohlen. Monique erschrak. „Verzeihung, manchmal bin ich schrecklich lehrerhaft.“

„Nein, Sie sind wunderbar.“ Sie wurde rot. Und ihn erfasste ein lange vermisstes Gefühl von Selbstsicherheit. „Kommen wir zur Sache“, sagte sie. „Sie hatten doch schon angefangen, von jener Frau zu reden. Ich weiß gar nicht mehr, warum ich Ihnen mit meinem Mozart dazwischengefahren bin.“

„Hätten Sie es nicht getan, mir wäre Herrliches entgangen“, sagte er, lehnte sich zurück und fühlte sich noch immer eingetaucht in eine tiefe Wohligkeit. Sie goss sich Tee nach und deutete wortlos fragend auf die Kanne in ihrer Hand. Er hielt ihr seine Tasse hin. „Wo waren wir stehen geblieben? Wissen Sie es noch?“

„Noch ganz am Anfang, Sie sagten, dass sie eine Schönheit sei.“ Monique sprach leicht und unbefangen. Und er dachte, dass es ihm gefallen hätte, im Tonfall ihrer Stimme eine Spur von Eifersucht zu finden. „Kennen Sie Paris?“

„Ja“, sagte sie. „Also, es war an einem Sommertag“, begann er, „mitten in der Woche, ich kam von einer Galerie, in der ein paar Skulpturen von mir ausgestellt und zwei von ihnen bereits nach einigen Tagen mit einem roten Punkt versehen waren. Ich war beschwingt, sie hatten einen hohen Preis, und ich wusste, ich würde schon mit dem Erlös dieser zwei Stücke die Hälfte meiner Schulden abtragen können. Ich setzte mich ungefähr in die Mitte der weit ausladenden Treppe, die hinaufführt zur Sacré Cœur, und sah mich um.

Da saß sie, nein, sie drapierte sich wie ein Kunstwerk über einige der Stufen. Mit abgestützten Ellenbogen, den Rücken durchgedrückt, überließ sie sich der Sonne. Meine Augen kannten nur noch eine Richtung. Es war die Eleganz ihres gebogenen Körpers, an denen sie hingen, am edlen Profil ihres Gesichts, an ihrem braunen, seidig schimmernden Haar, an ihren vollkommenen Armen und ganz besonders ..." Er hielt inne, fragte sich, ob er sich nicht vergaloppierte, wenn er weitersprächе, und ließ unerwähnt, dass seine Augen ganz besonders Mühe hatten, sich von der Durchsichtigkeit ihrer weißen Bluse, von den langen, braungebrannten Beinen und den Füßen, die in knallroten Sandalen steckten, zu lösen.

Er räusperte sich, um den Faden wiederzufinden, und beschrieb schließlich nur noch, wie ihr schwarzer, hochgeraffter Rock, der rechts und links von ihren bloßen Schenkeln wie ein Vorhang auf die Stufen fiel. Er sprach stockend. Denn als er sah, wie nun Monique ein Bein über das andere schlug, so dass ihr Rock ein Stück nach oben rutschte, und wie sie sich schmunzelnd nach vorne beugte, den Kopf zur Seite neigte und die Hände um ihr Knie legte, war sie es, die ihn in diesem Augenblick verzauberte. „Die Betrachtungsweise eines Künstlers

…“, sagte sie anerkennend. „… verbunden mit dem begehrlichen Blick eines Genießers auf eine besondere, vielleicht niemals erreichbare Speise“, sagte er und war sich, kaum hatte er es ausgesprochen, erneut der Abgehobenheit seiner Worte bewusst. Doch vielmehr beschäftigte ihn die Frage, welche der beiden Frauen er gerade damit gemeint haben könnte.

„Oh, Sie kokettieren“, scherzte sie, „in Wahrheit werden Sie sich vor Angeboten kaum haben retten können. Ich denke da zum Beispiel an die Mädchen, die Ihnen Modell gestanden haben.“

„Es waren nichts als nackte Frauenkörper“, bemühte er sich, ihre Vorstellung von einem sexsüchtigen Studenten abzuschwächen. „Mit meinen Augen habe ich sie aufgenommen, festgehalten und oftmals so verändert, dass die Mädels entweder lachen oder mit einer Enttäuschung haben kämpfen müssen. Natürlich war es vorgekommen, dass ich mit der einen oder anderen auch eine kleine Episode hatte. Aber in Flammen habe ich nie gestanden. Es war mir eher peinlich, wie sie dastanden, einige frierend und verschämt oder andere, denen die Erregung anzusehen war, meinem lang anhaltenden Blick ausgesetzt zu sein. Sie waren nicht viel mehr für mich als Anhaltspunkte, eine Art Schablone, nach der ich zu arbeiten hatte.“ Und während er erzählte, war er versucht, sich auch sein Gegenüber unbekleidet vorzustellen. „Der Anblick jener Frau hat Sie also wie ein Blitz getroffen“, sagte Monique in seine Träumerei hinein. Er zuckte kurz zusammen.

Und als er meinte, drängende Ermutigung in ihrem Blick zu sehen, packte ihn zunehmend die Lust zu fabulieren. „Ja, das hat sie, wenn ich ganz offen bin“, bekannte er und war wieder mittendrin im damaligen Geschehen. „Sie musste meinen brennenden Blick gespürt haben“, sagte er, „denn sie drehte langsam ihren Kopf in meine Richtung. Zwei große, dunkle Augen sahen mich rebellisch an. Und trotzdem meinte ich, in ihnen einen Funken Neugier entdeckt zu haben. Ich stand auf, ging ein paar Stufen schräg hinunter und ließ mich dicht an ihrer Seite nieder. ‚Ein Platz, wo uns Paris zu Füßen liegt‘, sagte ich und spürte im selben Augenblick, wie banal, wie abgenutzt das klang. Ich fürchtete, dass dies kein guter Anfang war, denn ihr Gesicht blieb unbewegt. ‚Ich bin Ribert Cassel‘, stammelte ich, berauscht durch ihre Nähe. Sie sagte nichts. ‚Und Sie sind …?‘, fragte ich und merkte, wie meine Stimme bebte. ‚… unbeeindruckt‘, zischte sie und zerrte an ihrem Rock, auf dem ich saß. ,

Vor lauter Aufregung hatte ich alles falsch gemacht. Mein Herz klopfte. Was hatte ich erwartet? Diese Frau hatte es doch gar nicht nötig, jedem, der ihr schöntat, gleich um den Hals zu fallen. Und trotzdem machte mir die Abfuhr schwer zu schaffen. Krampfhaft suchte ich nach Worten, wagte nicht mehr, sie anzusehen, denn ich hatte das Gefühl, ein dummes Lächeln auf den Lippen zu haben. Bevor ich in der Lage gewesen war, mir einen originellen Satz zurechtgelegt zu haben, hatte sie ein paar Dinge, Zigaretten, Buch und Sonnenmilch, in einer Tasche verstaut und war die Treppe hinabgesprungen. Ich sah ihr nach, ergriffen und geblendet, wie von einem Sonnenuntergang. Es war vorbei.

Nach drei, vier Hopsern blieb sie stehen und sah sich nach mir um. ‚Sagten Sie Cassel? Ribert Cassel?‘ Ich nickte heftig. ‚Der Bildhauer?‘

‚Ja!‘, rief ich voller Freude und hatte mich schon halbwegs auf den Weg zu ihr gemacht, als sie bereits die letzten Stufen nahm, ohne sich noch einmal nach mir umzudrehen. Ausgeschlossen aus einem Spiel, dessen Regeln ich nicht zu beherrschen schien, blieb ich zurück.“

Er machte eine Pause. Er fühlte die aufsteigende Wärme im Gesicht, die Feuchtigkeit in seinen Händen und wurde sich seiner Unbekümmertheit bewusst, mit der er Monique von seiner ersten Begegnung mit Odile erzählte. „Spannend“, sagte sie und nickte wohlwollend und nachdenklich zugleich. Er lächelte, verschämt und angeheizt zugleich. „Haben Sie ein Bild von ihr?“, fragte Monique. „Hätte ich es gehabt, so hätte ich mich vielleicht an sie erinnern können. Nein, ich habe nichts, nur die Papiere jenes Pasquin Spinosi.“ Sie nickte. „Und wie ging es weiter?“

„Wollen Sie das wirklich hören?“

„Alles, was Sie bereit sind preiszugeben. Und wenn ich ehrlich bin, gefällt es mir, wie Sie mit Worten in der Lage sind, Bilder zu entwerfen.“

Einerseits von ihrem Lob beflügelt und andererseits nachdenklich und sich ein wenig windend, sagte er: „Ja, ich weiß noch, dass ich damals etwas lustlos in mein gewohntes Leben zurückkehrte, das auf einmal einen großen Teil seiner Bedeutung eingebüßt hatte. Ich war nicht mehr in der Lage, mich mit der mir eigenen Begeisterung in meine Arbeit zu stürzen. Verstört und ruhelos, ständig das Bild dieser Frau vor Augen, suchte ich sie in den nächsten Tagen nicht nur auf den Stufen vor der Kirche, sondern, auf einen glücklichen Zufall hoffend, auch in den Straßen von Paris.

Dann traf plötzlich etwas ein, was ich seit Wochen erträumt, aber nicht mehr erwartet hatte. Ich war bei einem Architekten eingeladen, der mich beauftragt hatte, den Eingangsbereich einer altehrwürdigen Bank neu zu gestalten. Eine Auftragsarbeit, nichts, was mir vor Begeisterung den Atem genommen hatte. In der großen Diele des Hauses stieß ich mit ihr zusammen. Die hohen Absätze ihrer Schuhe machten sie zu einer Riesin, und wir befanden uns auf gleicher Augenhöhe, als ich, erschrocken und vor Glück errötend, stammelte: ‚Sie hier?' Doch weil ich von vornherein mit einer Abfuhr oder im günstigsten Falle mit einer unfreundlichen Bemerkung gerechnet hatte, war ich, trotz hörbaren Spotts in ihrer Stimme, schon hocherfreut, als sie, mich vom Kopf bis zu den Füßen musternd, sagte: ‚Sieh an, Ribert Cassel, der schöne, liebeskranke Jüngling.'

Jüngling? Ich war ein Mann von beinahe dreißig Jahren. Und schön? Na klar, ich fand mich ganz passabel, aber ob sie wirklich meinte, was sie sagte? Und woher wusste sie von meiner Qual? Ein Hauch von Kleid umhüllte ihren Körper, und der Duft, der von ihr ausging, vernebelte mir alle Sinne, so dass mir selbst der zerrissene Kreis von kleinen Muttermalen, der ihre Schulter zierte, noch reizvoll und apart erschien. Du liebe Zeit, wie sollte ich sie diesmal halten? Mit welchen Worten würde ich es schaffen, sie zu fesseln? Stotternd gab ich zu, dass ich sie nicht vergessen hatte, sah ihren Blick und konnte mich gerade noch stoppen hinzuzufügen, dass ich tatsächlich krank vor Sehnsucht nach ihr gewesen war.

Mit einer jungen Frau, die auf uns zukam, die sie Agnes nannte und mir als Tochter des Hauses und als ihre Freundin präsentierte, stolzierte sie davon. Ich stand da und sah ihr nach. ‚Ihr Hemd passt nicht zu Ihrem Teint und Ihre Schuhe …, na ja', rief sie mir über ihre Schulter hinweg zu. Vorsichtig sah ich an mir herunter.

Als ich mich wenig später im Esszimmer meiner Gastgeber wiederfand, saß sie mir gegenüber und ihre Freundin neben mir. Agnes interessierte mich nicht, obwohl sie hübsch war, eine nette Stimme hatte und ihr angenehm duftendes Parfum gut zu dosieren wusste. Meine Augen klebten an der Frau, deren Namen ich noch immer nicht erfahren hatte. ‚Odile und ich, wir sind befreundet' hörte ich meine Nachbarin sagen. Dankbar schenkte ich ihr einen Moment lang meine Aufmerksamkeit und stellte fest, dass sie in mich verknallt war. ‚Also Odile heißt sie', dachte ich und hörte nur mit halbem Ohr, wie in diesem Augenblick der Architekt, Gastgeber dieses Abends, meinen Namen hervorhob und meine künstlerische Tätigkeit erwähnte. Auch auf die Fragen, die man mir daraufhin stellte, und einige Komplimente, die man mir machte, reagierte ich halbherzig bis gar nicht.

Als Odile einmal flüchtig zu mir hinüberblickte, meinte ich, ein verhaltenes Glitzern in ihren Augen zu sehen. Und ich sagte schnell: ‚Was für ein wunderbarer Zufall, dass wir uns hier wiedersehen.' Aber meine Bemühungen blieben erfolglos. Sie sprach kein Wort mit mir. Und Agnes‘ verliebte Blicke machten es mir unmöglich, sie nach ihr auszufragen. Es war verrückt, Agnes war scharf auf mich und ich verzehrte mich nach ihrer Freundin.

Ohne mich zu fragen, ob ich genau so dämlich gucke wie Agnes, wenn sie mich ansieht, setzte ich ein zweites Mal auf meine Augen. Mit ihnen versuchte ich, mein störrisches Visavis zu bezwingen: ‚Komm, sieh mich an, sieh mich bitte an!‘ Und siehe da, sie streifte mich mit einem zweiten Blick. Schnell bat ich sie, ihr diese oder jene Platte reichen zu dürfen, und hatte Glück. Ich hoffte auf eine Berührung, wenn sie mir etwas aus den Händen nahm, auf ein Lächeln, auf ein Wort, doch nichts dergleichen geschah.

Sie plauderte mit dem älteren Herrn zu ihrer Linken, versuchte, den wohlerzogen wirkenden, etwas blässlichen jungen Mann, der rechts von ihr saß, in Verlegenheit zu bringen, und zwinkerte meiner Nachbarin zu, während sie mit den Trüffeln, die sie aus ihrem Rührei kratzte, den Rand ihres Tellers dekorierte. Und doch lag in ihrem Gehabe eine Botschaft an mich, das glaubte ich fast körperlich zu spüren.

Als dann die Unterhaltung am Tisch in Bewegung kam, das Geschnatter immer lauter wurde und sie sich immer noch mit ihrem Rührei auseinandersetzte, nahm ich noch einmal meinen ganzen Mut zusammen und sagte: ‚Sie scheinen Trüffel nicht zu mögen.‘ Langsam hob sie den Kopf. Ich starrte von ihren großen, seltsam schimmernden und rätselhaft blickenden Augen auf ihren schönen Mund, als sie sagte: ‚Nein, weder Trüffel noch neugierige Männer.‘ Und schon fühlte ich, wie etwas

Warmes, Glatthäutiges unter mein Hosenbein schlüpfte, das sich an meinem Schienbein rieb."

Als er registrierte, dass Monique ihm schon eine Weile nicht mehr in die Augen, sondern mit einem schmerzlichen Zug um den Mund zum Fenster hinaus sah, hielt er inne. „Verzeihung", murmelte er zerknirscht, Sie schüttelte den Kopf und sagte leise und ohne ihn dabei anzusehen: „Ich habe mich gerade von meinen eigenen Erinnerungen mitreißen lassen." Warum bloß verlor er im Beisein dieser Frau alle seine Hemmungen, was war es, das ihn dazu brachte, Dinge auszusprechen, die Unbeteiligte verlegen machen mussten, vielleicht sogar verletzten? „Ich bin schuld!", rief er erschrocken über sich selbst, dass er sich in seinem Erzählfluss nicht hatte zügeln können. Und er begriff auch wieder, dass man nicht alles, was einem in den Sinn kam, auch gleich der Zunge übergeben sollte.

Sie winkte ab. Mit Tränen in den Augen sagte sie: „Es ist nur so, dass Sie gerade eine alte, längst verheilt geglaubte Wunde bei mir aufgerissen haben." Er war bestürzt. Monique hatte mit Tränen zu kämpfen? Stark und unverwundbar hatte sie bis jetzt auf ihn gewirkt. In Gedanken überflog er alles noch einmal, was er ihr erzählt hatte. Es fiel ihm schwer, sich vorzustellen, dass dieser selbstbewussten Frau die Bekenntnisse eines verliebten Idioten derartig zu schaffen machten, das passte nicht zu ihr. Oder hatte er den Bogen wirklich überspannt? „Wollen Sie darüber sprechen?", fragte er.

Eine Träne lief ihr über die Wange. Sie wischte sie mit dem Handrücken fort und sagte: „Es war unhöflich von mir, mit meinen Gedanken abzuschweifen, statt Ihnen zuzuhören, doch ich musste plötzlich auch an einen Menschen denken, in den ich einmal sehr verliebt war." Er sah es ihr nicht nur an, er fühlte auch, dass sie sich in ihrem Inneren sehr weit von ihm entfernt hatte, und überlegte, ob er sie nun besser alleine lassen sollte.

Es herrschte eine gespannte Stille. Die unterschiedliche Vergangenheit zweier Menschen hatte sich breitgemacht und den beginnenden Zauber der Gegenwart verdrängt. Das hatte er weder gewollt noch vorausgesehen.

Monique, die leicht in sich zusammengesunken war, richtete sich wieder auf, holte Luft und sagte: „Sehen Sie, so etwas wäre einem Therapeuten nicht passiert", und bat ihn, mit dem Erzählen fortzufahren. „Nein." Er schüttelte den Kopf. „Vielleicht ein andermal", versprach er ihr, „und wenn, dann nicht so detailliert." Er griff nach seiner Tasse, schob die Teller übereinander, setzte ungeschickt die Tasse obendrauf, so dass sie kippte und der Rest des Tees auf die weiße Decke tropfte. Als ihm der Löffel vor die Füße fiel, bückte er sich danach und sagte: „Ich sollte gehen."

„Bitte nicht", sagte Monique, die über seine Fahrigkeit hinweggesehen hatte. „Ich kann doch nachvollziehen, dass all das wieder ausfindig Gemachte noch einmal durchlebt werden will. Ich habe mich gehen lassen, das war sehr ungehörig angesichts der Problematik, mit der Sie momentan zu kämpfen haben."

„Jetzt ist mir alles doppelt peinlich", sagte er. „Warum?"

„Ich merke doch, dass Sie mich schonen wollen."

„Nun erzählen Sie schon weiter", bat sie leise. „Nein, alles ist wie weggeblasen, vielleicht ein andermal."

„Schade“, sagte sie.

Die Heiterkeit der letzten beiden Stunden war verflogen, die Harmonie ins Stocken geraten. Er spürte Moniques aufrichtiges Bedauern und war doch unfähig, diesen Stillstand wieder aufzulösen. „So abrupt sollten wir den Nachmittag nicht beenden“, sagte sie. „Lassen Sie uns über etwas anderes reden“, schlug er vor. „Zum Beispiel?“

„Über Sie.“

„Besser nicht.“

„Es würde mir ungeheuer viel bedeuten zu wissen, was ich bei Ihnen aufgebrochen habe.“

„Darüber möchte ich noch nicht mit Ihnen sprechen.“

„Klar, warum auch“, sagte er ein wenig spitz und bedauerte aufs Neue, so viel von sich erzählt zu haben.

Als hätte sie bemerkt, wie ihm zumute war, seufzte sie auf und sagte mühsam lächelnd: „Na, gut, das Ganze ist sehr schnell erzählt. Er, ein reifer, welterfahrener Mann und im wahrsten Sinn des Wortes eine blendende Erscheinung, war Chef des Krankenhauses, in dem bei mir ein Eingriff vorgenommen wurde. Ein Blick, ein kurzes Staunen und schon war es um mich geschehen. Und auch um ihn, denn seit diesem Augenblick ließ er mich nicht mehr aus seinen vielversprechenden Augen. Trotz großer Schwierigkeiten seinerseits waren wir nach zwei Jahren in der Lage zu heiraten. Es folgte ein Jahr vollkommenen Glücks. Doch dann, wie es manchmal so ist, war eine andere Frau im Spiel. Ich habe mich von ihm getrennt. Das war’s.“ Ihre Schultern zuckten in die Höhe. „Eine Geschichte, wie sie jeden Tag auf dieser Welt passiert, längst nicht so aufregend und dramatisch wie das, was Ihnen zugestoßen ist.“

Es gelang ihm nachzuvollziehen, wie ihr damals zumute gewesen sein könnte. Doch als er dann versuchte, sich ein Bild von diesem Arzt zu machen, stand ihm ungewollt der Vorgesetzte Odiles vor Augen: Doktor Tolazzini. Ebenfalls ein Mann von Welt, kantiges Gesicht, nach allerfeinstem Rasierwasser duftend und mit einer Spur von Silbergrau im schwarzen Haar. Und es überkam auch ihn das schmerzende Gefühl des Verschmähtseins, das er zu jenem Zeitpunkt, als er Odile in den Armen dieses Mannes hatte tanzen sehen, erlitten hatte. Plötzlich wollte er alleine sein, sich alleine erinnern, herausfinden, was ihm Odile einmal bedeutet hatte. „Danke für Ihr Vertrauen“, sagte er und bat sie um Verständnis, dass er nun gehen müsse. Obwohl er doch mit seiner Fragerei dieses Thema heraufbeschworen hatte und sich auch der Sprunghaftigkeit seiner Gedankengänge schämte, war er nun froh darüber, dass sie nicht protestierte. Sie erhoben sich gleichzeitig. „Weiß eigentlich Josette von mir?“

„Nein, noch nicht.“ Josette, alleine das Aussprechen dieses Namens reichte aus, ihm ganz und gar die Laune zu vermiesen. Aufstöhnend fuhr er sich mit den Händen durchs Gesicht. „Was ist mit Ihnen?“ Obwohl Monique ihm gegenüberstand, kam ihre Stimme von weither. „Ich weiß nicht“, sagte er, „ich bin auf einmal wieder völlig aus dem Gleichgewicht.“ Er wandte sich zum Gehen. „Wollen Sie nicht lieber noch ein bisschen bleiben?“ Er schüttelte den Kopf. „Dann bis bald, Ribert. Und kommen Sie, wann immer Sie wollen.“ Er drückte ihre Hand und nickte. „Dann möchte ich von Ihnen mehr erfahren“, fügte sie hinzu, „besonders davon, was Sie nach Korsika verschlagen hat, darüber haben wir auch noch nicht gesprochen.“

„Ich glaube, ich bin vor etwas geflohen, von dem ich mir bis jetzt noch kein genaues Bild gemacht habe.“

„Und sind der Katastrophe in die Arme gelaufen.“

„Und Ihnen“, sagte er.

Wieder saß er am Steuer seines Wagens und wieder musste er die ungeliebte Strecke fahren, zurück an den Ort der Lüge, den er in diesem Augenblick erneut zur Hölle wünschte. Doch war es nicht viel wichtiger, dass er sein Leben wiederhatte? Die Augen auf den Weg gerichtet und durch die schlechte Straßenlage hin und her geschüttelt, ging er mit seinen Gedanken dorthin, wo er sein Erlebtes unterbrochen hatte: zurück in das Haus des Architekten, an dessen langen, feierlich gedeckten Tisch und zu der Frau, die ihren Fuß an seiner Wade liegen hatte.

Wie sie dasaß, lieblos in ihrem Rührei stochernd, während sie mit den Zehen sein Bein liebkoste. Er hielt es kaum noch aus. Dann zog sie plötzlich ihren Fuß zurück, stand auf, entschuldigte sich nach beiden Seiten und verließ den Raum. Ohne nachzudenken, warf er seine Serviette auf den Tisch und folgte ihr.

Der Gang, in dem sie vor ihm hereilte, war lang und dunkel. Und plötzlich war sie weg. Er machte ein paar Sprünge. Eine der Türen war nur angelehnt. Er stieß sie auf und schon hing sie an seinem Hals, an seinen Lippen. Alles um ihn herum versank in alltägliche Bedeutungslosigkeit. Er nahm nicht einmal wahr, in was für einem Raum sie sich befanden. „Ich träume“, dachte er, berauscht von diesem plötzlichen Gefühlsausbruch und der Verbissenheit, mit der sie sich ihn einverleibte.

Ebenso abrupt, wie sie ihn angesprungen hatte, ließ sie ihn wieder los. „Ich wusste, dass du mir nachkommen würdest“, sagte sie lakonisch und zog den Träger ihres Kleides, der ihr von der Schulter geglitten war, wieder hoch. Blutrot, verlockend und immer noch wie zum Kuss geöffnet war ihr Mund. Er brauchte nur die Hände nach ihr auszustrecken, schon hätte er sie noch einmal riechen, fühlen, küssen können, doch ihr unterkühlter Blick verbot es ihm.

Er sah zur Türe. Ihm war, als hätte er von draußen ein Geräusch gehört. „Morgen um vier auf den Stufen?“, fragte er flüsternd und noch immer ganz benommen von der Heftigkeit ihres Kusses. Ihr Einverständnis musste er erhoffen. Sie sah sich um, entdeckte einen Spiegel und begann, ihr Haar zu ordnen. „Man wird uns vermissen, es wurde schließlich erst der erste Gang serviert“, sagte er, räusperte sich und fügte noch hinzu, dass es schon ein wenig peinlich sei zurückzukehren. „Das hättest du dir vorher überlegen müssen“, erwiderte Odile.

„Mit deinem Fuß an meinem Bein? Wie hätte ich da noch denken können?“

„Soll das bedeuten, dass du schon beim kleinsten Anstoß die Kontrolle über dich verlierst?“ Er ignorierte ihren Spott. „Morgen um vier?“, fragte er noch einmal, als er schon in der Türe stand. „Verschwinde“, sagte sie.

Er ging. Und erst als Agnes ihm unterm Tisch ein Taschentuch entgegenstreckte, spürte er den Schmerz. Verlegen presste er den weißen Zellstoff an die Lippen. Amüsierte Blicke trafen ihn. „Es ist ..., ich habe mir ...“, stotterte er und sagte nichts mehr, als Agnes ihn so herzzerreißend traurig ansah, dass es noch kränkender für sie gewesen wäre, wenn er sich da herausgeredet hätte.

Nur wenig später kam auch Odile zurück. Mit unbewegter Miene registrierte sie das blutbefleckte Taschentuch in seiner Hand.

Der Wagen sprang durch ein paar Löcher. „Ich werde künftig sorgsam aussortieren, was ich Monique von ihr erzählen werde“, nahm er sich vor. Monique! Er wollte sie nicht kränken und damit das Risiko eingehen, sie zu verlieren, bevor er sie gewonnen hatte. Sie sollte nichts von dem erfahren, was für ihn im Laufe seines Erinnerns immer unwesentlicher zu werden schien. „Aber ich tue keinem weh, wenn ich für mich allein heraufbeschwöre, was zwar schmerzlich, aber immer aufregend und faszinierend gewesen war“, besänftigte er sein Gewissen und begann, aus Freude am Erinnern, weiter in der Vergangenheit zu schwelgen.

Leichtfüßig die Treppen nehmend kam sie auf ihn zu. Er winkte. Die Anspannung der letzten Stunde wich einem aufgeregten Kribbeln. Sie hatte schließlich nicht versprochen, dass sie kommen würde. Die Rose, die er ihr entgegenstreckte, begann bereits zu welken. Sie reichte ihm die Hand, die er mit beiden Händen nahm und an die Lippen zog. „Odile“, hauchte er. „Woher weißt du meinen Namen? Von Agnes?“ Er nickte. „Sie ist ein vorlautes Ding“, schimpfte sie. „Na gut, ich bin Odile Baron.“ Weil sie auf flachen Schuhen stand, war sie gezwungen, zu ihm aufzusehen. Ihr rostfarbenes Kleid war kurz und bauschte sich über einem breiten, eng um die Taille gezurrten, Ledergürtel. „Du hattest Angst, dass ich nicht komme, nicht wahr?“

„Zugegeben“, sagte er und blieb dicht an ihrer Seite, als sie nach einer eleganten Drehung die Stufen hinunter- und die Straße entlangging, bis zu einem Platz, wo es Cafés und Kneipen mit ein paar Sitzgelegenheiten vor der Türe gab. Sie entdeckte einen freien Tisch. Er schob ihr einen Sessel hin und setzte sich schräg neben sie. Geübt schlug sie die Beine übereinander, die nun in seinem Blickfeld lagen. Dann kramte sie in ihrer Tasche, zog eine Schachtel Zigaretten hervor und hielt sie ihm entgegen. „Danke, ich rauche nicht.“

„Natürlich nicht.“ Sie lachte. „Was ist daran komisch?“ Sie winkte ab. „Ein Bier und eine Tasse Kaffee“, rief er dem Kellner zu, nachdem Odile nach langem Überlegen zu einem Entschluss gekommen war. Ein Feuerzeug lag in der Nähe des Zigarettenpäckchens. Er griff danach und gab ihr Feuer. Sie lehnte sich zurück, streckte den Hals, nahm einen Zug aus der Zigarette und sah ihn prüfend an. „Du kanntest meinen Namen“, erinnerte er sie an den Tag ihrer ersten Begegnung. „Woher?“

„Mir war ganz plötzlich wieder eingefallen, dass man in Agnes‘ Familie mal über einen Bildhauer namens Ribert Cassel gesprochen hatte.“

„Nur Gutes, hoffe ich.“ Er lachte. „Seit gestern mag es anders sein“, sagte Odile und zeigte auf die kleine Wunde an seiner Unterlippe. „Kennt ihr euch schon lange, Agnes und du?“

„Seit unserer Schulzeit. Sie war ein stilles und äußerst kluges Kind. Und obwohl ich sie zu jener Zeit meistens wie Luft behandelt habe oder hundsgemein zu ihr war, kämpfte sie darum, meine Freundin zu werden. Das fand ich unerträglich. Doch als ich erfuhr, dass ihre Eltern eine Menge Geld und sogar ein Schlösschen in der Normandie besaßen, zog ich es vor, sie nicht mehr wegzustoßen. Dass wir uns inzwischen kaum noch sehen oder voneinander hören, scheint ihre Familie nicht mitzukriegen, denn immer noch werde ich hin und wieder zu einem offiziellen Abendessen eingeladen. Ich kann sehr nett sein, wenn ich will.“

Er verscheuchte ein paar mulmige Gedanken und dachte an Agnes, die wohlbehütete, hübsche, aber reizlose Tochter seines Auftraggebers. Er hoffte, dass die Enttäuschung, die er ihr bereitet hatte, keinen Einfluss auf eine weitere Zusammenarbeit mit ihrem Vater haben würde, und sprach darüber mit Odile. Mit wegwerfender Handbewegung tat sie seine Bedenken ab, rutschte auf ihrem Stuhl herum und stellte einige laienhafte Fragen, was seine Künstlertätigkeit betraf. Nun hätte er mit seinem Wissen punkten können, stattdessen gab er, so wie es seine Art war, bescheiden und freundlich lächelnd Auskunft, ohne sie zu belehren. „Und du?“, fragte er. „Was machst du so?“

„Ich warte.“

„Auf einen Job?“

„Ich habe einen.“

„Also wartest du auf eine Art von Aufstiegsmöglichkeit.“

„Nein, ich warte auf ein möglichst luxuriöses und bequemes Leben. Und das Einzige, was mir dazu einfällt, ist ein reicher Mann. Kennst du einen?“ Erstaunt sah er sie an: kein Lächeln, kein Augenzwinkern, nichts, was auf einen Scherz hätte hindeuten können. Ihr wunderschönes, vom Wind umwehtes Gesicht blieb unbewegt.

Er blinzelte in die Nachmittagssonne, die sich plötzlich so anfühlte, als hätte sich vor sie eine dunkle Wolke geschoben. Was war reich? War er reich? Es lief ganz gut im Augenblick, er war zufrieden, doch reich war er nicht. Und dass er es in nächster Zeit schon werden könnte, glaubte er nicht. Schluckweise die Enttäuschung niederkämpfend trank er von seinem Bier. Odile saß da, hielt ihre Kaffeetasse in der Luft und wippte mit dem Fuß.

„Ich ahnte schon sehr bald, dass es mit uns nichts werden würde“, gab er zu und dachte, als er ihren Blick sah, dass er es weniger weltschmerzlich klingend hätte sagen sollen. „Du bist geschockt, nicht wahr?“

„Was heißt geschockt? Du hast meine Hoffnung zunichtegemacht“, sagte er so spaßig und leichtherzig wie möglich, doch ihr maliziöses Lächeln sagte ihm, dass es auch diesmal wohl wieder bitterernst geklungen hatte. Sie setzte ihre

Tasse ab, drückte den Rest ihrer Zigarette in den Aschenbecher und fragte: „Warst du schon oft verliebt?“ Was sollte er darauf erwidern? „Noch nie so wie in dich“ wäre die Wahrheit gewesen. Doch er sagte nur: „Ja, schon oft, ich bin ja schließlich kein Pennäler mehr, doch warum fragst du?“

„Du zeigst es viel zu deutlich, das ist nicht spannend.“ Er lächelte. „Und dann dieses Lächeln. Weißt du, dass es mich rasend macht?“

„Es macht dich rasend?“, fragte er ungläubig und noch halbwegs gut gelaunt. „Ja, es wirkt so unterwürfig. Und überhaupt, alles, was du sagst, und wie du dich bewegst, gleicht einem Kniefall. Dir fehlt die Leichtigkeit und Lässigkeit, die ein Mann deines Formats besitzen sollte.“

Er schwieg. Die Freude an diesem Tag war ihm vergangen. So etwas hatte man bisher noch nie zu ihm gesagt. Im Gegenteil, er hatte festgestellt, dass er bei den Frauen mit seiner sanften, ernsten und einfühlsamen Art immer ganz gut angekommen war. Oder hatten sich vielleicht durch das jahrelange Rücksichtnehmen auf seine kranke Mutter und die Angst, sie zu verlieren, diese von Haus aus positiven Eigenschaften irgendwann ganz unbemerkt ins Gegenteil verwandelt und ihn in den Augen von Odile zu einem Schlappschwanz werden lassen?

Er saß da und versuchte, seiner Sprachlosigkeit Herr zu werden, indem er nach dem Bierglas griff und es in einem Zuge austrank. Eine innere Stimme sagte ihm, dass er Geld auf den Tisch legen, aufstehen und gehen sollte. „Ja, dann …“, begann er, wurde aber von Odile mit den Worten „Lass sehen, vielleicht bist du ja mit im Rennen“ unterbrochen, während sie nach seiner Hand griff, deren Innenfläche inspizierte und dann so sanft, als würde eine Feder seine Haut berühren, mit der Kuppe ihres Fingers einer Linie folgte. Nachdem er ungewollt einen Laut des Wohlbehagens ausgestoßen hatte, nahm sie sich auch alle anderen Linien vor. Und er stand wie in Flammen.

Auf einmal tat sie so, als würde sie erschrecken. „Oh“, flüsterte sie aufgeregt und stieß ihren spitzen, rot lackierten Fingernagel in seine Handfläche und fuhr einer Rille nach, als würde sie der Linie eines Schnittmusters folgen. „Was ist?“, fragte er, trotz Schmerz bereit, das Spielchen mitzuspielen. „Hier, der Abstand zwischen diesen beiden sagt mir …“ Unbarmherzig stieß sie den Finger von einer Kerbe in die andere, stockte, sah kurz zu ihm auf und fuhr flüsternd fort: „… dass du gewisse Chancen hast.“ Sie ließ dabei nicht nach, ihm weiter zuzusetzen. „Wunderbar, und was ist der Grund?“, fragte er und gab sich Mühe, standhaft und vor allen Dingen ernst dabei zu bleiben. „Weil du in Kürze reich und berühmt sein wirst“, fuhr sie fort zu reden und grub den Finger noch etwas tiefer in sein Fleisch. Und er, neugierig und ein aufkommendes Glucksen unterdrückend, ertrug die Pein.

Doch gerade als er dachte, dass es genug, dass der Schmerz nun unerträglich sei, nahm sie den Finger fort, beugte sich vornüber und drückte ihren Mund in seine Hand. Ein kurzes Aufzucken, ein Schauer bis in die Schenkel hinunter – und schon war jeder Zweifel, den er glaubte, an ihr gehabt zu haben, wie weggeblasen. Er war nur noch in der Lage, sich an das Kitzeln ihrer Zungenspitze zu erinnern.

Seine Hände waren feucht, als er bezahlte, und seine Beine waren schwer, als er sich dicht an ihrer Seite durch das auf dem Montmartre übliche Gedränge der Touristen zwang, vorbei an all den Künstlern mit ihren Bildern, Staffeleien und den Menschen, die sich von ihnen porträtieren ließen. Er fühlte ihre Hüfte. In seinen Schläfen hämmerte das Blut. „Meine Wohnung können wir zu Fuß erreichen" lag ihm auf der Zunge, ihr ins Ohr zu flüstern, doch er schwieg. Er suchte ihre Augen, doch diese wanderten, Ausschau haltend, hin und her. Er tastete nach ihrer Hand und griff ins Leere. Hoch aufgerichtet wie eine Königin, die Blicke ihrer Untertanen einfordernd, schlängelte sie sich durch das Gewimmel. Und er trottete ihr nach.

Immer wieder schob er sich in ihre elektrisierende Nähe und suchte ihren Duft. Selbst als ihm klar war, dass sie sich mit dem energischen Schlenkern ihres Armes Distanz verschaffen wollte, blieb er an ihrer Seite kleben. Er mochte nicht mehr länger durch die Gegend schlendern, er hungerte danach, von ihr geküsst zu werden, so wie am Tag zuvor.

„Nach allem, was sie an mir bemängelt hatte, sollte ich jetzt versuchen, zupackend und entschlossen zu sein", dachte er, legte den Arm um ihre Schultern und drückte ihr seinen Mund ins Haar. Schlagartig blieb sie stehen, sah ihn an und drehte den Kopf zur Seite, als er versuchte, sich ihrem Mund zu nähern. Wie eine kalte Dusche traf ihn ihr vorwurfsvoller Blick. Und er stand da, betreten wie ein kleiner Junge, der versucht hatte, sein Geschenk schon vor dem Fest zu fordern. Sollte er sich entschuldigen oder lieber so tun, als ließe ihn die Abfuhr kalt? Verdammter Mist, ob er es jemals schaffen würde, erfolgreich mit ihr umzugehen?

Probeweise hob er das Kinn, straffte sich zu voller Größe, schob beide Hände in die Hosentaschen und wandte sich zum Gehen. Sie kam ihm nach. Als er spürte, dass sie ihn von der Seite ansah, pfiff er eine Melodie. „Wo willst du hin?“ Ihre Stimme klang versöhnlich. „In ein bestimmtes Restaurant.“

„Männer wollen immer essen“, meinte sie. „Nicht immer, aber immer, wenn sie Hunger haben“, sagte er, und sie protestierte nicht, als er schnurstracks und ohne sie zu fragen das kleine Restaurant ansteuerte, in dem er Stammgast war und wo man gut und preiswert essen konnte.

Es war wie immer überfüllt. In einer Ecke fanden sie noch Platz. Alle Augen waren auf Odile gerichtet. „Ich esse nichts“, sagte sie, nachdem sie abschätzend das Tischtuch aus Papier befühlt, das Besteck unter die Lupe genommen und sich in ihren Stuhl zurückgelehnt hatte. Auch als sie ihre Augen zu den anderen Tischen wandern ließ, entdeckte er Verächtlichkeit in ihrem Blick. „Was gefällt dir nicht, Odile?“

„Was sollte mir denn nicht gefallen?“

„Die Küche ist okay“, sagte er. „Wenn du denkst, dass ...“

„Ich denke gar nichts“, unterbrach sie ihn gereizt. Woraufhin er es vermied, diesen unerfreulichen und unnötigen Dialog weiter fortzuführen.

Der glatzköpfige Patron in seiner grünen Strickweste kam an den Tisch geschlurft, verneigte sich vor Odile und zwinkerte ihm anerkennend zu. Am Nachbartisch verdrehten sich Studenten ihren Hals. Ihm schwoll die Brust. Er war der Auserwählte, nur er allein. Und während er noch überlegte, mit welcher Geste er nun allen hier im Raum seine Nähe zu dieser Frau signalisieren sollte, trat ein junger Aushilfskellner an den Tisch und reichte, so wie es sich gehörte, zuerst Odile die Speisekarte. Ribert bemerkte, wie diesen armen Tropf ein Schwindel zu erfassen schien, als sie dabei, wie aus Versehen, dessen Hand berührte. Selbst als sie ihn dann später einen Tollpatsch nannte und ihm die Karte auf die Finger schlug, weil er vor lauter Zappeligkeit ihr Weinglas umgeworfen und an ihrem Platz ein kleines Durcheinander angerichtet hatte, sah er sie an, als wollte er am liebsten vor ihr niederknien.

Gelangweilt griff Odile nach ihrer Tasche und suchte dort nach Zigaretten. Der Junge schlich davon. Ribert senkte den Blick, um seinen Unmut zu verbergen und sah erst wieder auf, als er sie „Was ist, du siehst aus, als wolltest du mich kritisieren“ sagen hörte.

„Aber nein.“ Er spürte, dass ihr sein Empfinden mitzuteilen das Dümmste war, was er jetzt tun konnte, und winkte nach dem Kellner. „Ich nehme nur ein Omelette“, sagte sie. Ribert bestellte Steak mit grünen Bohnen, ließ Wasser, Wein und für den Auftakt etwas Portwein kommen, trank ihr zu und wusste nicht mehr, was ihn einen Augenblick lang so verärgert hatte. Denn Odile war plötzlich lieb und aufgekratzt. Sie erzählte ihm von ihrer Tätigkeit als Laborantin an der Medizinischen Akademie, von dusseligen Kollegen und einem hinreißenden Chef.

Laborantin? Erstaunt sah er sie an, denn es gelang ihm nicht, sie sich weiß bekittelt in einem kalten und sterilen Raum hantierend vorzustellen. Des Weiteren bekannte sie, dass sie aus einer zerrissenen Familie stamme: Sie sprach von ihrem deutschen Vater, der sich vor ein paar Jahren aus dem Staub gemacht habe, und von ihrer schönen und eleganten Mutter, deren Lebensinhalt inzwischen der Alkohol geworden sei. Und sie erzählte, dass eines Tages auch ihre ehrenhafte und gescheite Schwester weggegangen sei. „Und weißt du auch, warum?"

„Nein", sagte er. „Weil sie eifersüchtig auf mich war, weil keiner von ihren Kerlen mir hat widerstehen können. Sobald ich auftauchte, hatte doch die Ärmste keine Chance mehr. Das ging schon los, als ich erst vierzehn war. Für mich war das ein Spiel, nichts weiter." Und plötzlich prustete sie los und meinte gut gelaunt: „Was machst du denn für ein Gesicht? Kann es sein, dass du mich schamlos findest, dass du denkst, dass sich das nicht gehört?" Wieder fühlte er sich ertappt, kam sich moralisch, unmodern und spießig vor. Er schüttelte den Kopf, lachte ebenfalls und versuchte, sich Odile als Vierzehnjährige vorzustellen. Und daneben ihre Schwester, vielleicht ein wenig reizlos, dafür klug und tugendhaft und mit wenig Sinn für Leidenschaft und Sex. Er kramte in seiner Hemdentasche und schob ihr seine Visitenkarte zu. „Damit du weißt, wo du mich finden kannst", sagte er. Ein paar Leute an den Nebentischen hoben die Köpfe, als Odile laut vorlas, was auf dem Kärtchen stand.

Erst spät am Abend brachte er sie heim. In einer engen, menschenleeren Gasse blieb sie vor einem der Häuser stehen, zeigte an der Fassade hoch und sagte: „Dort wohne ich, im dritten Stock."

„Ich begleite dich nach oben", bot er an. „Nein", sagte sie.

„Wann sehen wir uns wieder?"

„Ich melde mich."

Ihr Abschiedskuss war flüchtig. Und ehe er die Arme um sie legen konnte, war sie ihm schon entwischt.

Sie öffnete die schwere Türe, trat in den Flur und sah zu ihm zurück. Was in ihr vorging, konnte er im Dunkeln nicht erkennen. Plötzlich, die Hände theatralisch nach ihm ausgestreckt, kam sie zurück. „Sie hat es sich anders überlegt", dachte er und malte sich schon aus, wie er sie an die Hauswand drücken und sie küssen werde. Doch nur zwei Schritte von ihm entfernt, machte sie kehrt und entfernte sich aufs Neue, diesmal mit aufreizendem Gang und rückwärts winkendem Arm. Stumm stand er da und sah noch eine Weile auf die Türe, die sich nun wohl endgültig hinter ihr und ihrem bühnenreifen Auftritt geschlossen hatte.

Derartig verhielt Odile sich auch noch Wochen später. Nie wusste er, woran er mit ihr war. Manchmal tat sie so, als sei er gar nicht da. Aus Angst, nicht in Ungnade zu fallen, war er ständig auf der Hut, sie nicht zu reizen, denn seine Versuche, ihr nahezukommen, wurden mit dem Hinweis abgewehrt, dass er schon merken würde, wann sie Lust zum Küssen habe. Und ihre Lust war wie ein Angriff, der oftmals kleine Wunden hinterließ.

Tief in Gedanken hätte er beinahe den gelben Hund erwischt, der, ohne sich zu rühren, mitten auf dem Weg stand. Die Wucht, mit der er auf die Bremse trat, warf ihn in seinen Sitz zurück. Der Köter trottete zur Seite, lief ein paar Meter mit und blieb zurück. Nur wenig später kam ein junger Mann mit

Rucksack auf ihn zu und hob, als er an ihm vorbeifuhr, die Hand zum Gruß. Ein hübscher Kerl mit einem offenen Gesicht. Am liebsten hätte er ihn angesprochen.

Jenseits des Flusses traf er auf ein Rudel wilder Schweine. Dann war es still. Inzwischen war die Sonne hinter den Felsen verschwunden. Das Steuer fest in den Händen und die Augen auf den unwegsamen Pfad gerichtet, gab er sich seinen Erinnerungen hin.

Doktor Tolazzini fiel ihm wieder ein, dieser gutaussehende, hochgewachsene Italiener fortgeschrittenen Alters, der für Odile, so schien es ihm, wohl mehr gewesen war als nur ihr Arbeitgeber. Nur flüchtig wollte er ihm, der plötzlich wieder gegenwärtig war, ein paar Gedanken widmen. Doch völlig unerwartet stürzten Einzelheiten auf ihn nieder, und der Ablauf jener festlichen Nacht rekonstruierte sich wie von alleine.

Vier Wochen vor dem geplanten Einzug in eine gemeinsame Wohnung gab die Medizinische Akademie einen Ball, und Odile bat – oh nein, Odile bat nie –, sie befahl Ribert, sie zu begleiten. Er versuchte, sich zu drücken. „Ich habe keinen passenden Anzug, und tanzen kann ich auch nicht“, sagte er. Doch sie blieb unerbittlich. Sie forderte ihn auf, sich etwas Passendes zu kaufen, denn auch sie wollte sich nach einem neuen Kleid umsehen.

Am Abend des Festes, nachdem sie ihre Mäntel an der Garderobe abgegeben hatten, blieb Odile im Vorraum, der zum hell erleuchteten Ballsaal führte, vor einem der bis zum Boden reichenden Spiegel stehen. Man sah ihr an, dass sie von ihrer eigenen Erscheinung überwältigt war. Sie trug ein langes, cremefarbenes Kleid, das Dekolleté und Arme freiließ, und ein filigranes Schmuckstück um den Hals. Ihr Teint schimmerte golden im warmen Licht der Kronleuchter, ebenso wie ihr Haar. Aber immer war es zuerst ihr Körper, den sie so wirkungsvoll in Szene zu setzen wusste, dass er alle Blicke auf sich zog. Auch er fand, dass sie wunderschön aussah. Und doch, eine Spur weniger an Selbstverliebtheit hätte ihm an ihr in diesem Augenblick mehr zugesagt.

Ein älteres Ehepaar trat ihnen in den Weg. Er, ein großer, dunkelhaariger, an den Schläfen leicht ergrauter und sehr eleganter Herr mit hohem Haaransatz und einem ordentlichen Schuss Feuer in den Augen, gab Odile die Hand, dann ihm, eine harte, hohle Hand mit festem Daumendruck. Er stellte sich als Doktor Tolazzini vor, zeigte auf Odile und sagte zu der Frau an seiner Seite, ebenfalls tief schwarzhaarig, mit grellroten Lippen und einem wogenden Busen hinter schwarzer Spitze: „Das ist meine Mitarbeiterin, Mademoiselle Baron." Dann wanderte sein Blick zu ihm. Ribert stammelte undeutlich seinen Namen und Odile, die vor Verlegenheit versäumt hatte, sich an dem Vorstellungsritual zu beteiligen, sah hektisch in die Runde und wurde noch zappeliger, als die Tolazzinis von einem hinzukommenden Ehepaar begrüßt und in Beschlag genommen wurden.

Schnell nahm sie seinen Arm und riss ihn mit sich fort. „Der Tolazzini ist mein Chef", raunte sie ihm immer noch verkrampft und plötzlich mit befremdender Kleinmädchenstimme zu. Erst mit den ausgespuckten Worten „Gütiger Himmel, und das soll seine Frau sein?“ schien sie ihre gewohnte Sicherheit wiedergefunden zu haben. Auch ihre Gangart war wieder die, die ihm vertraut war. „Und der andere war Professor Démarand mit Ehefrau. Ist dir aufgefallen, wie die mich angesehen hat?“ Doch Ribert hatte eher an dem abschätzenden Blick des eleganten Doktor Tolazzini zu knabbern und daran, dass Odile es nicht für nötig befunden hatte, ihn als ihren Freund mit erwähnenswertem Beruf vorzustellen.

Sie trank viel an diesem Abend, mehr als er es von ihr gewohnt war und mehr, als sie zu vertragen schien. Das letzte große Fest, das er besucht hatte, war sein Schulabschlussball gewesen. Schon damals hatten er und seine Freunde alle in der Tanzstunde erlernten Tänze missachtet. Aber dann, erinnerte er sich, als sie dem Hokuspokus, wie sie den Ball bezeichnet hatten, einen eigenen Stempel hatten aufdrücken wollen, mit Hilfe eines Tanzlehrers eine wilde Tangoformation einstudiert. Die Jungen ganz in Schwarz und übermäßig engen Hosen, die Mädchen stark geschminkt und ..., ach, er wusste es nicht mehr so genau, es war zu lange her. Auch von den Schrittfolgen war ihm nicht eine davon im Gedächtnis geblieben, glaubte er.

„Nun bist du dran“, forderte Odile ihn auf, nachdem man sie ununterbrochen auf die Tanzfläche geholt hatte, Studenten allesamt und in der Schlange wartend. Unwillig und nur von dem Wunsch getrieben, dem Ansturm der Kandidaten ein Ende zu machen, ließ er sich von ihr aufs Parkett ziehen. Odile war ein Naturtalent. Sie tanzte wunderbar und gab ihm bald, obwohl sie führte, das Gefühl, die Schrittfolgen zu beherrschen, so dass er in der Lage war, sich mehr und mehr an das einmal Erlernte zu erinnern. Und als die Kapelle einen Tango spielte, fand er sogar Vergnügen daran, ihn mit Odiles Hilfe flüssig und formvollendet darzubieten.

Erhitzt, mit leuchtenden Augen und sich an den Händen haltend, kehrten sie an ihren Tisch zurück, um wenig später wieder auf der Tanzfläche zu erscheinen. Er hatte sie gewonnen, was spielte es da noch für eine Rolle, dass seine neuen Schuhe zwickten. Sie lachten, tranken Wasser und noch mehr Wein, und Odile kicherte, als sie sagte: „Ich habe einen Schwips." Er war überglücklich, so ausgelassen hatte er sie noch nie erlebt.

Doch plötzlich reckte sie den Hals. Wie aus heiterem Himmel veränderte sich ihr Gesichtsausdruck. Sie hörte auf zu reden, sah immer wieder in eine Richtung und begann, unruhig auf ihrem Stuhl herumzurutschen. „Was ist? Wen suchst du?", fragte er. „Ich sehe mich nur um, nichts weiter."

„Lass uns noch einmal tanzen", bat er sie. Sie schüttelte den Kopf. Mit angespannter Miene wühlte sie in ihrem Seidentäschchen, fand einen kleinen Spiegel und sah hinein. Dann stand sie auf. „Ich bin gleich wieder da", murmelte sie abwesend und hielt die Augen auf einen ganz bestimmten Punkt gerichtet.

Sie kam und kam nicht wieder. Ungeduldig sah Ribert auf seine Armbanduhr. „Es kann nicht sein, dass eine Frau zum Pinkeln so viel Zeit benötigt", dachte er erbost, selbst wenn sie sich im Anschluss noch eine Weile aufpoliert. Immer wieder erklang Musik und immer wieder füllte sich die Tanzfläche. Mal sah er angestrengt in Richtung Türe, dann wieder gleichgültig dem einen oder anderen Tanzpaar zu und erschrak gewaltig, als er Odile in den Armen ihres Chefs entdeckte. Untadelig hielt dieser sie umfasst, doch sein Gesichtsausdruck, sein Lächeln ... „Was ist denn schon dabei“, versuchte er, sich zu beruhigen, und verfolgte beide mit seinen Blicken. Sie sprachen miteinander, und wenn er es genau betrachtete, auf eine sehr vertraute Art und Weise.

Plötzlich tanzten sie nicht mehr in ausholenden Walzerschritten, sondern, eng aneinandergepresst, in einem höchst sparsamen Vor und Zurück oder in knappen Drehungen. Odile sah nicht so aus, als ob ihr die Nähe dieses Mannes nichts bedeuten würde, im Gegenteil. Sie lag ja fast an seiner Brust. Und er? Küsste er sie nicht gerade auf die Wange oder flüsterte er ihr nur etwas ins Ohr? Und was war es, was er ihr so leise zu sagen hatte? „Ich weiß es“, dröhnte es in seinem Kopf. Er wusste es in dem Moment, als er ihn sah.

Die Schritte der beiden Tanzenden wurden größer, rhythmischer, schwungvoller. Sie fielen auf. Von allen Tischen sah man ihnen zu. Sie lösten ihre Hände und öffneten den Kreis. Anmutig warf Odile den Arm zur Seite und wiegte sich ein wenig in den Hüften, gerade so, dass es zwar aufreizend, aber immer noch anmutig und elegant aussah. Sie tat es, ohne den Mann, der sie in diesem Augenblick in eine Drehung führte, auch nur einmal aus den Augen zu lassen. Ihr Kleid flog, eine Strähne löste sich aus ihrem Haar. Sie lachte. Gehalten von ihrem Partner, ließ sie sich leicht nach hinten fallen. Ribert schluckte. Sie war so schön, dass es ihn schmerzte. Und doch konnte er nicht aufhören, sie anzustarren.

Eine Frau fiel in sein Blickfeld, eine ältere Frau, die eilig, mit vorgestreckten Händen an den Tanzenden vorbeidrängelnd, auf ein bestimmtes Ziel zustrebte. Nach längerem Hinsehen erkannte er die spitzgesichtige Frau Démarand und sah sofort, wen sie im Auge hatte.

Sie stoppte das ahnungslose Paar, indem sie wortlos, aber sehr energisch Odiles Ellenbogen ergriff, so dass deren Unterarm mit abgeknickter Hand nach oben zeigte, zog sie aus den Armen ihres Tanzpartners und durchquerte so mit ihr den Saal. Man ging zur Seite, wo sie sich einen Weg zu bahnen suchte. Ribert starrte dem ungleichen Paar entgegen. „Diese kleine Frau als Wächterin der Moral führt meine große, stolze, wunderschöne Odile wie eine Verbrecherin durch die Menge“, entsetzte er sich trotz rasender Eifersucht. Er hätte nie geglaubt, dass sie sich eine solche Art der Zurechtweisung gefallen lassen würde, und er traute seinen Augen nicht, als er sie weder herablassend noch spöttisch, sondern leicht verschämt und eingeschüchtert lächeln sah. Sie wirkte hilflos mit ihrer in der Luft schwebenden Hand und Frau Démarand machte ein Gesicht, als hätte sie einen Sieg errungen.

Ribert sah zu dem Tisch hinüber, von dem aus diese ihren Feldzug angetreten hatte. Von der Ehefrau des Herrn Tolazzini sah er nur den Rücken, und Professor Démarands Gesicht blieb unbeteiligt. Doch bevor Ribert sich ausmalen konnte, wie sich nun bei diesen Menschen der weitere Verlauf des Abends und der Nacht gestalten würde, standen die beiden Frauen schon vor ihm. Er hätte dieses rührige Monstrum von einer Sittenrichterin erwürgen wollen, als sie Odile wie ein unartiges Kind in den Stuhl stieß, sich umdrehte und mit hoch erhobenem Kopf davoneilte.

Odile lachte, dann schossen ihr die Tränen in die Augen. Die tiefe Demütigung war ihr anzusehen. Unter den Blicken der Leute, die das Schauspiel beobachtet hatten, versuchte Ribert, die Situation zu entschärfen, indem er tat, als wäre nichts geschehen. Er schenkte Wein ein, Wasser, rückte die Gläser zurecht und redete belangloses Zeug, was seine Unsicherheit noch unterstrich. Sie sah nicht auf, starrte wortlos vor sich hin.

„Odile!" Ihr Blick war leer. „Komm, wir tanzen eine Runde", schlug er vor und streckte ihr die Hand entgegen. „Wir gehen", sagte sie.

Schweigend und fröstelnd standen sie am Straßenrand und sahen sich nach einem Taxi um. „Wie lange geht das schon mit euch, und warum weiß ich nichts davon?" Ribert sah starr geradeaus. „Seit wann ist es verboten, mit seinem Chef zu tanzen?"

„Du bist in ihn hineingekrochen."

„Deine Eifersucht ist lächerlich."

„Egal, trotzdem habt ihr was miteinander, das war doch mehr als offensichtlich, Odile, ich …"

„Hör auf, lass mich in Ruhe", unterbrach sie ihn.

Er sah sie von der Seite an. Eine Strähne ihres Haares hatte sich gelöst. Sie sah verändert aus, längst nicht mehr so verführerisch wie eben noch im sanften Licht der Kronleuchter. Das kalte Licht der Straßenlampen ließ ihr nun ungehaltenes Gesicht reizlos und fahl erscheinen. Auch ihre Körperhaltung ließ zu wünschen übrig. Sie zitterte. Es war ihm klar, dass sie zu viel getrunken hatte. „Kein Mensch darf mir so etwas antun, mich auf diese Weise demütigen, bloßstellen, dem Gespött der Leute aussetzen. Ich wusste immer schon, dass die alte Démarand mich hasst, aber dass sie so weit gehen würde …“ Odile knurrte vor sich hin und ballte beide Fäuste. „Und er?“, zeterte sie weiter. „Er, den ich für den klügsten und souveränsten Mann gehalten hatte? Rührt keinen Finger, sagt kein Wort, steht da wie ein Idiot. Verstehst du das?“ Er sagte nichts, war er doch selbst viel zu verletzt, um Trost zu spenden. „Ich will ihn nicht mehr sehen“, fuhr sie fort, „nie mehr.“

„Wenn er dein Chef ist, wird ein Wiedersehen unvermeidlich sein.“

„Klugscheißer“, gurgelte Odile in ihren aufgestellten Mantelkragen. „Er ist verheiratet, Odile, wahrscheinlich hat er Kinder, und er ist alt, mein Gott, was findest du an ihm?“

„Es ist vorbei, hab ich gesagt, das Thema ist erledigt.“

Er machte einem herannahenden Taxi mit der Hand ein Zeichen. Jeder in die äußerste Ecke gepresst, ließen sie sich auf der Rückbank nieder. Kaugummipapier lag zu ihren Füßen und in den Polstern hing der kalte Rauch von Zigaretten. „In vier Wochen wollen wir zusammenziehen“, sagte er, während er zum Wagenfenster hinaussah und die Lichter einer rastlosen Stadt an sich vorüberziehen ließ. „Du willst es!“, stieß sie hervor. „Wir sollten es verschieben“, sagte er. „Ich glaube, da ist noch eine Menge Ungeklärtes zwischen uns.“

„Nein, es bleibt dabei. Alleine schon, um ihm die Suppe zu versalzen.“ Sie lachte bitter. „Ich möchte sein Gesicht sehen, wenn er davon erfährt.“ Er sah sie an. „Meinst du, dass das für uns ein guter Auftakt ist?“ An der Art, wie sie den Mund verzog, konnte er erkennen, dass ihr übel war. Er versuchte noch, das Fenster zu öffnen, doch die Hälfte des Erbrochenen landete auf dem Lederpolster. „Das bezahlen Sie mir!“, schrie der Taxifahrer. „Verdammt, und lassen Sie das Fenster eine Handbreit offen!“ Ribert beruhigte den aufgebrachten Mann und gab Odile sein Taschentuch. „Mir ist so furchtbar übel“, stöhnte sie, lehnte den Kopf an die halb geöffnete Scheibe und murmelte etwas vor sich hin, was er zu verstehen suchte. Von Memmen und von Hosenscheißern war die Rede und von alten Hexen, die man allesamt ..., der Rest ging im Getöse eines vorüberfahrenden Krankenwagens unter. Kühl wehte der Nachtwind durch den Fensterspalt.

Trotz allen Zweifelns, ob sie ihn ehrlich liebte und ob mit ihr ein ganz normaler Alltag möglich sei, war er mit ihr vier Wochen später in drei große Zimmer einer gepflegten Wohnanlage gezogen.

Am Himmel zogen Wolken auf. Von weitem schon sah er die Windeln auf der Leine flattern. Der Hund lief auf ihn zu. Pipo mit dem Kind im Arm kam hinterher. Josette, die mit dem Säubern der Eimer beschäftigt war, hob den Kopf, als sie das Auto kommen hörte, und ließ, als sie ihn sah, vor Schreck die Bürste fallen. „Es muss ein Ende haben“, dachte er.

Pipo war guter Dinge. Er trat, wie er es immer tat, von einem Bein aufs andere, grinste, schaukelte Corbin hin und her und sagte seinen Lieblingsspruch: „Bist nicht Pasquin.“ Ribert nahm ihm das Kind ab, ging ins Haus, stieß mit dem Fuß die

Tür zur Kammer auf, setzte sich aufs Bett und betrachtete seinen Sohn, bis sich ein nasser Schleier über seine Augen legte. „In was für einen Schlamassel bist du da bloß hineingeraten“, flüsterte er ihm zu. Der Kleine riss die Augen auf, formte den Mund, als wollte er ihm etwas sagen, und strampelte vor Vergnügen, selbst dann noch, als er ihn ins Bettchen legte. In der Küche schöpfte er Wasser aus dem Eimer, trank es in einem Zuge aus und lauschte dem Glucksen, Lallen und Prusten seines Kindes, diesem vertrauten Singsang, diesem Ausdruck vollkommener Säuglingszufriedenheit.

„Pipo ist gegangen“, sagte Josette mit schwacher Stimme, als sie durch die weit offen stehende Türe hereinkam. Mit eingezogenen Schultern und gesenktem Blick schlich sie an ihm vorbei und ging zum Herd. Die Suppe blubberte im Topf. Sie nahm einen Holzlöffel und begann, darin zu rühren. Und er stand da, wie aus dem Ei gepellt, und hatte Angst, die neuen Kleider zu beschmutzen.

Das Kind begann zu quengeln. Umgehend ließ Josette den Löffel los, rieb sich die Hände an der Hose ab und lief nach nebenan. Leise hörte er sie sprechen. Ängstlich und wie von Tränen verstopft, klang ihre Stimme. Doch dann begann sie zu singen, ein schwermütig klingendes Kinderlied mit lang gezogenen Endungen. Und sie sang es mit solcher Zartheit, wie er es noch nie bei ihr gehört hatte. Unruhig, die Hände auf dem Rücken, ging er mehrmals auf und ab und versetzte einem Stuhlbein, das im Weg stand, einen ordentlichen Tritt. Der Hund verkroch sich unterm Tisch.

Das Kind war still geworden. Josette erschien und machte sich daran, den Tisch zu decken. „Nimm den Topf vom Feuer und setz dich hin!“, befahl er, und sie tat, was er verlangte. Gebeugt, als wollte sie sich in sich selbst verkriechen, saß sie ihm gegenüber. Er war erregt. Ein trockenes, fast schmerzhaftes Schlucken hinderte ihn sekundenlang daran weiterzusprechen. Er atmete tief durch. Sein Herz klopfte. „Es ist vorbei, Josette, ich weiß, dass ich nicht dein Mann, dass ich nicht Pasquin Spinosi bin.“ Sie nickte, wagte nicht, ihn anzusehen. „Warum?“, stieß er hervor. Sie schwieg. „Warum hast du mich auf eine derart schändliche Weise belogen und betrogen? Was war, verdammt noch mal, der Grund, dass du mich damals, als ich ohne Erinnerung und auf die Hilfe anderer Menschen war, bedenkenlos zu deinem Mann gemacht hast?“

Josette sah aus, als würde sie zusammenbrechen. Sie schüttelte den tief gesenkten Kopf. „Nein, nicht bedenkenlos“, sagte sie leise. „Wer war der Mann, dessen Rolle ich hier zu spielen hatte? Was ist passiert? Rede, Josette, rede endlich!“ Er versuchte, seiner Stimme eine gewisse Schärfe zu geben und alles, was er in diesem Augenblick zu fühlen begann, unter Kontrolle zu halten, und spürte doch das heftige Zittern, das seine Worte begleitete. „Mit dem Tod meiner Eltern ging mein Leben in die Brüche“, flüsterte Josette, „und dann kam er.“ Ihre Schultern zuckten.

Tränenüberströmt, mit fast versagender Stimme und anfangs noch unterbrochen von ein paar kleinen Schluchzern, begann sie endlich, ihm ihre ganze Geschichte zu erzählen.

Kapitel 2

Die Türe blieb seit Wochen schon verschlossen. Der Raum im Erdgeschoss, in dem die Stühle, über Kopf gestellt, auf den sechs Tischen thronten, war unbeleuchtet und die Küche ohne Essensdüfte. Ein Stockwerk höher saß ihr Vater, reglos und mit leeren Augen.

Josette hatte nach dem Tod ihrer Mutter noch versucht, das Restaurant alleine in die Hand zu nehmen, hatte vorgehabt, das, was sie zu kochen wusste, auf einer schwarzen Tafel anzubieten, und hatte ihren Vater täglich neu gebeten, ihr dabei zu helfen – ohne Erfolg. Nichts konnte ihn dazu bewegen, sein Zimmer zu verlassen, und von den Speisen, die sie ihm Tag für Tag servierte, aß er zunächst sehr wenig und schließlich gar nichts mehr.

Anfangs hatte er auf ihre Worte noch reagiert, hatte wenigstens genickt oder den Kopf geschüttelt. Jetzt sah er nur noch stumm zum Fenster hinaus, die Hände in ein Tuch gekrallt, das seiner Frau gehörte. Obwohl er an keiner Krankheit litt, musste Josette ihn bald schon zur Toilette führen, ihn waschen, seine Kleider wechseln und füttern, was er gleichgültig über sich ergehen ließ. „Vater“, sagte sie zu ihm und war den Tränen nahe, „Mama ist gestorben, nicht du, du lebst, hörst du, du lebst.“ Vorsichtig berührte sie seine Hände, sah ihn flehend an. „Hilf mir, ich kann das Restaurant doch nicht alleine führen. Vater!“, rief sie wieder, als sich weder im Ausdruck seiner Augen noch in der Mimik seines Gesichts etwas veränderte. „Unser Erspartes ist bald aufgebraucht, wir müssen doch von etwas leben.“ Doch sein Blick war in die Weite gerichtet, als würde er einer fernen Stimme lauschen. Nichts von alledem schien ihn zu interessieren, schon als Kind hatte er seine Tochter kaum bemerkt.

Wie beiläufig hatte er ihre Wange getätschelt oder war mit der Hand über ihren Kopf gefahren. Und wenn sie abends nach dem Baden an seiner Seite saß, hatte er auch mal die Hand nach ihren nackten Füßchen ausgestreckt. Das war alles, was sie von ihm an Zuwendung und Zärtlichkeit erfahren hatte. Und als sie größer war, hatte er mit enttäuschter Miene ihre mittelmäßigen Schulleistungen zur Kenntnis genommen. Bereits damals war ihr klar gewesen, dass sie die Liebe ihres Vaters, der nur Augen und Ohren für ihre Mutter hatte, niemals würde gewinnen können.

Der Arzt verschrieb ein paar Medikamente, sprach von der tiefen seelischen Wunde, die der Tod der Mutter bei ihrem Vater hinterlassen hatte, und ließ Josette alleine. Auch sie vermisste ihre Mutter, die, tüchtig und warmherzig zugleich, der Mittelpunkt in ihrer beider Leben gewesen war. Josette hätte die Unterstützung ihres Vaters gut gebrauchen können. Nun sah sie mit wachsendem Entsetzen, dass es nicht mehr lange dauern würde, bis sie auch ihn verliere.

Die große Hotelküche mit den vielen Herdstellen, unzähligen Töpfen und Pfannen, die Hitze, der Lärm des Hantierens, das Auf- und Zufliegen der Türe, das kommandierende Geschrei der Köche, ebenso wie das ruppige Verhalten der Kellner beim Bestellen der Essen, waren für Josette eine deprimierende Erfahrung. Aber alles war eher zu ertragen als die unverschämten Blicke des pickeligen Jungkochs, den sie schon wenige Tage nach ihrem Antritt abgewimmelt hatte. Immer wieder hielt sie sich dazu an zu ignorieren, wenn er ein scharfes Messer auf dem Tisch wie einen Kreisel drehte, und gab sich Mühe, seine blöde Heiterkeit nicht zu bemerken, wenn am Schluss des Vorgangs die Messerspitze in ihre Richtung zeigte.

Den Kopf gesenkt, schälte sie Unmengen an Kartoffeln, schnitt Gemüse klein, kratzte die Essensreste von den Tellern und bediente die Spülmaschine. Nun war sie nicht mehr die Tochter der Restaurantbetreibers Rafini, nun war sie nur noch eine kleine Küchenhilfe.

Es war schon Nacht, wenn sie, immer wieder bangend, wie sie den Vater antreffen würde, durch die Gassen schlich. Vorbei an Gruppen junger, lachender oder lebhaft diskutierender Menschen, an Liebespaaren, die sich küssten, und an Touristen, die essend, trinkend und fröhlich plaudernd an den Tischen vor den Türen der Tavernen saßen.

Den Haustürschlüssel griffbereit umklammernd beschleunigte sie ihre Schritte und hörte, immer leiser werdend, die Musik, die von den Bars herüberschwappte, bis sie die Rue Albert erreichte und ein paar Schritte weiter, eingeklemmt zwischen einem Obstgeschäft und einem Optiker, ihr schmales Elternhaus. Sie schloss die Türe auf, machte kein Licht an, sondern tastete sich durch den dunklen Raum, um die trostlose Leere des kleinen, einst so gut besuchten Restaurants nicht sehen zu müssen. Erst als sie vor der Treppe stand, die steil nach oben führte, knipste sie das Licht an.

Das Zimmer, in dem der Vater saß und aus dem Fenster starrte, war ebenfalls stockdunkel. Er drehte nicht einmal den Kopf zur Türe, als Josette das Deckenlicht erstrahlen ließ. „Du hast ja wieder nichts gegessen“, flüsterte sie und zeigte auf den Teller, auf dem ein Stückchen Käse lag, die Ecken bereits angetrocknet, daneben Brot und einige Oliven. Sie kniete vor dem Vater nieder, schnitt den Käse klein und schob ihm kleine Häppchen in den Mund. Gleichgültig kauend sah er an ihr vorbei. Auch vom Wasser hatte er nichts angerührt. „Hast du noch einen Wunsch?“ Sie kam ganz dicht an ihn heran. Sie wischte ihm die Krümel von den Lippen. Er hob den Blick, erstaunt und einen Augenblick ganz wach. Sein Haar war dünn geworden. Sie sah, dass er ein alter Mann geworden war. „Es ist Zeit, ins Bett zu gehen“, sagte Josette.

In letzter Zeit hatte sie oft geweint, bevor sie schlafen ging. Es war so kummervoll zu sehen, wie sich der Vater langsam aus dem Leben stahl, wie sich das ganze Haus in eine dunkle Gruft verwandelte. Doch an diesem Abend fühlte sie sich lebendiger als je zuvor. Sie fühlte sich jung und ihre Kräfte wieder wachsen. Denn im Hotel war ihr ein Mann begegnet, ein Mann von kräftiger Statur und wildem Blick, das Haar im Nacken und in der Stirne leicht gelockt. Die Ärmel seines Hemdes trug er aufgekrempelt und seine Hosen waren an den Knien ausgebeult. Sein durchdringender Blick traf sie wie ein Blitz aus heiterem Himmel.

Sie stolperte über einen abgestellten Pappkarton, verlor das Gleichgewicht und fühlte seine Hand wie einen Eisenring um ihren Arm. Als sie vor Schmerzen das Gesicht verzog, gab er sie wieder frei. „Hat's weh getan?“ Sie schüttelte den Kopf. „Ich kenne dich, ich habe dich schon irgendwo gesehen“, sagte er mit kehlig rauer Stimme. „Vielleicht dort.“ Sie zeigte auf die Tür, die in die Küche führte. „Ich arbeite hier ...“

„... um, so wie alle hier in unserem geliebten und verfluchten Ort, dem Touristenpack die Ferien zu verschönern!“, fauchte er dazwischen. Erstaunt sah sie ihn an und sagte kleinlaut: „Ich brauche Geld, ich muss von etwas leben.“

„Ja, ja, wir alle müssen leben“, lenkte er ein und hielt ihr seine ölverschmierten Hände hin. „Ich komme eben aus dem Heizungskeller.“ Sie sagte nichts, lächelte nur zaghaft und hob die Hände, um eine, ihr in die Stirn gerutschte, Locke ins Häubchen zurückzuschieben. „Nein, hier bist du mir noch nie begegnet“, fuhr er fort und sah sie forschend an. „Es war …, egal, ich komme ganz bestimmt noch drauf.“

Sie hing an seinen Augen, an seinem auffallend wohlgeformten, wenn auch etwas breit geratenen Mund, und fühlte sich wie ausgeliefert. „Wie heißt du?“, fragte er. „Josette.“

„Josette, aha, und weiter?“

„Rafini.“

„Rafini? Gibt es nicht hier ein Restaurant mit diesem Namen?“

„Ich bin die Tochter des Besitzers“, sagte sie. „Und was tust du hier?“ Sie senkte den Blick, sah auf ihre mit Flecken übersäte Schürze, fühlte auf ihrem Kopf die unkleidsame Küchenhaube und gab, ohne aufzusehen, mit knappen Worten wieder, wie es um sie stand. Er schwieg dazu, doch als sie gehen wollte, sagte er: „Ich wohne unterm Dach“, und zeigte mit dem Daumen in die Höhe. „Dort solltest du mich mal besuchen.“

„Ich muss jetzt wieder!“, rief sie, als ihr die Wärme in ihre ohnehin schon heißen Wangen schoss, und rannte in die Küche.

Zu Hause angekommen, sah sie als Erstes in den Spiegel. Sie nahm die Spange aus dem Haar, ordnete die widerspenstige Mähne mal zu dieser, mal zu jener Form, zog den Scheitel rechts, dann links, versuchte es in der Mitte und sah schließlich ein, dass es müßig war, sich dem Wuchs ihres Haares entgegenzustellen. Den ganzen Abend fand sie keine Ruhe, fragte sich ständig, ob sie ihn anderntags wiedertreffen werde, und während sie daran dachte, flatterte ihr Herz wie schon lange nicht mehr. Doch bis zum Wiedersehen sollten viele Tage vergehen.

Er stand im Gang, als sie aus der Küche kam. Mit verschränkten Armen an die Wand gelehnt, sah er sie an, als hätte er auf sie gewartet. „Wann ist dein Dienst zu Ende?“, fragte er. „Bis alles wieder sauber ist, ist es fast immer Mitternacht“, erwiderte Josette und hatte Mühe, das Beben in ihrer Stimme in den Griff zu kriegen. „Dann warte ich auf dich am Ausgang für das Personal, ich sitze dort in meinem Auto, einem Kastenwagen, hellblau und schon etwas angerostet.“ Seine Stimme klang, als hätte er in letzter Zeit zu viel gesprochen, und seine Augen waren rot, als hätte er zu wenig Schlaf gehabt. „Oh, warten Sie!“, rief sie, als er gleich wieder gehen wollte. „Was ist?“

„Mein Vater“, murmelte sie, „er ist krank. Ich muss ihn erst versorgen, bevor ich ...“

„Es wird nicht lange dauern“, sagte er im Gehen und verschwand, bevor sie weitersprechen konnte. Josette versuchte, Ruhe zu bewahren. „Ich könnte Julie anrufen und sie bitten, den Vater für die Nacht zu richten“, dachte sie. Julie, die ihr bei der Pflege der kranken Mutter geholfen und mit der sie sich in dieser Zeit angefreundet hatte, war Krankenschwester im Städtischen Krankenhaus.

Spät abends zog Josette die Schürze und den Kittel aus, zupfte an ihrem Kleid herum, streifte die Haube ab und öffnete den Zopf.

Im Inneren des Autos roch es nach Benzin, Rasierwasser und Männerschweiß. Er fuhr mit ihr zur Stadt hinaus. „Ich bin Pasquin Spinosi“, sagte er. „Angenehm“, sagte sie und schob mit beiden Händen den Stoff ihres Kleides weit über die Knie, als sie bemerkte, dass er auf ihre Beine sah. „Liebst du die Insel?“ Auf diese Frage war sie nicht vorbereitet. „Ja“, rief sie spontan aus vollem Herzen. Natürlich liebte sie die Insel. Hier war sie geboren. Sie konnte sich nicht vorstellen, irgendwo sonst auf der Welt zu wohnen.

Es ging etwas Mächtiges und Gebietendes von diesem Mann aus, so dass sie weder aufzusehen noch weitere Fragen zu stellen wagte. Verlegen und gefesselt zugleich, suchte sie nach Worten und fand sie nicht. Sie wünschte sich so sehr, für diesen Mann, der ihr eigentlich Angst und Respekt einflößte und mindestens, so schätzte sie, zehn Jahre älter war als sie, interessant und begehrenswert zu sein. Und ohne genau zu wissen, was richtig war und was man lieber lassen sollte, nahm sie sich vor, jetzt möglichst wenig falsch zu machen.

Er sah sie von der Seite an und lachte: „Du sitzt da wie eine Maus in der Falle, hast du Angst vor mir?“

„Oh nein, ich freue mich, dass Sie ..., dass ich ...“

„Ja?“, fragte er, als sie nicht weiterwusste, und winkte ab, als sie erneut begann herumzustottern. „Lass gut sein“, sagte er. Sie schämte sich. Verstohlen schielte sie ihn an und stellte fest, dass sich sein Bauch schon leicht nach vorne wölbte. Doch seine Schenkel, seine dicht behaarten Arme und auch die Hände, die das Steuer hielten, sahen kraftvoll und sehr männlich aus. „Und dein Vater? Wer kümmert sich um ihn?“

„Niemand, und darum muss ich möglichst bald zurück sein“, sagte sie. Es war ihr nicht gelungen, Julie als Betreuerin zu gewinnen.

Sie fuhren in den nächsten Ort, der klein war und sich bereits der Ruhe hingegeben hatte. Im Auto noch, das sie in einer dunklen Ecke parkten, zog er ein Tuch aus seiner Hosentasche und band es ihr um die Augen. „Es geht nicht anders“, sagte er, als sie versuchte, sich zu wehren, stieg aus, nahm ihre Hand und ging mit ihr eine leicht ansteigende Straße hinauf. Er machte lange Schritte. Sie musste trippeln, um an seiner Seite zu bleiben. „Kannst du schweigen?“, fragte er. „Ja, warum?“

„Und ich kann dir voll und ganz vertrauen?“ Er drückte ihre Hand, ließ wieder locker und umschloss sie ein zweites Mal. Seine Berührung war wie Strom, der in ihren Körper schoss. Und als sie wieder atmen konnte, sagte sie: „Das kannst du, ganz bestimmt“, und war versucht, den Druck seiner Hand zu erwidern. Jedoch aus Angst, etwas falsch verstanden zu haben, beschränkte sie sich darauf, einfach nur ganz still zu halten.

Plötzlich blieb er stehen. Sie hörte, wie er eine Türe öffnete. Zigarettenqualm schlug ihr entgegen, eine ihr bekannte, schwere, gefühlvolle Hintergrundmusik und verhaltenes Stimmengewirr. Er nahm das Tuch von ihren Augen und ging voraus. Sie schlich ihm nach und blieb an seiner Seite stehen, als er an einen Tisch getreten war, an dem sie im ersten Augenblick nur Männer sitzen sah. Ernste Gesichter blickten zu ihr hoch.

Pasquin setzte sich. Alle sahen sie ihn an, als ob sie schon lange auf ihn gewartet hätten. Er zog einen Stuhl neben sich, bedeutete Josette, dass sie sich setzen solle, und stellte sie der Runde vor, die nach einem kurzen Hin und Her um ihre Person wieder ihr ursprüngliches Gespräch aufnahm.

Josette legte die Hände in den Schoß, betrachtete aufmerksam jeden Einzelnen am Tisch und sah plötzlich in die Augen einer Frau. Nervös an einer Zigarette ziehend fuhr diese sich immer wieder durchs jungenhaft geschnittene Haar und zeigte keine Regung, als Josette mit einem vorsichtigen Nicken einen Gruß andeutete. Ein junger Mann mit Brille stellte ihr eine Frage, die sie nicht recht verstand. Sie lächelte verschämt und zuckte mit den Schultern. Pasquin bemerkte es. Mit einer ungeduldigen Handbewegung ersuchte er die Männer, sie aus dem Spiel zu lassen.

Alles, was sie sagten, klang wichtig und bedeutungsvoll. Josette begann der Kopf zu schwirren. Es ging um die Insel. Von einer „Balearisierung" war die Rede, von „Kolonialisierung durch fremdes Kapital" und von einer „Aktion zur Wiedergeburt Korsikas“. Sie hockte auf ihrem harten Stuhl und schämte sich. Sie hätte gerne einen klugen Satz gesagt, doch sie hatte sich noch nie für Politik interessiert. Sie hatte in der Tageszeitung, die jeden Morgen auf dem Frühstückstisch gelegen hatte, ausschließlich Klatschgeschichten und regelmäßig ihr Horoskop gelesen. Auch wenn sie sich für gottesfürchtig hielt und an den Trost und an die Macht der Kirche glaubte, sie brauchte mehr, um ihre Daseinsangst zu überwinden. Aus diesem Grunde hielt sie auch ein paar dünne Büchlein über okkulte Praktiken versteckt.

Und schließlich wünschte sie nicht mehr vom Leben als einen liebevollen Mann und Kinder, so wie alle Frauen, die sie kannte. Und kochen wollte sie, auch für ein paar Gäste in ihrem kleinen Restaurant. Doch ohne Hilfe, ohne den Einsatz ihres Vaters oder eines zukünftigen Gefährten blieb dieser Wunsch ein Traum. Und einen richtigen Beruf hatte sie ja nie erlernt.

Schlaf überfiel sie und das Bedürfnis, den Kopf in die Arme zu betten, die auf dem Holztisch lagen. Sie dachte an ihren Vater, an diese leblose Gestalt, die ihr inzwischen so fremd geworden war. Er hatte sicher wieder nichts gegessen und würde, wenn er nicht eingeschlafen war, wieder endlos lange zum Fenster hinaus und in die Sterne schauen. Vor ein paar Tagen hatte er sich eingenässt.

Wie hätte ihr es gutgetan, Pasquin davon erzählen zu können, sich ihren Kummer von der Seele zu reden, doch der – sie sah ihn von der Seite an – hatte andere Dinge im Kopf, damit konnte sie ihm nicht kommen. Sie war unendlich müde und enttäuscht. War das alles, was er ihr hatte zeigen wollen? Einen verqualmten Raum und Männer, die große Worte machten, Männer, die nie zu lachen schienen? Sie hatte sich den ersten Abend mit ihm ganz anders vorgestellt.

„Sind das alles Ihre Freunde?“ Auf dem Rückweg – es war schon weit nach Mitternacht – stellte Josette ihm diese Frage. „Wir sind Brüder“, sagte er, „Brüder im Aufbegehren und im Kampf um unsere Insel. Und du wirst uns dabei helfen.“

„Ich?“

„Ja, ab heute gehörst du zu uns, gefällt dir das?“

„Ich weiß noch nicht.“

„Du solltest dich darüber freuen.“ Sie sah ihn an und lächelte.

„Mitstreiter und Kampfgenosse, na, wie hört sich das an?“

„Das hört sich gut an.“

„Na also.“

„Mitstreiter und Kampfgenosse“, wiederholte sie hilflos und stolz zugleich. „Doch ohne Kompetenz, das muss dir klar sein.“

„Ohne was?“

„Das heißt, dass du zu nichts befugt, aber zu allem, was wir von dir verlangen, verpflichtet bist. Das hast du hoffentlich verstanden.“

„Ja, hab ich.“

„Ohne in unsere Vorhaben eingeweiht zu werden, wirst du ab heute fraglos tun, was wir dir sagen.“

„Und was?“ Josette erschauerte vor Müdigkeit. „Das erfährst du, wenn es nötig ist. Und merke dir eins, du darfst mit keinem

Menschen darüber reden. Du musst für dich behalten, was du zukünftig hörst und siehst, wenn nicht, kann es gefährlich für uns alle werden. Also wage nicht, uns zu verraten!“, drohte er, und seine Augen funkelten. „Warum denken Sie, dass ich ...?“

„Ich kenne doch die Weiber, die müssen immer quatschen und können nichts für sich behalten.“

„Von mir erfährt man nichts.“ Müde und entzaubert, lehnte sie sich zurück und schloss die Augen. Sie spürte, wie ihr eine Träne über die Wange lief. „Wenn ich dich so sehe“, sagte er und sah sie zweifelnd von der Seite an, „dann bin ich nicht mehr sicher, ob du die Frau bist, die ich für mich und meine Pläne suche.“ Sie wischte sich die Träne ab. „Nun hör schon auf zu heulen!“, fuhr er sie an. „Nicht wahr, du hast verstanden, dass wir für unsere Insel kämpfen, dass wir sie erhalten und nicht zu einem touristischen Sammelbecken verkommen lassen wollen.“

„Ja“, sagte sie. „Lauter, ich habe nichts gehört!“

„Ja“, wiederholte sie, obwohl sie sicher war, dass er sie ganz genau verstanden hatte, und sah, vom Auto hin und her geschaukelt, in die dunkle Nacht hinaus. „Gut. Also, noch einmal, alles was du gehört und gesehen hast, bleibt geheim, verstanden?“

„Hab ich doch versprochen“, wiederholte sie gequält. „Ich riskiere viel“, schärfte er ihr ein, „deswegen muss ich sicher sein.“

Josette versuchte, nicht nur seinen angestrengten Gesichtsausdruck zu deuten, sondern sich auch sein unruhiges Leben vorzustellen. Obwohl sie sicher war, dass ein Großteil der Bevölkerung sich in das Tun der Rebellen hineinzudenken vermochte, wusste sie, dass man über sie nur mit gesenktem Blick oder vorgehaltener Hand redete. Und ausgerechnet zu einem solchen Mann, der sie zudem noch grob und einschüchternd behandelte, fühlte sie sich hingezogen.

„Wer ist die Frau mit den kurz geschnittenen Haaren?“, fragte sie. „Das ist Cloe. Ein Teufelsweib, sie schreckt vor nichts zurück.“ In seinen Worten schwang Anerkennung und Bewunderung mit. Doch gleich darauf begann er leise vor sich hin zu schimpfen: „Ich hirnverbrannter Depp. Es war doch abgemacht, dass wir keine Namen nennen, verdammt noch eins!“ Josette versuchte in seinem Gesicht zu lesen, was ihn mit dieser Frau verband. Doch es war zu dunkel, um etwas zu erkennen. Irgendwie kam sie sich elend vor. „Ehrenwort, ich sage nichts“, versprach Josette und hob die Hand zum Schwur, so wie sie es einmal in einem Film gesehen hatte. „Versuche nie mehr, mich auszufragen, klar?“

„Nein, mach ich nicht.“

„Na, hoffentlich.“

„Sie können halten“, sagte sie eingeschüchtert, „da vorne wohne ich.“

„Ja, hier in diesem kleinen Restaurant war’s, hier hab ich dich zum ersten Mal gesehen.“

„Ich kann mich nicht an Sie erinnern“, sagte Josette. „Damals trug ich einen Bart. Ich weiß noch, dass ich an jenem Abend Lamm gegessen habe, mit einer teuflisch guten Soße“, schwärmte er. „Lamm war unsere Spezialität“, freute sich Josette, „und Fisch. Mutter war eine Meisterköchin.“

„Schade“, sagte er, „das war ein Ort nach meinem Herzen, die Küche korsisch, kein Touristenfraß, und abends wurde musiziert und spät bis in die Nacht hinein gesungen.“

„Ja, und es war immer voll“, ergänzte sie stolz und wehmütig zugleich. „Du wirst ein braves Mädchen sein, versprich es mir.“ Er legte seine Hand auf ihren Oberschenkel. Nun war sie nicht mehr müde. Und als er sich ihr näherte und seinen Arm auf ihre Rückenlehne legte, glaubte sie, dass nun der Augenblick gekommen sei, der sie für alles andere entschädigen würde.

Sie schluckte, saß ganz still und wagte kaum zu atmen. Doch er, mit seinem Mund aufregend dicht an ihrem, sah an ihr vorbei zum Haus hinauf, fragte nach der Anzahl der Räume und ob es außer dem Eingang dort – er zeigte auf die Türe – noch einen anderen gäbe. „Hinterm Haus im Hof gibt es noch einen“, sagte sie ernüchtert. „Er führt in den Keller, und von dort aus kommt man in die Küche.“

„Gut.“

„Warum wollen Sie das wissen?“

„Das hat dich vorerst nicht zu interessieren.“

„Aber …“

„Wir hatten abgemacht, dass du mir keine Fragen stellst“, sagte er mit erhobenem Zeigefinger.

Immer wieder reckte er den Hals. Sie konnte seinen strengen Atem riechen, sein Rasierwasser, seinen Schweiß. Ihr Herz war außer Rand und Band. Und plötzlich, gerade als sie sich dem Gedanken hingab, weder klug noch ausreichend schön genug für diesen Mann zu sein, spürte sie seine feste Hand an ihrem

Nacken, seinen Mund auf ihrem Mund und in ihm seine Zunge, die so groß war, dass sie würgen musste. Er fuhr zurück und ließ sie los. „Hast du noch nie geküsst?“, spottete er. „Nicht so.“ Wieder war sie den Tränen nahe. „Na dann.“ Mit diesen Worten stieß er die Türe auf und schob sie auf die Straße. Sie sah dem Auto nach, bis es verschwunden war.

Dann ging sie ins Haus – und stand wenig später zitternd vor ihrem toten Vater. Er war kalt und steif, und seine Augen waren weit geöffnet. Wie betäubt, tastete sie sich zum Telefon und bat Julie, sie mit dem Toten nicht allein zu lassen. „Du hast nichts falsch gemacht, dein Vater wollte einfach nicht mehr leben“, tröstete Julie, legte die Arme um Josette und versprach, mit ihr gemeinsam die Totenfeier vorzubereiten.

Josette benachrichtigte die Verwandtschaft ihres Vaters, eine ländlich orientierte Sippe, die ihre Mutter immer etwas abfällig als Stadtfrau betitelt hatte.

Nach alter, dörflicher Gepflogenheit standen sie um den Toten, beteten den Rosenkranz und klagten und jammerten einen Tag und eine ganze Nacht hindurch. Josette, die mit dem Schlaf zu kämpfen hatte, wäre einmal fast vom Stuhl gefallen. Sie kannte diese Art der Trauer nicht. Zur Beerdigung ihrer Mutter waren die Alten, die hier so hingebungsvoll die Totenwache hielten, nicht erschienen.

Der Schmerz, den sie zu fühlen glaubte, hielt nicht lange an. Bald wurde sie nur noch von dem Wunsch getrieben, für Pasquin da zu sein, für ihn und sein Bestreben, alles Fremde und Bedrohliche von der Insel fernzuhalten. Obwohl sie manchmal nicht verstand, was ihn so rebellisch machte, war sie bereit, alles zu tun, was er von ihr verlangen würde. Und wenn sie nicht so zimperlich und ihm gefällig wäre, dachte sie, dann würde er auch beginnen, sie zu lieben. Er würde ihr den Schutz und die Geborgenheit wiedergeben, die sie mit dem Tod der Eltern verloren hatte.

Bereitwilliger nun als noch vor Tagen und mit dem festen Vorsatz, das freche Gehabe des jungen Kochs nicht mehr zur Kenntnis zu nehmen, setzte sie ihre Tätigkeit in der Hotelküche fort. Nur dass Pasquin nicht einmal stehen blieb, wenn sich ihre Wege kreuzten, sondern sie nur flüchtig grüßte, schmerzte sie.

Doch eines Tages hielt er sie fest. „Können wir heute Abend?“, er zeigte mit dem Daumen in die Höhe. „Ich verstehe nicht“, sagte sie, obwohl sie glaubte, ihn verstanden zu haben. Doch so wie er sie fragte, blieb ihr nichts anderes übrig, als sich dumm zu stellen. „Ob es möglich ist, du weißt schon, was ich meine.“ Er tippte mit dem Finger gegen ihren Bauch. „Ist alles klar da unten?“ Ihr wurde heiß. Sie ahnte Unanständiges. Verlegen hob sie die Schultern in die Höhe. „Ich meine, ob du deine Tage hast.“

„Nein, hab ich nicht.“ Drauf und dran, ihm ihren Finger an den Mund zu legen, sah sie sich ängstlich um. „Gut“, sagte er, „komm auf mein Zimmer, wenn du fertig bist, den Gang entlang, mit dem Aufzug bis ins Dachgeschoss und dann die letzte Türe rechts.“

„Pasquin!“

„Was ist?“ Sein Blick war ungeduldig. „Nichts“, sagte sie leise und sah zur Seite, damit er ihre Angst nicht sehen konnte.

Es war schon Nacht, als sie anstatt des Aufzugs die Treppen nahm. Je näher sie ihm kam, je schneller schlug ihr Herz. In einem dunklen, engen Raum dicht unterm Dach saß er mit nackter Brust auf seinem zerwühlten, vom Mond bestrahlten, Bett und bat sie, ihre Kleider abzustreifen. „Alles“, sagte er, als sie, halb ausgezogen und auf seine Unterhose starrend, vor ihm stand, und ließ ihr keine Zeit mehr, sich mit den Händen ihre Blöße zu bedecken. Es lag nichts Überströmendes in seiner Umarmung, keine Zärtlichkeit, kein erregtes Annähern und kein Verschenken.

Am Ende stieß er sie zur Seite. Obwohl es heiß war, fror Josette. Sie schlüpfte in ihre Kleider. Überall tat es ihr weh. Sie wagte nicht, ihn anzusehen. Er war ein Mann, er wusste, was er tat. Was sie dabei empfand, nahm sie sich vor, in eine andere Richtung zu lenken, so wollte sie es, so sollte es in Zukunft sein.

Die Zeit verstrich. Josette war mittlerweile nicht nur in der Lage, Pasquins Art der körperlichen Liebe zu ertragen, manchmal behagte es ihr sogar. Und wann immer er es wollte, stieg sie die Treppen zu ihm hoch. Und als ihm eines Tages aus Gründen, die sie nicht erfuhr, seine Stelle im Hotel gekündigt wurde, verlor er auch das Zimmer unterm Dach und zog wie selbstverständlich bei ihr ein.

Doch niemals war er da, wenn sie um Mitternacht vom Dienst nach Hause kam. Dann dachte sie an jene Frau. Und wenn er doch mal anzutreffen war, schlief er schon, röchelnd und mit ausgestreckten Armen, und zuckte nur ganz kurz, wenn sie den Kopf auf seine Schulter legte.

Den Gedanken, dass es etwas anderes als Liebe sein könnte, wenn er sie morgens aus dem Schlaf riss, verdrängte sie und gewöhnte sich daran, dass er erst spät am Vormittag das Bett verließ und wortlos seiner Wege ging. Manchmal ließ er sich tagelang nicht bei ihr sehen. Sie schwieg aus Angst, er könnte sie verlassen. Willenlos war sie ihm ausgeliefert.

Sie sah an sich herab, fühlte in Gedanken seine Hände an Körperstellen, die sie niemals gewagt hätte, in dieser Weise zu berühren. Sie schämte sich, dass ihr gefiel, was ihr geschah, und auch dafür, dass sie so oft daran denken musste. Sie war verderbt, so glaubte sie, und hoffte, dass die Nachbarn in den Häusern rechts, links und gegenüber von diesem Mann und was er mit ihr trieb nichts mitbekämen.

Manchmal ging sie in die Kirche, kniete nieder und wollte um Vergebung ihrer Sünden bitten. Jedoch schon der Gedanke an das, was sie nicht auszusprechen wagte, ließ sie vor Lust erschauern, so dass sie nicht mehr fähig war, es zu bereuen. Dann betete sie nur noch darum, dass dieser Mann, der dieses Empfinden in ihr ausgelöst hatte, sich bald in aller Form zu ihr bekennen möge. Und bis dahin sollte niemand merken, dass es ihn gab. Auch die Verwandten nicht, die ihr auf der Beerdigung geraten hatten, das Haus der Mutter zu verkaufen oder wenigstens das Restaurant in eine andere Hand zu geben. „Wo soll ich hin, es ist doch mein Zuhause“, hatte sie zu jenem Zeitpunkt protestiert, obwohl sie sich inzwischen darin ängstigte, wenn sie alleine war. Denn manchmal knackten dort Wände oder Dielen.

Und eines Nachts – Pasquin war wieder mal seit Tagen fort – kam es ihr vor, als hätte sie im Sessel die Gestalt des Vaters sitzen sehen. Nur mit der Hoffnung im Herzen, den Geliebten bei ihrer Heimkehr wieder bei sich vorzufinden, war sie in der Lage, die spätabendliche Arbeit in der Küche zu überstehen.

Dann kam die Nacht, als er erschien. Sie lag bereits im Bett, als sie Geräusche hörte. Mit einem Schwung warf sie die Decke von sich, stürzte auf den Flur und machte Licht. Er kam mit seinen Freunden und der jungen Frau an seiner Seite die Treppen hoch, die aus dem Keller führten, ging nur mit einem kurzen Gruß an ihr vorbei, stieg in den ersten Stock und nahm mit seiner Truppe ihren Wohnraum in Beschlag. Und nicht nur er, alle taten sie so, als hätten sie ein Recht darauf.

„Warum hier?“, fragte ihn Josette am anderen Tag. „Warum nicht mehr dort, wo …?“

„Weil wir verraten wurden“, unterbrach er sie, und seine Augen funkelten derart, dass sie Angst bekam.

Das Erdgeschoss, das früher Essensduft, gedeckte Tische und lebhaftes Geplauder kannte, war nun schon lange totenstill. Nutzlosigkeit und Staub lagen auf den Möbeln und auf den grünen Lampenschirmen. Josette sah auf die schwarz verhüllten Tanten, die vor ihr auf den Stühlen saßen. „So kann es doch nicht weitergehen, eine Frau in deinem Alter sollte heiraten. Gibt es denn keinen hier am Ort, der dich ein bisschen gerne hat und der etwas vom Geschäft versteht?“, fragten sie vorwurfsvoll. Ganz unerwartet waren sie bei ihr aufgetaucht.

Zum Glück war sie allein. Doch da sie niemals wusste, wann Pasquin erscheinen würde, saß sie nervös vor den zwei Bauersfrauen, die sie so wenig kannte und die ihr, wie es schien, auch nicht besonders wohlgesonnen waren. All ihre Fragen ließ sie, freundlich lächelnd, über sich ergehen, und ihren Blicken hielt sie ergeben stand. Sie lauschte immer nur ins Erdgeschoss hinunter, ob dort die Türe ging. „Aber ja“, sagte sie abwesend, „es wird sich schon ein Mann finden. Aber nein, es wird nicht traurig mit mir enden.“

Sie atmete erleichtert auf, als der Besuch das Haus verlassen und das Verhör ein Ende hatte. Plötzlich bekam sie wieder Lust, das Restaurant zu neuem Leben zu erwecken. Kochen konnte sie, das hatte ihr die Mutter beigebracht. Und fürs Servieren könnte sie ein junges Mädchen engagieren. Denn dass Pasquin für solche Dinge nicht in Frage kam, war ihr schon lange klar. Aber er könnte mit seinem hellblauen Auto, dem alten Kastenwagen, alles herbeischaffen, was sie benötigte. Vielleicht lag auch das Finanzielle bei ihm in guten Händen. Und von den Tanten erhoffte sie sich, dass sie sich bis zu dem Tag, an dem Pasquin sie heiraten werde, nicht mehr bei ihr sehen ließen.

Mit vorsichtigen Andeutungen und voller Furcht, dass sie nicht den richtigen Ton treffen würde, begann sie, Pasquin von ihren Plänen zu erzählen. Doch seine abweisende Handbewegung sagte bereits alles. „Zum einen ist das nicht meine Welt“, versuchte er ihr zu erklären, „ich bin ein wilder Kämpfer, kein Mann für einen solchen Job. Ich brauche Freiheit, keinen festen Wohnsitz, nichts, was mich festhält. Zum anderen kannst du dort unten kein Restaurant eröffnen, solange wir hier unsere Treffen haben.“

„Wie lange werdet ihr hierbleiben?“

„Das weiß ich nicht.“

Und als sich wochenlang an diesem Zustand nichts geändert hatte, fing sie eines Tages an zu jammern: dass sie glaube, dass ihr Haus nur Unterschlupf für seine Treffen sei und sie für ihn nichts weiter als ein amüsanter Zeitvertreib. Eine Weile sah er sie wortlos an. Dann sagte er, dass sie noch immer nichts begriffen habe und dass er nicht bereit sei, Gespräche dieser Art mit ihr zu führen. „Aber die Leute werden sich das Maul zerreißen“, wagte sie weinerlich hinzuzufügen. „Welche Leute? Wem hast du was von uns erzählt?“

„Kein Wort hab ich gesagt!“, rief sie. „Aber irgendwann, da bin ich sicher, werden die Nachbarn etwas bemerken und stutzig werden.“

„Wenn wir wachsam sind, kann nichts passieren“, sagte er. „Und wie, denkst du, soll es mit uns beiden weitergehen?“, fragte sie. Er zog die Stirne kraus und schnalzte mit der Zunge.

„Liebst du mich?“, flehend sah Josette ihn an. „Sei nicht theatralisch“, sagte er. Josette begriff erst später, dass es klüger gewesen wäre, ihn nicht weiter zu bedrängen.

Aber einmal in Fahrt gekommen, sagte sie: „Ich wäre schon zufrieden, wenn du dich mit mir verloben würdest.“ Er beugte sich zu ihr hinunter und hielt den Schaukelstuhl, in dem sie sich die ganze Zeit wie aufgezogen vor- und zurückbewegte, mit beiden Händen fest. „Dass ich eine Mission zu erfüllen habe, von der niemand etwas erfahren darf, hast du kapiert, nicht wahr? Das schließt natürlich die geheimen Treffen mit meinen Leuten ein. Genauso werden wir es mit unserem Verhältnis zueinander halten. Und wenn dir das nicht passt, verschwinde ich für immer. Frauen von deiner Sorte, Frauen, die mir Tür und Tor öffnen, gibt es genug." Nicht ohne ihrem Stuhl noch einen tüchtigen Stoß versetzt zu haben, kehrte er ihr den Rücken und verschwand. „Ich hab nur Spaß gemacht!", rief sie ihm nach und tastete mit den Füßen nach dem Boden, um aus dem Schwung zu kommen. Nach dieser Unterhaltung, dessen Ausgang Josette sich anders erträumt hatte, ließ er sich tagelang nicht blicken.

Ausgerechnet an jenem Nachmittag, als Josette ihn die Treppen hochkommen hörte, war Julie zu Besuch. Breitbeinig, mit verschränkten Armen und Blicken von einer zur anderen, blieb er vor den Frauen stehen. Josette war tief erschrocken. „Pasquin, das ist ..."

„Wir kennen uns", fiel er ihr ins Wort. „Monsieur Spinosi, das nenne ich eine Überraschung!", rief Julie. „Ich hätte Ihren Namen doch niemals mit jenem in Verbindung gebracht, mit dem mir dieses Mädchen schon so lange in den Ohren liegt."

„Was tun Sie hier? Was wissen Sie? Und was, zum Teufel, habt ihr beide miteinander zu schaffen?" Mit strenger, aufgebrachter Miene sah er zwischen beiden Frauen hin und her. „Wir sind befreundet", antwortete Julie, „doch von viel größerer Bedeutung für mich ist, wie Sie zu diesem Mädchen stehen."

„So ähnlich", sagte er. „Also ein Freund, na schön", erwiderte Julie, „doch finden Sie es richtig, sich nun, da dieses Kind schutzlos und alleine ist, bei ihm einzunisten?"

„Moment. Was geht hier vor, wie soll ich das verstehen? Hast du dir Verstärkung geholt?“ Seine Blicke waren drohend auf Josette gerichtet. „Wollt Ihr mich nun mit vereinten Kräften in die Mangel nehmen?“ Wild schüttelte Josette den Kopf, sah flehend von ihm zu Julie. Doch diese schien in ihrem Element zu sein. „Bevor Sie kamen, war die Kleine völlig unbescholten“, fuhr sie fort, „sie hat noch nie zuvor ..., also, Sie sind der erste Mann, der bei ihr schläft, so ist es doch Josette, nicht wahr?“

„Was tut Julie, warum spielt sie sich so auf? Sie wird alles kaputtmachen“, dachte Josette verzweifelt. Und auch das doofe und naive Mädchen wollte sie nicht sein. „Verehrte Julie“, sagte Pasquin mit messerscharfer Stimme, „weder Sie noch sonst ein Mensch auf dieser Welt hat das Recht, mich auf diese Art und Weise zur Rede zu stellen …“

„… aber die Pflicht einer älteren Freundin, sich schützend vor diese junge Frau zu stellen.“ Unbeeindruckt legte Julie den Arm um Josettes Schultern. „Es muss erlaubt sein, Sie zu fragen, was Sie von ihr wollen.“

„Verdammt, was soll das werden, ein Verhör?“

„Nein, nur ein Appell an Ihr Verantwortungsbewusstsein“, antwortete Julie. „Ich kann nicht zulassen, dass Josette entehrt wird und später keinen Mann mehr findet.“

Erschrocken sah Josette zwischen den beiden Kampfhähnen hin und her. „Julie, ich kann doch für mich selber sprechen“, sagte sie schüchtern und im Gesicht knallrot geworden. Mit den Augen bat sie Pasquin um Nachsicht mit ihrer Freundin, die doch eigentlich nur das einforderte, was sie selbst empfand.

Aber so überdeutlich ausgesprochen, klang es fatal. „Du weißt es nicht, Josette, aber ich habe deiner Mutter auf dem Sterbebett versprechen müssen, mich um dich zu kümmern. Das hier hätte ihr nicht sonderlich gefallen.“

Tiefes Schweigen, es schien sogar, als würde plötzlich auch Pasquin etwas von der Einlösung eines Versprechens und der Sorge einer Mutter um ihre Tochter begreifen. Eine Spur von Nachdenklichkeit lag auf seinem Gesicht. „Hören Sie, Julie“, begann er einzulenken, „Sie kennen meinen Auftrag, und im Moment gibt es Dinge, die zu erledigen von großer Wichtigkeit für mich sind. Alles, was mich davon abhält, macht mich wütend und nervös.“

„Sie sollten einfach wissen, was ich denke“, sagte sie. „Man muss sich um das Mädchen kümmern und keinen Nutzen daraus ziehen, dass seine kleine, heile Welt zusammengebrochen ist.“

„*Sie* haben doch Ihr Wort gegeben, es zu tun“, entgegnete er ungeduldig. „*Mich* hat kein Mensch darum gebeten.“

„Ich möchte nur, dass es der Kleinen gut geht!“, rief Julie. „Sehen Sie sie an“, erwiderte Pasquin, „sieht sie nicht glücklich und zufrieden aus?“ Julie seufzte auf, und Josette bemühte sich, ein entsprechendes Lächeln aufzusetzen. Und als sich im Laufe des Nachmittags ein Gespräch zwischen den beiden Eiferern entwickelte, fiel ihr ein Stein vom Herzen. „Eigentlich bin ich ja Ihrer Meinung“, sagte Julie einlenkend, „doch die Brand- und Sprengstoffanschläge in letzter Zeit gehen mir doch ein bisschen weit.“

„Wenn wir friedlich nichts erreichen“, konterte Pasquin, „haben wir doch keine andere Wahl. Ein paar Denkzettel hier und da, ein paar Lektionen, die Leute fühlen lassen, dass es eine Gegenseite gibt ...“ Er hob die Hände. „Solange Menschen dabei nicht zu Schaden kommen, ist das in unserem Falle legitim.“ Julie hakte ein, Pasquin fiel ihr ins Wort. So ging der Nachmittag zu Ende.

Josette blieb an der Türe stehen, als sie, von Übelkeit geplagt und von der Arbeit im Hotel erschöpft, Pasquin erzählte, dass sie schwanger sei. Sie hatte nicht erwartet, dass er sie umarmen und das gleiche Glück wie sie empfinden würde, doch damit, dass er sie beschimpfen, ihr Unachtsamkeit und mangelnde Vorsorge vorwerfen und sogar von Raffinesse sprechen würde, hatte sie nicht gerechnet. Ungläubig sah sie ihn an, und Tränen liefen ihr über die Wangen, bis in den Mund hinein.

Doch dann, nach mehreren durchweinten Tagen, nach ein paar Wochen voller Angst, Scham und Ungewissheit, kam für Josette die Wende. Pasquin nahm sie zur Seite und räumte zähneknirschend ein, dass er darüber nachgedacht habe, sie zu heiraten, nicht ihret- und auch nicht des Kindes wegen, sondern weil es seiner Tätigkeit im Untergrund vielleicht ganz dienlich wäre, sich hinter einem bürgerlichen Leben zu verstecken.

Schon ein paar Wochen später ging er mit ihr zum Standesamt. „Ja, bei allem, was mir heilig ist“, sagte Josette strahlend und im Brustton ihrer Überzeugung, als sie der Standesbeamte fragte, ob sie dem Mann an ihrer Seite, dem hier anwesenden Pasquin Spinosi, bis in den Tod hinein die Treue halten wolle. Der Mann sah irritiert aus. „Ein Ja hätte genügt“, sagte er väterlich. Und Pasquin, dem Minuten später bei der gleichen Frage eher ein ungeduldiges „Meinetwegen“ ins Gesicht geschrieben stand, runzelte die Stirn. „Du musst nicht gleich vor Seligkeit zerspringen“, meinte auch Julie, als sie Josette umarmte, „denn wer weiß schon, ob es ihm ernst mit dieser Heirat ist.“

„Was redest du da?“

„Es wird schon gut gehen“, sagte Julie.

Nur sie und ein Mann, dem Josette noch nie zuvor begegnet war, hatten an ihrer Eheschließung teilgenommen. Auch eine Feier gab es nicht.

Josette konnte ihr Glück nicht fassen. „Nun fehlt nur noch, das Restaurant zu neuem Leben zu erwecken“, dachte sie, und alle ihre Wünsche hätten sich erfüllt. Sie scheuerte den Boden, nahm die Stühle von den Tischen und blies den Staub von den sechs Lampenschirmen. Sie ging zum Markt und kaufte Fisch, Fleisch und Gemüse, sie kaufte Brot und Wein und schrieb drei der Gerichte, die sie am besten kochen konnte, auf die schwarze Tafel, die sie, wie früher, rechts neben den Eingang hängte.

All dies tat sie nur in Gedanken, denn immer noch blockierte die Runde politisierender Männer ihr Haus, und es war nicht abzusehen, wann sich das ändern würde. Und flüssig war sie auch nicht, denn das Ersparte war für die Beerdigung des Vaters draufgegangen. Als Pasquin sie einmal fragte, wie viel Geld sie habe, antwortete sie ihm, dass sie von ihrem schmalen Lohn gerade leben könnten. Von den paar Scheinen, die sie in ihrer Wäsche versteckt hielt, sagte sie ihm nichts. Immer noch blieb er mehrere Tage hintereinander fort. Dann kam er wieder, aß, trank und schlief bei ihr, ohne ein Wort darüber zu verlieren, wo er sich aufgehalten hatte.

Es war die Zeit der Nachrichtenübermittlung. Mit angestrengtem Gesichtsausdruck saß Pasquin vorm Fernsehapparat und fluchte. Er war nervös, wie so oft in letzter Zeit. Josette, der schon seit Stunden etwas auf der Zunge brannte, trat hinter seinen Stuhl. Obwohl sie sich danach sehnte, ihn zärtlich zu umarmen und ihr Gesicht an seine bärtige Wange zu legen, tat sie es nicht. Denn es war nicht ratsam, wenn er gerade aufbrausend und hitzig war. So stand sie da und wartete. „Vielleicht geht es ja doch", sagte sie, als sie einen Moment lang glaubte, dass er sich beruhigt habe. „Was?" Sein Ton war scharf. „Das mit dem Restaurant. Wir könnten vor der Treppe, die nach oben führt, eine Türe installieren lassen. So würde niemand von den Gästen Wind davon bekommen, wenn deine Leute vom Keller hoch ins obere Stockwerk schleichen."

„Verschone mich mit deinen Vorschlägen, ich habe andere Sorgen", erwiderte er. „Die Arbeit in der Hotelküche ist zu schwer für mich. Der Arzt rät dringend, dass ich mich schonen soll."

„Schonen? Warum, um alles in der Welt, sollst du dich schonen?"

„Ich habe Blut verloren."

„Dann leg dich hin."

„Ich denke jeden Tag, wie schön es wäre, wenn wir das Restaurant wieder eröffnen könnten", fuhr sie fort, „vielleicht nur abends. Sechs Tische zu bekochen ist nicht schwer, das traue ich mir zu, ich brauche nur noch jemanden, der die Bedienung übernimmt. Auch für das Kind wäre das die beste Lösung."

„Kein Mensch kommt hier ins Haus."

„Ich leg mich hin", sagte Josette und wollte mit gesenktem Kopf den Raum verlassen, als Pasquin „Ich brauche Geld!" hervorstieß und „So schnell wie möglich!". „Geld? Wie viel?" Josette erstarrte. Sie dachte an das dünne Bündel abgegriffener Scheine, das für ihr Kind bestimmt war. „Tausend Francs!"

„Ich hab nicht mehr als hundert", log sie. „Wozu brauchst du denn so viel?"

„Wir hatten abgemacht, dass du mir keine Fragen stellst." Sie kam zu ihm zurück. Sie kniete vor ihm nieder. „Ich brauch doch selber Geld, für unser Kind und für ..." Sie stockte, wagte nicht, ein zweites Mal das Restaurant zu nennen. „Es ist wichtig. Frag Julie, sie soll dir etwas leihen."

„Julie?" Josette sah ihn entgeistert an. „Ja, sie oder deine Verwandten, tausend Francs, das ist doch kein Vermögen."

„Nein, nicht meine Verwandten." Josette schüttelte heftig den Kopf. „Ich frag Julie, morgen frag ich sie." Sie erhob sich wieder. Sie kam sich schwach und elend vor.

Nur ein paar Wochen später, in einer Nacht, in der Josette ihr Kind verlor, wurde durch eine Bombenexplosion in einem kleinen Küstenort ganz in der Nähe eine im Bau befindliche Ferienanlage zerstört. Zwei Arbeiter, die dort ihr Lager aufgeschlagen hatten, waren auf der Stelle tot.

Josette lag wie betäubt im Krankenhaus. Julie, die an ihrem Bett saß und ihr den Zeitungsausschnitt hinhielt, näherte sich ihrem Ohr und flüsterte bekümmert: „Das war eine von den sogenannten ‚Blauen Nächten'. Doch dass es diesmal Tote gab, ist gegen die Gepflogenheit." Josette, noch ganz in ihrem Schmerz um das verlorene Kind vergraben, hob den Kopf und fragte teilnahmslos: „Was für Nächte?"

„Pst, sprich leise. Es darf uns niemand hören. Weißt du nicht, was ‚Blaue Nächte' sind?"

„Nein, weiß ich nicht."

„So nennt man hierzulande Nächte, in denen Bomben explodieren." Erschöpft ließ sich Josette zurück ins Kissen fallen. „Wo ist Pasquin?", jammerte sie leise. „Ich habe Angst um ihn."

Erst Tage später stöberten sie ihn bei seinen Leuten auf. Er stand am Fenster, und Cloe, beide Hände um seinen Arm gelegt, stand neben ihm. „Ich muss verschwinden", sagte er zu Josette, als er sie in der Türe stehen sah. „Über kurz oder lang werden sie mich ausfindig gemacht haben."

„Und ich? Was wird aus mir?" Josette lief auf ihn zu und hängte sich an seinen freien Arm. „Geh in dein Haus zurück, geh in dein bürgerliches Leben. Und wenn dich einer nach mir fragt, dann hast du keine Ahnung. So kann dir nichts passieren", sagte er und schälte sich erstaunlich sanft zuerst aus ihrer, dann auch aus der Umklammerung der Frau an seiner anderen Seite. „Lass mich bei dir bleiben, bitte", schluchzte Josette und sah fragend von ihm zu der jungen Frau, die sich nicht von der Stelle rührte. „*Ich* gehe mit ihm", sagte Cloe mit einer Stimme, die keinen Widerspruch duldete. Und ebenso entschieden antwortete Pasquin: „Du bleibst *hier*, du bist stark genug, unsere Sache in meinem Sinne fortzuführen.“

Julie, die sich bis zu diesem Augenblick zurückgehalten hatte, schob Cloe zur Seite, legte den Arm um Josette und wandte sich an Pasquin: „Sehr weit oben in den Bergen, in der Nähe eines Brunnens, besitze ich ein altes Schäferhäuschen. Es ist das Erbe eines sehr entfernt verwandten Mannes, den ich niemals zu Gesicht bekommen hatte, weil er, so hieß es, ein Sonderling und Einzelgänger war, der sich mit ein paar Schafen in die Einsamkeit zurückgezogen hatte. Warum nach seinem Tod gerade mir das Häuschen zugeflossen war, ist mir noch immer schleierhaft. Es hat zwei kleine Räume, die man zunächst bewohnbar machen muss, aber die Außentüre schließt, das Fensterglas ist unversehrt, und es gibt einen Anbau, der aussieht, als hätte man dort einmal Käse hergestellt. Und es gibt Weideland für eine kleine Herde von Ziegen oder Schafen, die in einer angrenzenden Bretterhütte unterkommen können. Ein Zufluchtsort, den niemand kennt, und wenn Sie Josette mitnehmen, stelle ich Ihnen das Häuschen für die Zeit, die nötig ist, zur Verfügung.“

„Es hat schon lange keine Toten mehr gegeben!“, rief Pasquin und seine Nasenflügel bebten. Man sah ihm an, dass er in Panik war, ebenso wie Cloe, die ihre Blicke auf ihn gerichtet hielt, als wolle sie ihn halten. „Hat jemand von euch noch eine andere Idee?“, fragte Pasquin und sah in die Runde. Zögernd begann man über andere Möglichkeiten zu diskutieren, jedoch nach längerem Hin und Her war Pasquin bereit, Julies Vorschlag anzunehmen. Josette war überglücklich. Und als sie sah, wie er die fremde Frau zum Abschied küsste, schluckte sie den Schmerz hinunter.

Nachdem Josette ihr Elternhaus samt Restaurant veräußert hatte, fuhren sie gemeinsam mit Küchengeschirr, Bettzeug und ein paar Kleidern hinauf in Julies Hütte. Sie säuberten und lüfteten die beiden kleinen, dunklen Räume, putzten die trüben Fensterscheiben und befreiten, so gut es ging, den gusseisernen Herd, den Tisch und die zwei Stühle von altem Staub und Dreck. Nur das verlumpte und verschmutzte Bett des Schäfers verbrannten sie, ebenso wie den angefaulten Vorratsschrank. Aus rohen Brettern, die Josette im nahe gelegenen Dorf bei einem alten Tischler aufgetrieben hatte, zimmerte Pasquin notdürftig ein Bett, einen neuen Vorratsschrank und zwei Regale, von denen sie eins in den kleinen Anbau stellten, in denen Josette in Zukunft Käse produzieren wollte.

Josette sah sich um. Einladend sah es hier gerade nicht aus. Ihren Vorschlag, den Wänden einen Anstrich zu verpassen, hatte Pasquin mit der Begründung abgelehnt, dass er sich hier nur für eine kurze Zeit aufhalten werde. Und doch, trotz aller Dürftigkeit, erschien ihr alles wie ein Traum. Es war ein Abenteuer, hier mit Pasquin die Tage zu verbringen. Von hier konnte er nicht weg, hier konnte ihn ihr niemand nehmen.

Inzwischen hatten sie sich ein paar Schafe angeschafft, einen Hund und Hühner, die sie in dem Schuppen einquartierten. Als Josette nach vielen Fehlversuchen das vorschriftsmäßige Ziehen an den Zitzen der Schafe gelang und der Milchfluss in Gang kam, begann sie mit der Käseproduktion, die aber erst beim dritten Anlauf zu einem befriedigenden Ergebnis führte.

Zum Betreiben ihrer beiden Feuerstellen war es nötig, Holz zu sammeln, das Josette gebündelt und mithilfe eines Gurts um ihrer Schulter mehrmals wöchentlich nach Hause zog. Kräuter zu pflücken, um Suppen oder Käse zu würzen oder sie zum Trocknen an die Decke zu hängen, bedeutete dagegen Entspannung. Pasquin half ihr zwar, wenn es nicht anders ging, saß aber die meiste Zeit vor einem Stück Papier und machte sich Notizen.

Eines Tages brachte Josette ein junges Kätzchen mit, das sie einem Dorfbewohner abgenommen hatte, der gerade im Begriff gewesen war, einen ganzen Wurf dieser maunzenden Kreaturen zu beseitigen. Pasquin nahm sich sofort des kleinen Tieres an, während Josette keinen Zugang zu dem neuen Hausbewohner fand. Der verkroch sich unterm Tisch, wenn sie ihn locken wollte, oder versuchte ängstlich, an Pasquins Beinen hochzuklettern. Und Toutou, der schwarze Mischlingsrüde, machte einen Bogen um den kleinen Störenfried.

Doch schon bald schien sich bei Pasquin die Aufbruchsstimmung und das Gefühl, erst einmal davongekommen zu sein, gelegt zu haben. Er war nun ständig schlecht gelaunt. Und Josette spürte plötzlich wieder ihre Trauer um das Kind, das sie nicht hatte halten können. Manchmal half es, wenn sie sich sagte, dass es hier oben schwierig mit ihm geworden wäre. Fast jede Nacht erschien es ihr im Traum.

„Meine Leute fehlen mir“, maulte Pasquin, als sie, wie fast immer, abends vor der Hütte saßen. Vorsichtig berührte Josette seine Hand. Doch er entzog sie ihr, um seine Arme zu verschränken. „Was macht man schon mit einer Frau, die keine

Ahnung von Politik hat und die nicht weiß, wie es in einem Mann wie mir aussieht“, fügte er hinzu. Es war nicht ungewöhnlich, dass er auf diese Weise mit ihr redete. Josette hatte gelernt, seinen Worten nichts oder so wenig wie möglich entgegenzusetzen. „Es hätte keine Toten geben sollen“, fuhr er fort, „wie konnten wir denn wissen, dass dort zwei Bauarbeiter hausen.“

Sie horchte auf. Er hatte bis zu diesem Zeitpunkt niemals mehr jene Unglücksnacht erwähnt und war auch sonst sehr schweigsam, was seine Vergangenheit betraf. „Pasquin, darf ich dich etwas fragen?“ Er zuckte mit den Schultern. „Was hat dich dazu gebracht, in den Widerstand zu gehen? Du brauchst es nicht zu sagen, wenn du nicht willst“, stieß sie hervor, als er sie ansah. Sie kannte diesen Blick. Seine Hände, die auf seinen Schenkeln lagen, ballten sich zu Fäusten. „Weil es uns nicht gelungen ist, mit friedlichen Mitteln unsere Unabhängigkeit und die Selbstbestimmung über unsere politische, ökonomische und ökologische Zukunft zu erlangen!“, schrie er sie an. „Wir fühlten uns durch den Einfluss Frankreichs wie Fremde im eigenen Land, entdeckten in Justiz und Politik nur Willkür und Betrug. Erst als es knallte, hat sich einiges geändert.“ Er machte eine Pause, dann eine wegwerfende Handbewegung. „Du verstehst davon ja doch nichts.“

„Dann erklär es mir“, bat sie. „Du weißt ja nicht einmal was das Wort Willkür zu bedeuten hat.“

„Schikane?“, fragte sie nach einem Augenblick des Überlegens. „Von mir aus“, sagte er gereizt. „Dann kam der Tag, als man meinen Eltern ihr Zuhause nahm“, fuhr er fort zu reden.

„Es war ein kleines, altes, aber wunderschönes Haus am Meer, in dem schon meine Urgroßeltern wohnten. Und nicht nur dieses, auch die Häuser rechts und links von ihm wurden abgerissen. Natürlich gab es Geld dafür, lumpiges Geld für einen Ort, in dem sich mein Leben und das meiner Ahnen abgespielt hatte. Zunächst war ich nur furchtbar wütend, doch als mein Vater einen Herzinfarkt bekam und man anfing, auf unserem Grundstück ein Ungetüm von Feriendomizil zu bauen, da wusste ich, ich musste etwas tun."

„Ja", flüsterte Josette, „ich denke manchmal auch an unser Haus, das Haus, in dem ich geboren wurde und auch schon meine Mutter. Weißt du, dass in dem Raum, wo früher unser Restaurant war, jetzt Schmuck verkauft wird? Julie hat es mir erzählt." Ohne zu merken, dass sie die falsche Richtung eingeschlagen hatte, setzte sie dem Gesagten die Krone auf, indem sie ihm die rechte Hand hinhielt und traurig sagte: „Wir haben keine Eheringe."

„Weibergequatsche!", stieß er hervor. „Was willst du hier damit? Ich hätte mir gleich denken können, dass man mit dir nicht ernsthaft reden kann." Er war erregt, schoss in die Höhe, holte das winzige Radio und beschallte die Landschaft mit politischen Liedern, bis den Batterien die Kraft ausging.

„Ich geh ins Dorf hinunter", drohte er so manches Mal, „ich brauche Menschen um mich herum, Männergespräche. Das ständige Alleinsein macht mich krank." Dann ließ er es doch auf sich beruhen. Eines Tages aber, als ihm Josette erzählte, dass man im Dorf so tat, als wüsste man, dass ihre Hütte ein Versteck für einen Bombenleger war, holte er sein Gewehr unterm Bett hervor. „Nun, wenn dem so ist“, sagte er entschlossen und voller Tatendrang, schulterte die Waffe und machte sich auf den Weg. „Du lieber Gott, was willst du tun?“, rief sie ihm nach. „Die Leute warnen!“, rief er zurück. „Wer weiß schon so genau, was in den Köpfen dieser Bergbewohner vor sich geht.“

„Ach, hätte ich doch nichts gesagt“, jammerte Josette leise vor sich hin, als er mit dem Gewehr hinab ins Dorf marschierte, ängstlich und voller Sorge, dass er dort unten mehr anrichten könnte als nur ein bisschen Aufsehen zu erregen. Unruhig und nicht fähig, sich auf irgendeine Arbeit zu konzentrieren, lief sie umher und hielt ununterbrochen die Augen auf den Weg gerichtet, den er gegangen war.

Er hatte einen großen Jungen an der Hand, als er zurückkam, einen Jungen, der sich nicht artikulieren konnte und der Josette mit blödem Blick betrachtete. „Das ist Pipo“, sagte Pasquin. „Gib ihm ein bisschen was zu tun, auch so ein Mensch braucht das Gefühl, nicht unnütz auf der Welt zu sein.“ Der Junge trat von einem Bein aufs andere, hielt die Hände in die Luft, als umfasse er einen unsichtbaren Gegenstand, und schrie: „Bum, bum.“

„Was meint er?“ Nichts Gutes ahnend sah Josette zwischen ihrem Mann und Pipo hin und her. „Ich hab ein paarmal in die Luft geschossen, nichts weiter“, erwiderte Pasquin gelangweilt.

Josette erbleichte. „Und außerdem damit gedroht, sie alle zu erschießen, falls einer mich verraten sollte“, fügte er hinzu. „Das war nicht klug, Pasquin!“

„Du sagst mir nicht, was klug ist“, schnaufte er und hielt ihr seinen Zeigefinger so dicht vors Gesicht, dass sie zu Boden sah. Josette war müde. Stumm vor Ernüchterung sah sie auf ihren Mann, in dem ständig das Blut zu kochen schien, mal für, mal gegen sie.

Ganz am Anfang war er hier oben ständig über sie hergefallen, hatte sie genommen, wo und wann er konnte. Doch bald hatte sie gespürt, dass es Wut war, die er an ihr abzuarbeiten suchte. Zunächst genoss sie das Gefühl, begehrt zu sein, später erduldete sie seine Schonungslosigkeit und zum Schluss fürchtete sie sich vor seinen Ausbrüchen. Von ihrer Lust, die sie einmal empfunden, spürte sie nicht mehr viel, nur noch die Trauer darüber, dass er meinte, ihren Appetit gewaltsam einfordern zu können. „Es ist sein Naturell, er kann nicht anders“, hatte sie sich eingeredet und sich die Tränen wieder abgewischt. Doch seitdem er abends dasaß und die Welt zum Teufel wünschte oder draußen mit Steinen um sich warf, bekam sie Angst.

Wieder war es Julie, die wusste, was zu tun war. Julie, die eines Tages zu ihnen hochgekommen war, um sie mit kleinen Luxusgütern und Neuigkeiten zu versorgen. „Bring ihn auf andere Gedanken“, riet sie. „Vielleicht gefällt es ihm, Musik zu machen. Versuch es mal mit einer Laute, einer Gitarre oder einer Mundharmonika, dann hat er auch am Abend was zu tun.“ Josette entschied sich für die Gitarre. Ein ganzer Tag war für das Unternehmen, eine zu besorgen, draufgegangen, weil sie sich auf dem Rückweg noch verfahren hatte. Vollkommen erschöpft, kam sie am Abend wieder in der Hütte an.

Nicht, dass er sich bei ihr bedankt hätte. Es war das interessierte Aufleuchten seiner Augen, das ihr bestätigte, die richtige Wahl getroffen zu haben. Sie sah ihm zu, wie er die Saiten anschlug oder zupfte, und freute sich, als er erzählte, dass er als junger Kerl, so um die vierzehn, fünfzehn, mal Gitarrist in einer Jugendband gewesen war. Was für ein Glück.

In ihren Köpfen suchten sie nach altbekannten Liedern, die ihr Land besangen. Bald fiel ihm ein Lied ein, dann wieder ihr. Auch wenn sein unberechenbares Wesen fortbestand, Pasquins Gesicht, das in der Zwischenzeit von einem wilden Bart umwuchert war, entspannte sich beim Singen. Sekundenlang war es ihm sogar möglich zu lächeln, wenn Josette den Text beherrschte, den er bereits vergessen hatte.

Immer, wenn ihm seine Isolierung wieder zum Bewusstsein kam, wenn er sich an das Attentat erinnerte, das er in diesem Ausmaß nicht gewollt hatte, dann packte ihn die Wut. An solchen Tagen knechtete er nicht nur Josette, auch die Gitarre musste unter seiner schlechten Laune leiden. Dann spielte er nicht mehr auf ihr, dann peinigte er sie, bis ein paar Saiten rissen.

„Worauf warte ich? Dass man mich eines Tages finden und ins Gefängnis stecken wird? Ich hasse es zu warten, ich habe nie gewartet!“, rief er, warf die Gitarre in die Ecke und zog nervös an seinem Bart. „Ach, nimm es nicht so schwer.“ Josette stand auf, trat hinter ihn und walkte seinen Nacken, obwohl sie müde war. „Ach, nimm es nicht so schwer“, sprach er ihr nach. „Du bist ein dummes Weib, Josette.“ Er fasste hinter sich, packte sie, zog sie zu sich auf den Schoß und lachte ein vulgäres Lachen. „Ein dummes Weib mit einem hübschen, fetten Hintern.“

„Au, das tut weh!“, beschwerte sie sich, als er sie kniff. Und als sie aufstand, trat sie versehentlich auf seinen Fuß. „Trampel!“, schrie er und rächte sich, indem er ihr einen Tritt versetzte. Der Schmerz war groß. Im Gehen rieb sie sich die Wade. Was hatte sie denn wieder Törichtes gesagt, dass er so mit ihr sprach, sie so behandelte? „Komm wieder her, sofort!“, befahl er und schlug sich auf die Oberschenkel. „Nein“, protestierte sie. „Ich zähl bis drei, dann bist du hier!“

„Ich möchte nicht.“

„Auch das nicht?“ Er streckte weit die Beine von sich und machte eine Geste, die ihr peinlich war. Sie hatte sich weitgehend an seine Art gewöhnt, doch derart dreckig war er bisher noch niemals mit ihr umgegangen. Sie schüttelte den Kopf. „Aha“, rief er, „Madame hat Wünsche, sie möchte es romantisch, will schöne Worte, will gestreichelt werden und geküsst.“ Er lachte auf. „Wer bist du denn, dass ich mich so verrenken sollte?“ Bei jedem dieser Worte zuckte sie zusammen. „Ich zähl bis drei, hab ich gesagt: eins ...“

„Nein.“ Sie weinte. Er nahm sein Glas vom Tisch und warf nach ihr. Sie spürte einen Schmerz, der ihr für kurze Zeit die Sinne raubte, und hörte wie aus weiter Ferne, wie es zu Boden fiel. Sie griff sich an die Schläfe und betrachtete das Blut an ihren Fingern. „Das hätte nicht passieren müssen“, sagte er.

Sie ging zum Eimer, goss etwas Wasser in eine Schüssel und wusch sich das Gesicht. „Lass mal sehen.“ Plötzlich stand er neben ihr, nahm ihren Kopf in beide Hände und betrachtete die

Wunde. Sie schloss die Augen und schmiegte sich in diese Wärme, in diesen Halt. Auf einmal spürte sie den Schmerz nicht mehr, versuchte nur noch, die Tränen, die sich hinter ihren Lidern bildeten, aufzuhalten. „Glück gehabt, nur ein Kratzer", sagte er und ließ die Hände wieder fallen.

Er sah ihr zu, wie sie ein Pflaster aus einem Kästchen kramte und, das winzige Rechteck von Spiegel zu Hilfe nehmend, versuchte, so gut es ging, die Wunde zu bedecken. „Nun aber Schluss mit dem Theater!", rief er, als sie die Prozedur beendet hatte. Und sie erstarrte unter seinen Händen, die plötzlich nur noch grob und drängend waren. Steif wie ein Brett, mit abgewandtem Gesicht und zusammengepressten Lippen, ertrug sie ihn, was ihn noch schonungsloser werden ließ, bis er zufrieden war.

Sie hörte ihn nach seinem Kater rufen, sah Minuten später, mit welch liebevoller Geste er das Tierchen an sich drückte, und tastete nach ihrem Stuhl. Schwer ließ sie sich darauf fallen und dachte an Toutou, der draußen bei den Schafen war. Er hätte jetzt den Kopf in ihren Schoß gelegt.

Es war noch halbe Nacht. Das mit frischem Käse, einem aufklappbarem Tisch, Schemel und Sonnenschirm bepackte Auto stand im Schuppen. Es war Markttag in der Stadt. Ohne zu wissen, was sie erwartete, wollte Josette versuchen, von dem, was sie die Woche über zu viel an Käse hergestellt hatte, dort unten zu verkaufen. Ganz am Rand des Marktgeschehens wollte sie sich ein Plätzchen suchen.

Laut gähnend schlug Pasquin die Flügeltüren des Kastenwagens zu und trat zur Seite. Und als sie abschiednehmend ihre

Hand hob, rief er mürrisch: „Fahr schon los!“ Laut rumpelnd sprang das Auto an, die Scheinwerfer leuchteten auf. An jedem Tag war sie aufs Neue überrascht, wie gut noch alles funktionierte.

Sorgfältig, um ein Kreischen des Getriebes tunlichst zu vermeiden, legte sie den Rückwärtsgang ein, gab tüchtig Gas und hörte einen dumpfen Schlag. Blitzschnell flog ihr Kopf nach hinten. Pasquin war nicht zu sehen. Sie hielt die Luft an, stieß die Türe auf, lief hinters Auto und sah ihn dort in seiner ganzen Länge regungslos am Boden liegen. Die Hände waren nach der Katze ausgestreckt, die aussah, als hätte sie sich eben daraus befreit; Toutou bellte.

Josette stand eine Weile wie versteinert da. Dann ging sie in die Hocke. Hilflos strich sie dem am Boden Liegenden übers Haar und fühlte etwas Nasses an den Händen. Sie beugte sich tief zu ihm hinunter. Trotz morgendlicher Dämmerung sah sie das Blut an seinem Kopf, das aus einer Wunde sickerte, über die Haare lief und auf die Steine tropfte. Das war nicht ihr passiert, nein, nicht ihr. Das alles war ein Traum, ein Phantasiegebilde. Doch der Hund, der plötzlich leise winselnd um sie beide herumlief, holte sie in die Wirklichkeit zurück.

„Pasquin!“, flehte sie leise und rüttelte an seiner Schulter. In der Bewegung taumelnd blieb sein Kopf am Boden liegen. Sie wich zurück, fiel aus der Hocke hintenüber, stand auf und lief, von Panik überrollt, den Schrei in der Kehle mit vor den Mund gelegten Händen bei sich haltend, hin und her, bis sie sich blind vor Besinnungslosigkeit an einem Stein stieß und zu Boden stürzte. Sie rappelte sich wieder auf. Sie biss sich auf die

Finger, schlug sich an die Brust. „Was soll ich tun?“, schrie es in ihr. „Ich habe ihn getötet, oh, lieber Gott, ich habe ihn getötet!“ Sie fiel erneut, doch dieses Mal von einer sanften Ohnmacht in den Arm genommen, nieder.

Die Augen noch geschlossen, spürte sie die feuchte Wärme an ihrem Ohr und versuchte, wach zu werden. „Toutou“, sagte sie leise und noch halb benebelt und richtete sich auf. In einem Aufschrei entlud sich die Erinnerung. Ein unbekanntes Grauen machte sich in ihrem Körper breit und ein metallischer Geschmack in ihrem Mund.

Inzwischen war die Sonne aufgegangen und schien ihr ins Gesicht. Die Vögel zwitscherten. Vorsichtig drehte sie den Kopf zum Schuppentor: Pasquin. Wie er dalag, bäuchlings, die Hände ausgestreckt und neben ihm noch immer seine Katze, die sich die Pfote leckte, als wäre nichts geschehen. Die Stille war bedrohlicher als Blitz und Donner. Josette erschauerte vor Angst.

Langsam kam sie auf die Beine und war doch nicht in der Lage, sich vom Fleck zu rühren, auch wenn alles in ihr nach Fliehen und Entkommen schrie. Mit hängenden Armen stand sie da und wusste nicht, was tun. „Ich kann ihn so nicht liegen lassen“, ermutigte sie sich, obwohl die Angst ihr fast den Atem nahm.

Im Schneckentempo setzte sie Fuß vor Fuß und näherte sich der leblosen Gestalt. „Pasquin“, flüsterte sie erneut und in der Hoffnung, dass er wieder zu sich kommen würde. Nichts. Sie sah auf ihn hinunter, kniete nieder, rollte ihn auf den Rücken, griff unter seine Achseln und zog ihn, keuchend und stöhnend, in den Schutz des Schuppens. Am ganzen Körper zitternd fuhr sie den blauen Kastenwagen ein paar Meter weg und schloss das Tor.

Während die Katze sich wohlig in der Sonne räkelte, lief sie fluchtartig und mit noch nie empfundener Kälte im Genick zum Brunnen. Sie holte Wasser hoch, wusch sich Gesicht und Hände und fuhr den Berg hinab, der Stadt entgegen, um dort, wie vorgesehen, ihren Käse zu verkaufen.

Der Tag verging wie zäh fließender Brei. Wie hinter einer Glaswand nahm sie die Menschen wahr und zählte nicht, was sie an Geld entgegennahm. Als sie zurückkam, ließ sie irgendwo das Auto stehen, schielte zum Schuppen und stürzte ins Haus. Mit fahrigen Händen schob sie den Riegel vor die Türe, setzte den Tisch davor und zog, zum ersten Mal, seit sie hier oben war, die grau verwitterten Läden vor die Fenster. Zitternd kroch sie in ihr Bett, zog die Decke bis ans Kinn und lauschte angestrengt.

Als sie ganz in der Ferne die Schafe blöken hörte, schoss sie wieder hoch, schob den Tisch zur Seite, entriegelte die Türe, nahm den Schemel und einen Eimer von der Bank und lief, dem vorauseilenden Hund folgend, den Hang hinauf, dorthin, wo die Tiere ihr von weitem schon entgegensahen. Sie melkte sie mechanisch, verschüttete beim Heimwärtslaufen einen Teil der Milch, ließ unbedacht den Eimer einfach vor der Türe stehen und verbarrikadierte sich aufs Neue. Nichts konnte sie zu Ende denken.

Das anhaltende Entsetzen und das hämmernde Herz machten einen Schlaf unmöglich, bis sie in einen Dämmerzustand fiel.

Sie sah, wie sich der Riegel löste, wie sich die Türe, den schweren Tisch mitnehmend, langsam öffnete, wie eine Gestalt auf sie zukam und vor ihr Bett trat. Schreiend und wild um sich schlagend kam sie wieder zu sich, bis sich im nächsten Schlummer der Alptraum wiederholte. So verging die Nacht.

Sehr früh am anderen Morgen stand sie auf. In dem Bewusstsein, mit jedem ihrer Schritte dem Ungeheuerlichen näher zu kommen, ging sie auf den Schuppen zu. Von weitem sah sie schon den roten Fleck von Blut, an dem die Katze schnupperte. Josette zog das Tor nur einen Spaltbreit auf – und fuhr zusammen. Auf dem Rücken liegend hatte sie den Toten in Erinnerung. Nun lag er auf der Seite, andeutungsweise nur, doch anders als sie meinte, ihn am Tag vorher zurückgelassen zu haben.

Zum ersten Mal kam ihr der Gedanke, dass er noch gelebt haben könnte. Es fiel ihr schwer, an ihn heranzutreten. Sie bückte sich, fasste ihn an und zuckte vor der Eiseskälte seiner Hand zurück. Fluchtartig rannte sie hinaus, verkroch sich hinter dem Schuppentor und streckte nur ab und zu den Kopf hervor. Die Katze schlich an ihr vorbei. Die ersten Vögel fingen an zu singen. Sie hatte keine Ahnung, wie es nun weitergehen sollte.

Doch dann, von einer unbekannten Macht getrieben, stieg sie ins Auto, fuhr rückwärts an das offene Schuppentor, nahm das an die Schuppenwand gelehnte Brett, das sie wie einen Aufgang in die geöffnete Tür des Kastenwagens legte, und zog, gewaltig keuchend, jedoch mit einer Kraft, von der sie bis zu diesem Zeitpunkt keine Kenntnis hatte, den erstarrten Körper auf das am Boden aufliegende Ende. Nach mehreren Versuchen und zuletzt mithilfe ihres Wagenhebers gelang es ihr, das Brett ein wenig hochzuhieven und es mitsamt dem Leichnam in das Wageninnere zu bugsieren, dorthin, wo noch am Tag vorher der Käse lag, der Tisch, der Schemel und der Sonnenschirm sich befanden.

Anschließend nahm sie den Beutel, in dessen Ecken noch ein paar welke Kräuter steckten, und tat noch einen Stein hinein, bevor sie nach der Katze griff. Das Tier schrie fürchterlich. Sie setzte sich ans Steuer und startete zitternd, in ihrem Schweiße frierend, den Motor. Sie fuhr, weil es bis vor ein paar Tagen noch ausgiebig geregnet hatte, durch Schlamm und Pfützen den gewohnten Weg hinab und mit der gleichen Angst wie schon am Tag zuvor, womöglich, weit weg von der Zivilisation, darin stecken zu bleiben.

Auf der Brücke angekommen, fuhr sie so dicht wie möglich an die Mauer und hielt an. Ringsum war es still, nur die Vögel waren munter. Ein zarter Nebelschleier bedeckte das Tal. Josette stieg aus und öffnete die beiden Flügel der hinteren Wagentüre. An seinen Füßen zog sie Pasquin zu sich heran, bis sie, erschauernd, sein wächsernes Gesicht an ihrem fühlend, ihm wieder unter die Arme greifen konnte, um ihn mit einem Aufschrei und großem Kraftaufwand auf den Brückenrand zu hieven, auf dem sie erst Wochen zuvor seine Lust hatte ertragen müssen.

Noch immer heftig keuchend sah sie auf ihn hinunter, der kalt, schmutzig, von seinem angetrockneten Blut besudelt und mit Erdklümpchen und Grashalmen im zerzausten Haar, dem Wasser übergeben werden sollte. Warum empfand sie keine

Trauer? Sie zog sein Hemd gerade, nahm ihm die Uhr ab und überwand sich, seine fahle Haut noch einmal anzufassen, um notdürftig seine Hände zu verschränken. Ihr Herz klopfte. Sie schlang sich beide Arme um ihren zitternden Körper und sah in den morgendlichen Himmel.

Als sie aus weiter Ferne das erste sonntägliche Bimmeln einer Kirchenglocke hörte, faltete sie sekundenlang die Hände, bekreuzigte sich und stieß Pasquin hinunter, ohne ihm nachzusehen. Das Wasser stand hoch, es würde ihn mitnehmen, hinaus ins Meer tragen, darauf hoffte sie. Dann holte sie den Beutel, in dem die Katze schrie und zuckte, und warf ihn hinterher. Der Nebel begann sich aufzulösen. Das Gewässer lärmte, übertönte schließlich das immer leiser werdende Geläut der Glocke, und sie stand da und wusste nicht, wohin mit sich. Sie rutschte in die Hocke und barg den Kopf in ihren Armen.

Ruckartig erhob sie sich wieder, als ihr Julie einfiel. In ihrer Angst gefangen, war ihr entfallen, dass sie nicht alleine war, dass es einen Menschen gab, der zu ihr stand, der immer wusste, was zu tun war. Eilig klopfte sie den Staub aus ihrer Hose, schlug die weit offen stehenden Flügeltüren zu und setzte sich ans Steuer. Fluchtartig, und doch nur so schnell, wie es auf dieser Strecke möglich war, fuhr sie den steinigen Pfad hinab, das Dorf, die Macchia und den Kastanienwald durchquerend.

Stunden später erreichte sie die Stadt und Julies Haus. „Was für ein unwürdiger Tod für einen Mann wie ihn, wie konnte das passieren?“ Julie war außer sich. „Die Katze!“, rief Josette hysterisch. „Er hat ..., er muss ..., ich fahre los und er ..., er dachte wohl, dass sie unter die Räder kommt. Julie, er liebte das bekloppte Tier."

„Dann war es doch ein Unfall! Du liebe Zeit, warum hast du Pasquin dann in den Fluss geworfen?"

„Er war doch tot."

„Hast du das nachgeprüft?"

„Nachgeprüft? Ich weiß doch nicht ..., auf jeden Fall hat er sich nicht bewegt." Josette fing an zu weinen. „Hat er noch geatmet, hast du ihm den Puls gefühlt?"

„Ich weiß nicht", schluchzte Josette, „ich konnte gar nichts denken, er hat am Kopf geblutet, es war so furchtbar."

„Und seine Augen? Waren seine Augen offen?"

„Er lag doch auf dem Bauch, den Kopf nur leicht zur Seite, so." Sie machte es ihr vor. „Du hast ihn umgedreht, hast du gesagt."

„Doch erst am anderen Tag, und ich hab ihm auch nicht ins Gesicht gesehen. Julie, was machen wir jetzt bloß?"

„Nicht auszudenken, dass man ihn vielleicht noch hätte retten können. Du hättest ihn ins Krankenhaus hinunterfahren müssen."

„Ins Krankenhaus? Dann hätte ich ihn doch ausgeliefert, ich habe immer nur daran gedacht, dass ich Pasquin verstecken muss, irgendwo verstecken. Du weißt doch, dass man ihn nicht finden darf, Julie, das weißt du doch, wir ..."

„Nun dreh nicht durch, das hilft uns auch nicht weiter, was du getan hast, ist nicht mehr zu ändern."

„Nachts steht er wie ein Gespenst an meinem Bett", wisperte Josette. „Das ist schaurig, ich habe Angst vor ihm."

„*Gott* wird dich strafen, nicht Pasquin“, erwiderte Julie.

„Oh, lieber Gott, ich hab es doch nicht gewollt, wo soll ich denn nun hin, was soll ich tun?“ Josette faltete die Hände und hob sie hoch, wie um Erbarmen bittend. „Lass erst mal alles, wie es ist.“

„Du meinst, ich soll dort oben bleiben?“ Julie nickte. „Aber Pipo und die Dorfbewohner …“, stammelte Josette. „Du kennst doch die Geschichte, ich hab dir mal davon erzählt.“

„Die Leute werden froh sein, wenn sie ihn nicht mehr sehen müssen“, beschwichtigte Julie. „Und Pipo, den beschwindelst du, das wird bei seinem Zustand doch nicht schwierig sein.“

„Was soll ich ihm denn sagen?“

„Pasquin ist weg, er kommt bald wieder, irgendwas.“

„Das halte ich nicht aus, Julie.“

„Wir finden eine Lösung.“ Josette weinte. „Du bist ganz heiß“, sagte Julie, „und wie du aussiehst. Wasch dich ein bisschen und leg dich eine Weile hin. Was für ein unwürdiger Tod für einen Mann wie ihn“, wiederholte sie und hielt Josette die Badezimmertüre auf

Angstvoll bittend, dass sie mit einer milden Strafe davonkommen möge, stellte Josette eine vierte Kerze auf, die sie an jedem Abend mit den anderen brennen ließ. Das war ein Mittel gegen ihre Angst, ein Versuch, ihr zu entkommen, wenn sie sich Tag für Tag, und ganz besonders in der Nacht, wie eine Schlinge um ihren Hals legte. Diese Einsamkeit war unerträglich.

Die Arbeit fiel ihr schwer. Alles, was sie vorher zu zweit erledigt hatten, wenn es auch mehr auf ihren Schultern lastete, musste sie nun ohne ihn schaffen. Doch das war es nicht allein, es war vielmehr das Grauen, das ihr die Kraft nahm, das Leben zu bewältigen, die Furcht vor den Gestalten, die jede Nacht ihr Bett umstellten, und die Träume, die sie irre machten, so dass sie schluchzend in sich zusammenfiel und meinte, sterben zu müssen.

Und als sie eines Tages merkte, dass eins der Schafe eine schon verschorfte Wunde hatte und dass der Käse ihr in Geschmack und Konsistenz nicht mehr so recht gelingen wollte, war sie am Ende. „Ich kann nicht mehr“, sagte sie jeden Abend leise vor sich hin, wenn die Arbeit wieder mal nur halb getan war und sie trotz übergroßer Müdigkeit nicht schlafen konnte.

Sie weinte viel und von Gespensterfurcht beherrscht, hielt sie ein Kreuz, wenn sie sich schlafen legte, ein kleines goldenes Kreuz an einer Kette, das sie von ihrer Mutter hatte. Doch das Gesicht, das sich eines Tages bei langsam einfallender Nacht an ihre Fensterscheibe drückte, war Realität, das wusste sie sofort. Sie griff nach dem Gewehr und lief damit vors Haus.

Drei junge Männer, strohblond, rotgesichtig und durch gewaltiges Gepäck auf ihrem Rücken leicht nach vorn gebeugt, standen dort in der Dämmerung. Als sie Josette mit der auf sie gerichteten Waffe sahen, rannten sie erschrocken und so eilig, wie es ihre schwere Last erlaubte, fort. Erst später ging ihr auf, dass sie nur noch aus Kopflosigkeit und Angst bestand, und sie befand, dass auch ihr Leben nun keinen Sinn mehr hatte.

An einem Sonntag – es war sehr heiß – erschien Julie. „Wie geht es?“, fragte sie. Sie setzten sich beide auf die Bank vorm Haus. „Was denkst du, schlecht natürlich. Ich habe Angst.

Meinst du, ich muss hier nun für immer bleiben?“ Julie legte den Arm um Josettes Schultern und zog sie an sich. „Wollen wir dem ganzen Spuk ein Ende machen?“

„Ich verstehe nicht, oder meinst du, ich kann doch wieder in die Stadt zurück?“

„Nein, das geht nicht, Pasquins Leute würden stutzig werden, wenn sie dich dort sehen.“

„Also, womit willst du dem Spuk ein Ende machen?“

„Denkst du oft an ihn?“

„Mehr an den Tag, an dem ich ihn getötet habe.“

„Möchtest du, dass er zurückkommt?“

„Pasquin ist tot, Julie.“

„Nicht ganz so tot, wie du denkst, mein Kind.“

„Mach mir keine Angst!“, schrie Josette und schnellte in die Höhe. „Komm, setz dich wieder“, beruhigte sie Julie, umfasste ihre Schultern und berichtete ausführlich von einem Mann im Krankenhaus, der nach einem schweren Unfall sein Gedächtnis verloren hatte. Josette lauschte nur mit halbem Ohr. Sie war mit sich und der Welt am Ende. Was hatte sie mit diesem Mann zu tun? „Einschlafen“, dachte sie, „oder sich nicht mehr erinnern können, so wie dieser Mann, das wäre wunderbar.“

„Hast du mir Schlaftabletten mitgebracht?“, fragte sie, ohne auf Julies Story einzugehen. „Warum? Kannst du nicht schlafen?“ Julies gereizter Tonfall ließ Josette zusammenzucken. Sie wartete eine Weile, bevor sie leise sagte: „Ich will nicht mehr aufwachen.“

„Unsinn“, sagte Julie. Sekunden später triumphierte sie: „Ein Wunder ist geschehen.“

„Wie das?“

„Weil dieser Mann im Krankenhaus Pasquin so ähnlich sieht wie ein Ei dem anderen.“

„Der Mann im Krankenhaus, der sieht genau so aus wie er?“

„Ein wenig schmaler“, fuhr sie fort, „nicht so verwuschelt, und seine Augen blicken sanfter. Doch sonst, wie aus dem Gesicht geschnitten, die Nase, der Mund, das eckige Kinn und auch die Hände sind genauso kräftig und muskulös wie die von Pasquin. Und wenn sein Barthaar wächst, und wenn er ordentlich zu essen kriegt ...“

„Das ist unheimlich“, fiel ihr Josette ins Wort und vergaß für einen Augenblick, dass sie nicht mehr leben wollte. „Auch das Alter scheint zu stimmen“, fuhr Julie fort. „Ich schätze ihn so zwei, drei Jahre jünger. Na, was sagst du?“

„Ich weiß nicht, was ich dazu sagen soll“, entschuldigte sich Josette. „Wenn du nicht von alleine darauf kommst, dann lass es dir erklären: Also, du möchtest doch am liebsten alles, was dir passiert ist, ungeschehen machen, richtig?“

„Ja, aber wie?“

„Und du würdest alles dafür tun, auch wenn es ungewöhnlich, gewagt und abenteuerlich ist?“ Josette zuckte mit den Schultern. Sie wusste nicht, was Julie von ihr wollte. „Pass auf, ich habe lange darüber nachgedacht. Du nimmst Pasquins Papiere, kommst ins Krankenhaus, hältst sie zuerst den Ärzten, dann diesem Namenlosen unter die Nase, nennst ihn Schatz oder Liebling und sagst ihm, dass er Pasquin Spinosi heißt und dass du seine Frau bist. Alle werden sehr froh darüber sein.“

„Was?“ Josette schrie auf. „Er weiß es schon“, sagte Julie. „Was weiß er schon?“

„Dass er eine Frau hat.“

„Du hast, ohne mich zu fragen …?“

„Dazu war keine Zeit. Josette, er war verrückt vor Freude. Hinzu kommt, dass man im Krankenhaus darüber spricht, dass ihn in Kürze die Polizei aufsuchen werde. Der Arme weiß doch gar nicht, dass er dem geflüchteten Kopf einer terroristischen Bewegung ähnlich sieht, du musst ihn retten, bevor man ihn verhaftet.“

„Das kann ich nicht.“

„Bedenke doch, mit einem Schlag ist wieder alles so, wie es vor kurzer Zeit noch war. Nichts ist passiert. Du hast Pasquin nicht angefahren, du hast ihn nicht in den Fluss geworfen, kurz gesagt, er lebt. Na, was hältst du davon? Ich jedenfalls bin mehr als begeistert von meinem Einfall und auch überzeugt davon, dass es eine wunderbare Lösung ist. “

„Was verlangst du da von mir, Julie?“

„Sei doch nicht dumm, Josette. Wenn es herauskommt, dass du Pasquin getötet hast, dann wirst du im Gefängnis landen, hast du dir das schon einmal klargemacht?“

„Du hast gesagt, dass es ein Unfall war.“

„Ja, aber du hast nicht nachgeprüft, ob er noch lebt und ihm noch zu helfen war, das ist strafbar, meine Liebe. Und dass du ihn dann einfach in den Fluss geworfen hast, ich weiß nicht …“ Josette nickte mit hängendem Kopf. „Wir rücken nur gerade, was schiefgelaufen ist, so musst du das sehen.“

„Und wenn der Mann sich eines Tages daran erinnert, wer er wirklich ist?“

„Es sieht nicht danach aus, ich habe mit dem Arzt gesprochen. Nur mit einer entsprechenden Therapie besteht eine geringe Chance, dass er zu sich zurückfindet, doch das werden wir zu verhindern wissen.“

„Und wie?“

„Du hast kein Geld, um solche Kinkerlitzchen zu bezahlen, Schluss, aus. Aber einen Haken hat das Ganze doch: Da sind die Kosten seines Krankenhausaufenthalts und die notwendig gewesenen Untersuchungen. Wenn du zustimmst, müsstest du sie übernehmen.“

„Ich habe ja das Geld, das ich für unser Haus bekomme habe. Wenn ich es wollte, könnte ich es damit tun.“

„Und, willst du?“

Ihr Leben war schwer ohne Pasquin, ja, und es wäre schön, wenn plötzlich alles wieder im Lot wäre, wenn sie sich und der Welt vormachen könnte, kein Unrecht begangen zu haben. Ihre Wangen fingen an zu glühen. „Es ist doch möglich, dass alles, was geschehen ist, geschehen musste“, fabulierte sie. „Soll ich dem Fremden sagen, aus welchem Grund wir uns in die Berge zurückgezogen haben?“ Julie überlegte eine Weile. Dann sagte sie: „Nein, lieber nicht. Ihr seid vor der Touristenflut geflüchtet, vor Lärm und vor Gestank. Man weiß nicht, wie er reagiert, wenn du die Wahrheit sagst. Denke daran, er ist ein anderer, auch wenn du lernen musst, Pasquin in ihm zu sehen.“

„Habe ich noch Zeit, mir das zu überlegen?“

„Nein.“ Julie begann ungeduldig zu werden. „Ich hab dir doch erklärt, dass wir uns sputen müssen. Und ihm hab ich bereits gesagt, dass du ihn morgen schon besuchen kommst. Wir können ihn nicht warten lassen, er ist schon völlig aus dem Häuschen. Und wenn die Polizei auftaucht, ist es um ihn geschehen.“

„Glaubst du, dass ich das fertigbringe?“

„Nach allem, was du bis jetzt getan und durchgestanden hast, ist das doch nur ein Kinderspiel für dich.“

„Das Bett am Fenster“, flüsterte Julie ihr zu und schob sie in das Krankenzimmer. Josette setzte ihre Schritte zaghaft und sah dem Mann entgegen, der dort in den Kissen lag. „Ja, er ist es“, dachte sie und begann vor Angst zu zittern, je näher sie ihm kam. Dann stand sie dicht vor seinem Bett und hielt ihm Pasquins Ausweis hin, den er lange und intensiv studierte, bevor er wieder aufsah. Ihre Ängstlichkeit verschwand, als sie in seine Augen sah. Es war kein Unglück, dass er sie wortlos musterte, dass er sich nicht von ihr umarmen ließ, das nahm sie ihm nicht übel, nein, sie war so glücklich, ihn zu sehen, und war ihm, diesem Neuerstandenen, schon jetzt von ganzem Herzen zugetan. Und als er, ohne aufzusehen, sie mit einer Stimme, die wie Musik in ihren Ohren klang, ersuchte, mit ihm Geduld zu haben, da war es endgültig um sie geschehen. Alles wollte sie ihm geben, ein Zuhause, eine gute Pflege und ihre ganze Liebe.

Sie stand an seinem Bett, redete, so wie sie es mit Julie abgesprochen hatte, und fing langsam an zu glauben, was sie sagte.

„Ich hole dich nach Hause, wenn es der Arzt erlaubt, schon in den nächsten Tagen“, sagte sie zum Schluss und war erstaunt, wie leicht es ihr über die Lippen ging. Doch als er aufsah und sie die ungeschminkte Ablehnung in seinen Augen sah, trat sie vom Bett zurück.

Langsam kam ihr zum Bewusstsein, dass sie dabei war, nicht nur sich selbst, sondern auch diesem kranken ahnungslosen Menschen etwas vorzumachen. Ihr Gewissen regte sich. „Es ist nicht richtig, was ich tue, ich habe doch in letzter Zeit schon so viel falsch gemacht“, dachte sie bekümmert. Er hatte sich zurückgelehnt, hielt das Papier in seinen Händen und starrte vor sich hin. „Ich sollte ihm die Wahrheit sagen“, ging es ihr durch den Kopf, „denn die Idee, ihn anzulügen, kommt schließlich nicht von mir. Noch ist es nicht zu spät. Er sieht nicht unbarmherzig aus. Ich könnte ihm den Vorschlag machen, bei mir zu wohnen und mir zur Hand zu gehen, bis er genesen ist. Ich wäre wenigstens vorübergehend nicht mehr allein und er, als Heimatloser mit dem Gesicht Pasquin Spinosis, hätte einen Zufluchtsort.“ Das alles lag ihr auf der Zunge, ihm zu sagen. Weil sie auf die Schnelle keine Worte dafür fand und sie Angst vor Julie hatte, verscheuchte sie die Gedanken wieder. „Nein, alles hat seine Richtigkeit“, redete sie sich ein. „Pasquin hat sterben müssen, um ein neuer Mensch zu werden.“

Sie wollte nicht mehr grübeln und überlegen, ob sie mit ihrem Vorgehen einen Fehler machte, wichtig war nur noch, dass für sie und auch für diesen Mann alles wieder seine Ordnung hatte.

Sie lächelte ihn an, während er, wie um Verzeihung bittend, mit den Schultern zuckte. Es war ein großer Augenblick. Sie musste stark und überzeugend sein, denn alles lag ab jetzt in ihren Händen.

Kapitel 3

Josette beendete ihre Geschichte im Flüsterton. „Verzeih mir“, sagte sie in die beklemmende Stille hinein und gab in schlichten Worten zu, sich an manchen Tagen nach einem unbelasteten, von allen Lügen befreiten Leben gesehnt zu haben. Sie sah verändert aus, ernst, gefasst, sich ihrer Schuld bewusst, aber auch erleichtert, als wäre eine große Last von ihr gefallen.

Inzwischen war es dunkel geworden. Regen prasselte aufs Dach. „Ich muss das Fenster schließen“, sagte sie, stand auf und ging nach nebenan. Wortlos und wie festgenagelt saß Ribert auf seinem Stuhl. Auf Zehenspitzen kam Josette zurück.

„Hast du Hunger?“, fragte sie so leise und andächtig, als befänden sie sich in einer Kirche, und zeigte dabei auf den Topf, in dem die Suppe kalt geworden war. „Nicht jetzt, später vielleicht.“ In ihm ging alles drunter und drüber.

Unschlüssig blieb sie eine Weile stehen. Dann setzte sie sich wieder, legte die Hände in den Schoß und weinte. „Um meinen Namen wiederzubekommen, werde ich die Polizei einschalten müssen“, sagte er ungerührt, erhob sich, stieß geräuschvoll seinen Stuhl zurück und ging, die Hände auf dem Rücken, mit schweren Schritten auf und ab.

Josette legte den Finger an die Lippen, zeigte auf die Türe und flüsterte: „Er schläft.“ Ein sanftes und besorgtes Mutterlächeln verschönte einen Augenblick lang ihr rotgeweintes und verquollenes Gesicht. „Kümmerst du dich um ihn, wenn ich ...? Oh, lieber Gott.“ Sie faltete die Hände wie zum Gebet. „Ich bin sein Vater“, sagte er vorwurfsvoll. „Was denkst du, wird mit mir geschehen?“ Es fiel ihm schwer, sie anzusehen. „Das wird die Polizei entscheiden. Ich für meinen Teil werde sie zunächst davon überzeugen müssen, dass ich in eine Falle geraten, dass ich nicht der verrückte Korse Pasquin Spinosi, sondern der aus Paris kommende Bildhauer Ribert Cassel bin – Tourist, nicht Terrorist. Gleich morgen werde ich mich darum kümmern.“

„Und übermorgen wird man kommen, um mich zu holen.“ Er dachte voller Sorge an sein Kind. „In Wahrheit ist es doch Julie, die dir das … “

„Nein“, unterbrach sie ihn, „sie hat es immer gut mit mir gemeint. Ich trage alle Schuld, ich ganz allein.“ Sie sah ihn an, als hoffte sie, von ihm, und nur von ihm, bestraft zu werden. Beide sahen sie zum Fenster hinaus, an dessen Scheibe die Regentropfen wie Tränen hinunterliefen. „Wenn ich zurück bin, werden wir noch einmal über alles reden.“

„Du kommst zurück?“

„Nur um die Sache mit dem Kind zu regeln.“

„Es regnet immer stärker“, sagte sie. Er schob die Hände in die Hosentaschen und ging ein paarmal auf und ab. Dann blieb er kopfschüttelnd vor ihr stehen. „Wie konntest du so etwas tun!“ Aufschluchzend schlug sie beide Hände vors Gesicht. Er nahm die rote Jacke, die von der Lehne ihres Stuhles geglitten war, legte sie ihr um und ließ sekundenlang die Hände auf ihren Schultern ruhen. „Hör zu, Josette, ich brauche Geld, um alles wieder ins Lot zu bringen.“

„So viel du willst.“

„Nein, nur so viel, wie nötig ist, nicht mehr“, sagte er und schüttelte den Kopf. „Es ist unglaublich, ich hatte hier doch nur ein bisschen Urlaub machen wollen.“

„Paris“, flüsterte sie andächtig, „ich war noch niemals dort. Die Überfahrt war für uns immer unbezahlbar.“

Inzwischen war es dunkel geworden, und es regnete in einem fort. Josette stand auf und zündete die Kerzen an. Erst die zwei vorderen, die für die toten Eltern standen, danach die beiden anderen, zur Erinnerung an Pasquin und an ihr ungeborenes Kind. Danach ging sie zum Herd und machte die Suppe warm.

Am anderen Morgen schien die Sonne. Eilig zog Ribert sich an, nahm die Papiere seines Vor- und Doppelgängers, sah sie noch einmal durch und steckte sie sich in die Hosentasche. Josette blieb stumm. Lautlos wie ein Gespenst, schlich sie an ihm vorbei. „Morgen bin ich zurück, dann wissen wir mehr“, sagte er, als sie sich plötzlich gegenüberstanden. „Wo wirst du schlafen?“

„Weiß ich nicht“, sagte er abweisend. Sie lehnte ihren Kopf an seine Brust, sank in die Knie, umfasste seine Beine und schluchzte etwas vor sich hin, was er nicht verstehen konnte. Befremdet sah er auf sie hinunter. Doch als sie nicht von ihm abließ, machte er sich los. „Schluss, aus, es muss ein Ende haben“, sagte er und lief zum Auto.

An der Brücke hielt er an, blickte in die Tiefe und sah dem Wasser nach, das von einer Untat nichts wusste, weil es ein anderes war. Ein Wasser, das aufschäumend über die Steine sprang und dem Lauf des Flusses folgte.

Frühnebelschwaden hingen zwischen den Bergspitzen. Wohltuend stieg ihm der Duft von Thymian und Lavendel in die Nase.

Stunden später, mit gesenktem Kopf und beiden Händen in den Hosentaschen, schlenderte er vor der Gendarmerie auf und ab. Mit einem Schlag war alles anders, als er es sich vorgestellt hatte. Wie sehr hatte ihm vor kurzem noch die Vorstellung gefallen, Josette am Tag der Wahrheit als ein Häufchen Elend am Boden liegend zu sehen und sich selbst als Rächer und Vergelter. Wollte er das noch? Du lieber Himmel, nein! Josette war doch in Wirklichkeit alles andere als eine Kriminelle. Sie hatte ihm einen Namen gegeben. Sie hatte ihn davor bewahrt, auf der Straße zu landen, in der Psychiatrie oder sogar im Gefängnis, falls die Polizei in ihm den Terroristen Spinosi gesehen hätte. Sie hatte ihn geliebt. Sie hatte ihm ein Kind geschenkt. Und wenn sie auch schwer zu begreifen, simplen Gemüts und etwas spinnig war, dann war sie es doch wenig mehr als viele andere Menschen auch.

Er dachte daran, was sie erlitten hatte, wie viel Kraft es sie gekostet haben musste, diese Lüge derart lange aufrechtzuerhalten, und plötzlich sah er sie und seine Zeit mit ihr in einem völlig anderen Licht. Hatte sie verdient, was nun mit ihr geschehen würde? Untersuchungshaft, das Urteil, vielleicht sogar Gefängnis? Auch wenn er um Milde für sie bitten würde, malte er sich aus, hätte sie wahrscheinlich keine Chance, völlig straffrei davonzukommen. Und dieses, wusste er in diesem wunderbaren Augenblick, durfte nicht geschehen.

Nun war er es, der die Wahrheit verschweigen und ein falsches Bild entwerfen würde. Warum sollte er diese derartig komplizierte und tragische Geschichte, von der bis jetzt noch niemand etwas wusste, in die Welt setzen? In Kürze würde alles in der Zeitung stehen. Nein, er würde Josette nicht verraten, sie nicht den abschätzenden Blicken eines Kriminalbeamten aussetzen, nicht ins Gefängnis bringen. Eine tiefe Ruhe erfasste ihn und ein Gefühl der Leichtigkeit. Wie einfach plötzlich alles war.

Ganz leise und ganz kurz schlich sich der Gedanke an seinen toten Doppelgänger ein: War seine Leiche schon gefunden worden? War seine Truppe für Josette ein Risiko oder Cloe, die Frau, von der Josette gesprochen hatte, als wäre sie in diesen Mann verliebt gewesen? Er ging noch einmal in Gedanken durch, was er über ihn erfahren hatte, und dachte dabei auch an die Dorfbewohner. „Ich muss die Wahrheit sagen", glaubte er ein paar Schritte lang, doch glaubte es nicht mehr, als er seinen kleinen Sohn vor Augen hatte. „Josette hat mir eine Bleibe gegeben, und von Pasquin Spinosi weiß ich nichts", entschied er, als er vor dem Polizeigebäude stand, schob dessen Papiere, die er sich vornahm, Josette zurückzugeben, ganz tief in seine Hosentasche und sprang die Stufen hinauf.

Die Straßen waren voller Menschen. Die Kirchturmuhr schlug mehrere Male. Es war elf Uhr vormittags. „Bitte, wo ist ein Telefon?" Der Mann, den Ribert angesprochen hatte, erklärte ihm den Weg dorthin. „Welche Vorwahl hat Paris? Und unter welcher Nummer erreiche ich meinen Vater?" Beides war nicht abrufbar. Sich seinen Kopf zermarternd und dem zerfetzten Telefonbuch den Rücken kehrend sah er nur ein paar Meter weit entfernt ein blaues Kleid vorüberschweben. Monique? Ja, sie war es. Doch als er die Tür der Telefonzelle aufstieß, um ihren Namen zu rufen, blieb er ihm in der Kehle stecken. Denn erst jetzt bemerkte er den großen, gutaussehenden Mann, auf den sie zulief und ihm, nach ein paar ausgetauschten Worten, um den Hals fiel. Es traf ihn tief. „Dann gibt es also einen Mann in ihrem Leben", dachte er. Monique, die er für sich gewinnen wollte, gehörte einem anderen.

Er bereute plötzlich, ihr sein ganzes Dilemma anvertraut zu haben, und seine Gewissheit, dass etwas Kostbares zwischen ihnen geschehen war, zerplatzte wie eine Seifenblase. Sie waren sich doch schon so nahe gewesen. Einsamkeit flog ihn an und Eifersucht. Auf die Idee, sie diesem Mann streitig zu machen, kam er nicht. Er spürte, wie seine Schultern fielen und sich sein Rücken beugte.

In dem Augenblick, als er sich heimlich davonmachen wollte, hatte sie ihn gesehen. Mit einer entschuldigenden Geste legte sie die Hand auf den Arm des fremden Mannes und kam mit langen Schritten auf ihn zu. „Ribert Cassel, wie schön", sagte sie atemlos. Er lächelte gekränkt. Doch sie schien seine Stimmungslage nicht wahrzunehmen. „Kommen Sie", bat sie ihn aufgeregt, nahm seinen Arm und zog ihn mit sich mit, zurück zu dem Mann, der ihnen bereits gut gelaunt entgegenkam. Sie neigte sich dem Strahlemann entgegen und sagte zu Ribert: „Wir sind so unvorstellbar glücklich …"

Nein, das war nicht die taktvolle, zurückhaltende Frau, die er zu kennen glaubte und die ihm das Gefühl gegeben hatte, ihr etwas zu bedeuten. Warum erzählte sie ihm das? Was brachte sie dazu, ihm diesen Schmerz zuzufügen? Denn er spürte ihn, ganz tief drinnen machte er sich breit und breiter. „... dass es gesund ist" hörte er Monique weiterjubeln. „Allen Vorhersagen zum Trotz ist das Kind gesund zur Welt gekommen. Gerade habe ich es erfahren. Ist das nicht wunderbar?"

„Welches Kind?"

„Verzeih, Ribert, ich vergaß, dich aufzuklären. Wir sprechen hier vom Kind meiner liebsten Freundin und dieses überglücklichen Menschen hier", sagte sie. Verlegen lächelnd streckte dieser ihm die Hand entgegen und murmelte seinen Namen. Riberts Gesichtszüge entspannten sich, als er sich noch etwas holprig mit seinem Namen vorstellte. Und Monique fügte stolz hinzu: „Ribert ist Bildhauer und kommt aus Paris." Der Fremde nickte anerkennend. „Ich gratuliere", stammelte Ribert. „Wie schön das Leben sein kann, wenn sich plötzlich alles zum Guten wendet, nicht wahr?" Moniques Blicke wanderten von einem zum anderen. „Ich gehe noch heute in die Klinik", versprach Monique dem frisch gebackenen Vater, bevor er ging, und sah ihm nach.

„Nach all den Monaten der Unsicherheit und der Sorge ist dieses Kind gesund zur Welt gekommen. Was für ein Glück." Monique hängte sich bei ihm ein und sah versonnen vor sich hin. Noch nie waren sie sich so nah gewesen. Aber weil ihn ihre Euphorie und Anteilnahme an einem Glück, das weder sie noch ihn betraf, eifersüchtig machte, stieß er hervor, dass man den Eindruck haben könne, sie hätte selbst das Kind bekommen, und bereute es sofort, denn schlagartig veränderte sich ihr

Gesichtsausdruck. „Ich kann keine Kinder bekommen“, sagte sie traurig. „Das tut mir leid, Monique.“ Er griff er nach ihrer Hand, die auf seinem Arm lag. „Sie konnten es nicht wissen“, sagte sie. „Es schmerzt Sie sehr, nicht wahr?

„Ein wenig“, sagte sie und lächelte schon wieder, „aber schließlich ist die Welt ja voll von kleinen Waisenkindern.“ Es war der Himmel, so mit ihr zu gehen, nachdem er sie wenige Minuten zuvor noch für sich verloren geglaubt hatte. Mit jedem Schritt ließ er die lange Zeit eines ihm unrechtmäßig auferlegten Lebens hinter sich.

Plötzlich sah sie auf ihre Armbanduhr. „Es ist Mittagszeit, haben Sie Zeit und Lust, mit mir zu essen? Ich kenne ein besonders feines Stübchen.“

„Mit Vergnügen“, sagte er. Sie führte ihn in eine Seitenstraße und fragte nebenbei, was ihn denn in die Stadt getrieben hätte. Ja richtig, was tat er hier? Die Polizei war abgehakt, doch waren es nicht noch tausend andere Dinge gewesen, die er hatte erledigen wollen? Gerade hatte er noch geglaubt, dass alles Zeit habe, dass es nichts Wichtigeres gäbe, als Monique zu spüren und sich dem Gefühl dieser ganz neuen Verbundenheit hinzugeben, da hatte sie ihn wieder an alles erinnert. „Ich war bei der Polizei“, sagte er ernst. „Tatsächlich? Und?“

„Ich habe mich entschlossen, Josette nicht anzuzeigen.“

„Nicht? Oh, das ist gut.“

„Ja, ich war selbst ganz erstaunt, als ich mich sagen hörte: ‚Josette Spinosi, die von ihrem Mann verlassen wurde, hat mich in meinem desolaten Zustand bei sich aufgenommen.‘ Kein Wort davon, dass ich belogen und betrogen wurde. Aber die Wahrheit sieht ganz anders aus. Josette hat mir ihre Geschichte erzählt, eine unglaubliche Story von Liebe, Schuld und Tod. Und danach war ich nicht mehr in der Lage, sie zu verraten."

„Nichts ist befreiender als zu vergeben", sagte Monique ernst und versonnen. „Ich denke, dass man sich selbst bestraft, wenn man dazu nicht in der Lage ist." Obwohl sie weder die Zusammenhänge noch den Grund seines Umdenkens kannte, klang es ehrlich, was sie sagte. „Sie war am Ende", bekannte er. „Und zuletzt war auch ich nicht mehr sehr weit davon entfernt, verrückt zu werden. Aber ich hatte die Zeit der Unentschlossenheit gebraucht. Heute denke ich, dass nicht nur ich, sondern auch Josette ein Opfer war, ein leichtgläubiges, naives Opfer. Denn Drahtzieher dieses Unterfangens war Julie, die herrschsüchtige Krankenschwester, die sich nach meinem Unfall um mich gekümmert hatte. Aber diese unselige Geschichte sollte ich für mich behalten, denn wenn irgendjemand Wind davon bekäme, wäre mein Verzicht auf eine Anzeige umsonst gewesen. Ich habe Angst um Josette, um unser Kind, und auch, dass ich Sie, Monique, damit belasten könnte. Und ich spüre auch, dass es mir schwerfällt, das ganze Drama vor Ihnen auszubreiten, doch andererseits ..."

„Sie müssen es nicht tun, es ist im Augenblick auch nicht so wichtig", fiel ihm Monique ins Wort. „Nein", sagte er, „das ist es sicher nicht, doch wenn ich Ihnen nicht davon erzählt hätte, stünde es immer wie ein Fragezeichen zwischen uns."

„Sehen Sie, das hatte ich im Auge!", rief Monique und zeigte auf die weit offen stehende Türe eines Restaurants.

Und dort, an einem weiß gedeckten Tisch am Fenster, erzählte er ihr dann doch, wenn auch in sehr verkürzter Form, Josettes Geschichte, die ja zum Schluss auch seine eigene gewesen war. Monique war fassungslos. Auch wenn sie Ähnliches vermutet hatte, gestand sie ihm, übertraf das, was sie nun erfahren hatte, doch alles Vorstellbare. „Verstehen Sie mich nun? Es war mir nicht mehr möglich, Josette in Grund und Boden zu verdammen. Und welche Art von Wiedergutmachung hätte ich von ihr verlangen können? Ich habe sogar versucht, einiges von dem, was sie erlebt hat, nachzuempfinden. Wie sie da vor mir saß, so klein und leise, wie weggeflogen war mein Zorn. Ich hatte einen Moment lang sogar Lust gehabt, sie tröstend in den Arm zu nehmen. Die Unglückselige ist doch erst einundzwanzig Jahre alt."

„Nein, nachvollziehen kann ich nicht, was diese Frau getan hat", sagte Monique. „Doch es gefällt mir, dass Sie plötzlich von ihr sprechen können, als wären Sie ihr Verteidiger."

„Es war Julie, die Josette und mich in dieses Lügengestrüpp hineingezogen hat. Sie ist es, die man als Erste zur Verantwortung ziehen müsste. Doch nun ...", er hob die Hände und ließ sie wieder fallen, „... da ich der Polizei verschwiegen habe, dass man mich hinters Licht geführt hat, geht das nicht mehr. Wie auch immer, Josette ist frei, ich habe sie von ihrer Schuld entbunden, sie kann neu beginnen. Ich hoffe nur noch, dass der Unfall mit ihrem Mann, diesem Pasquin Spinosi, und das Beseitigen seiner Leiche nicht ans Licht kommen. Auch bei Julie bin ich nach allem, was ich von ihr weiß, nicht mehr so sicher, dass sie auf Dauer schweigen wird. Und was ist von Seiten der

Rebellen zu erwarten? Außerdem braucht mein Sohn einen Ort, um sich gesund und kindgerecht entwickeln zu können. Deswegen muss Josette so schnell wie möglich von dort verschwinden."

Abwesend und mit leicht gekrauster Stirne sah Monique geradeaus. Dann legte sie die Kuppe ihres Zeigefingers an die Nasenspitze, klimperte zwei-, dreimal mit den Lidern und sagte: „Mir fällt gerade ein, dass eine liebe, alte Dame, die Kundin bei mir ist und der seit kurzer Zeit das Gehen Mühe macht, Betreuung nötig hat. Wäre das nicht eine Lösung? Sie hat ein Haus mit vielen Zimmern und erst vor kurzem angedeutet, dass eine vertrauenswürdige Person auch bei ihr wohnen könne."

„Das hört sich gut an", sagte er. „Glauben Sie, dass Josette vertrauenswürdig ist? Und wäre sie bereit, die Aufgabe einer Betreuung zu übernehmen?"

„Ich werde sie fragen. Sie wird die Chance nutzen, glaube ich. Und was Josettes Vertrauenswürdigkeit betrifft, sie ist, auch wenn es sich nach dieser Geschichte merkwürdig anhört, ein grundanständiger und warmherziger Mensch. Danke, Monique. Sie wird sich freuen, sie braucht jetzt einen Ort, an dem sie Ruhe finden kann."

„Und Sie", sagte Monique und hielt seine Hand fest, die ständig übers Tischtuch fuhr, „Sie müssen auch zur Ruhe kommen, die Belastung der letzten Zeit war doch gewaltig, und die Gefahr ist groß, dass Sie sie durch Ihr ganzes Leben schleppen werden. Vielleicht wäre ja doch eine psychologische Begleitung angebracht. Was meinen Sie dazu?" Es lag ihm auf der Zunge, ihr zu sagen, dass vielleicht schon eine einzige

Nacht in ihren Armen ihm über alles hinweghelfen könne, doch er sagte nur: „Es wird schon werden, denke ich.“

„Wann gehen Sie nach Paris zurück?“

„Paris? Oh, ich weiß noch nicht“, antwortete er zögerlich und gedehnt, weil er sich in diesem Augenblick ganz anderes erträumte. „Und der Kleine?“, fragte sie. „Was geschieht mit ihm?“ Er überlegte, fuhr sich mit der Hand durchs Haar und sagte: „Ich werde mit Josette darüber reden, heute noch.“

„Du liebst dein Kind, nicht wahr?“

„Ja, es ist ein großes Glück, ein Lichtblick in diesem unglaublichen Geschehen.“

„Ich versuche mir gerade vorzustellen, wie er aussieht, wahrscheinlich hat er deine Augen und deine Locken“, fuhr sie munter fort. „Du wirst ihn mögen“, sagte er. Verwundert sahen sie sich an: Wie leicht ihnen das Du über ihre Lippen gegangen war. „Aber die Augen hat er von Josette. Und von irgendwelchen Locken ist noch nichts zu sehen.“

„Er ist dein Sohn, er kann nur wunderschön sein“, sagte sie. Er sonnte sich in ihren Augen, die plötzlich einen feuchten Schimmer hatten. Doch dann, als hätte ihn ein Blitz getroffen, fuhr er zusammen. „Was tu ich bloß!“, stieß er hervor. „Ich sitze hier am fein gedeckten Tisch. Ich trinke Wein und esse Jakobsmuscheln, plaudere mit dir über mein Kind, über Josette. Und sie, allein gelassen in ihrem ganzen Elend, melkt dort oben ihre Schafe, bangt um ihr Morgen, bangt um ihr Kind. Sie weiß ja nicht einmal, dass ich sie nicht verraten habe, du lieber Gott.“ Er ließ sein Besteck fallen, dass es klirrte, lehnte sich zurück und schloss die Augen.

Eine Weile herrschte Schweigen. „Die Rechnung geht auf mich“, sagte Monique leise und geschockt wie er und sah betreten auf den Teller. „Verzeih, ich kann dir nicht erklären, was da gerade über mich gekommen ist“, sagte er mit flacher Stimme, nahm ihre Hand und küsste sie. „Ribert, das alles ist nicht deine Schuld.“

„Und auch nicht deine, ich bin ein elender Idiot, Monique.“ Sie konnte ein zustimmendes Lächeln nicht unterdrücken, während er noch immer ihre Finger an seinen Mund gedrückt hielt. Langsam zog sie ihre Hand zurück und winkte nach dem Kellner. „Ich werde meinen Vater benachrichtigen“, sagte er. „Er muss kommen und bestätigen, dass ich sein Sohn bin. Er wird auch meinen Ausweis haben, ohne den ich immer noch ein Niemand bin.“ Sie sah auf ihre Uhr. „Ich will noch ins Krankenhaus und vorher muss ich noch Blumen und ein Babykleidchen kaufen.“

„Mein Vater soll geweint haben“, sagte er und merkte nicht, dass Monique, die nun in ihrer Tasche kramte, nicht mehr bei der Sache war. „Ich versuche schon die ganze Zeit, mir meinen Vater weinend vorzustellen“, fuhr er fort. „Ich kann mich nicht daran erinnern, dass ihn einmal Gefühle überwältigt hätten, dass er vor Freude gelacht oder vor Schmerz in Tränen ausgebrochen wäre, nicht einmal beim Tod seiner Frau.“

„Du musst mir irgendwann von ihm erzählen“, sagte Monique. Wieder nahm er ihre Hand. „Ich bleibe heute in der Stadt“, flüsterte er, „ich schlafe dort, du weißt schon, in dem kleinen Zimmer ... “ Ein sanfter Händedruck, ein Lächeln, dann schüttelte sie fast unmerklich den Kopf. „Ach, noch was“, sagte er, als sie wieder auf der Straße standen. „Ja?“

„Wärst du bereit, mich morgen zu begleiten?“

„Zur Hütte?“

„Ja, sprich mit Josette“, bat er, „lass mich, lass uns jetzt nicht allein. Es wird dir ganz bestimmt gelingen, sie für dich einzunehmen. Und außerdem kannst du dir selbst ein Bild davon machen, ob sie für den Job, den du für sie im Auge hast, geeignet ist.“

„Ich weiß nicht“, sagte sie zögernd. „Normalerweise bin ich allen Anforderungen des Lebens gewachsen, doch der Gedanke an diese Frau schnürt mir die Kehle zu, obwohl ich wirklich Mitleid mit ihr habe. Und außerdem, Ribert, sie liebt dich, wie kannst du glauben, dass sie sich über meinen Anblick freuen würde.“

„Weil du ein Mensch bist, dem man sofort vertrauen kann.“ Sie lächelte. „Ja, mir ist klar, dass ich sie kennenlernen muss, bevor ich der alten Dame von ihr erzähle. Doch nicht dort oben, bitte, und auch nicht morgen, ich bin darauf nicht vorbereitet. Hinzu kommt das Geschäft, ich habe niemanden, der mich vertreten könnte.“

„Ja“, sagte er, „du hast ja Recht, was hast du auch mit ihr zu tun. Ich habe dir schon so viel aufgeladen. Ich kann verstehen, dass du da nicht mit hineingezogen werden willst. Es ist auch etwas, was nur Josette und mich betrifft.“ Daraufhin schwieg Monique.

Nachdenklich und ohne sich zu berühren, gingen sie eine Weile nebeneinander her, bis sie plötzlich sagte: „Gut, ich komme mit. Und meinen Laden werde ich für ein paar Stunden schließen."

„Stunden? Oh, Monique, wir werden beinahe einen ganzen Tag dafür benötigen."

„Ich werde den Verlust schon irgendwie verschmerzen."

„Das regeln wir." Er zog ein Bündel Scheine aus seiner Hosentasche. „Ich schulde dir ohnehin noch Geld für meine letzte Übernachtung in der Stadt. Wie hoch ist so eine Tageseinnahme?" Energisch schob sie seine Hand mit dem Geld zurück. „Nicht heute, lass uns, wenn überhaupt, ein andermal darüber sprechen. Wann fährst du morgen?"

„Um neun, ist dir das recht?" Sie nickte. „Aber die Hütte liegt sehr hoch, von allem abgeschnitten", warnte er, „und der Weg ist ungemütlich. Ich denke gerade daran, dass dir die letzten Kilometer eigentlich gar nicht zuzumuten sind."

„Ich bin robust, auch wenn es nicht so aussieht." Sie lachte heldenhaft, umarmte ihn und streckte ihm zum Abschied ihre Wange hin. „Ich würde dich jetzt gerne küssen", flüsterte er ganz dicht an ihrem Ohr. „Nicht hier, wir stehen mitten auf dem Place du Maréchal."

„Bis morgen", sagte er und spürte, wie ihr Herz schlug.

Am Telefon meldete sich eine Frauenstimme: „Monsieur Cassel? Der ist schon lange nicht mehr hier. Mit wem spreche ich?"

„Mit seinem Sohn, und wer sind Sie?"

„Madame Diderot."

„Der Name sagt mir nichts."

„Wir sind die neuen Eigentümer.“ Stille. „Verzeihen Sie, ich hatte keine Ahnung, dass mein Vater ..., dass er nun doch ..., hat er alles an Sie verkauft, auch den Betrieb?“

„So ist es.“

„Und wo kann ich ihn finden?“

„Sie wissen es noch nicht? Ihr Vater ist im Pflegeheim.“

„Was?“

„Er hatte einen Schlaganfall.“ Er fand keine Worte, um sein Erschrecken auszudrücken. Die Frau am Apparat schwieg ebenfalls sekundenlang, bevor sie das Gespräch wieder aufnahm: „Wir wussten nichts von Ihnen, Monsieur Cassel hat uns nicht wissen lassen, dass er einen Sohn hat.“

„Ich wusste bis vor kurzem selber nichts von mir.“ Erneutes Schweigen. Auch er war still, kaute an seinem letzten Satz und vergaß alles, was er sie noch hatte fragen wollen. Er bat sie lediglich um die Telefonnummer des Heims, in dem er anrief, und wo man ihm vorwurfsvoll erklärte, dass sein Vater weder verständlich sprechen noch laufen könne, und ihm befahl, er möge sich zur Klärung einiger Dinge so schnell wie möglich bei ihnen blicken lassen.

Wie vor den Kopf gestoßen, ließ er sich auf einen Hocker im Postamt fallen und starrte vor sich hin. Nun war alles verkauft, sein Elternhaus, der große Hof mit den Figuren, Platten, Steinen und die Halle, in der gehämmert und gemeißelt wurde. Sollte er nicht glücklich darüber sein? Hatte er sich nicht gewünscht, den ganzen Plunder loszuwerden? Doch nun, da es geschehen war und obendrein der Vater schwer erkrankt und, eingeschränkt in Sprache und Beweglichkeit, auf fremde Hilfe angewiesen war, sah plötzlich alles anders aus. Er musste ihn so schnell wie möglich sehen. Doch zunächst ging es darum, die Papiere wiederzubekommen.

An wen sollte er sich wenden, an Terry? Wohl eher an Odile, ja, schließlich hatten sie ja wie ein Ehepaar zusammengelebt. In einem Pariser Telefonbuch suchte er nach ihrem Namen. Als er die Nummer dazu wählte, brach ihm der Schweiß aus. „Hallo!“ War das nicht ...? Du liebe Zeit, das war doch Terrys Stimme. Er konnte nichts sagen, musste in Sekundenschnelle versuchen, sich einen Reim darauf zu machen, was sein Freund Terry bei Odile zu suchen hatte. „Terry?“

„Ja, mit wem spreche ich?“

„Mit mir.“ Pause. „Ribert?“

„Ja.“

„Du lebst?“

„Hört sich so an, nicht wahr?“

„Du meine Güte!“

„Eigentlich wollte ich Odile sprechen.“

„Jetzt sprichst du erst einmal mit mir, mein Freund. Wo bist du eigentlich?“

„Auf Korsika.“

„Was machst du da?“

„Später.“

„Als man lange Zeit nichts von dir hörte, Mensch, da dachte ich, du bist für immer abgetaucht. Doch als mich dann dein Vater anrief und mir anvertraute, dass du wie vom Erdboden verschluckt warst und dass man deine Papiere in einem Hotel auf Korsika gefunden hatte, da dachten wir das Schlimmste.

Kein Mensch hat damals mehr daran geglaubt, dass du am Leben bist."

„Ihr hattet mich also alle abgeschrieben?"

„Ja, so war es."

„Man sagte mir, mein Vater sei im Pflegeheim."

„Ich weiß, kurz hintereinander Herzinfarkt und Schlaganfall, ich hab ihn mal besucht."

„Wegen mir?"

„Vielleicht, ich weiß es nicht."

„Ich hab dort angerufen, doch man war nicht bereit, mich mit meinem Vater zu verbinden."

„Soll ich ihm sagen, dass du lebst?"

„Wenn du es ihm begreiflich machen kannst. Die Schwester tat gerade so, als würde er nichts mehr kapieren."

„Ich werde es auf jeden Fall versuchen."

„Frag ihn nach meinem Ausweis, Führerschein, dem ganzen Krimskrams eben. Es heißt, dass man das alles ihm gegeben hatte, damals, als er hier war, um mich …."

„Warum hast du dich nicht gemeldet?"

„Schwer zu erklären."

„Hattest du damals, zu Beginn deiner Reise, schon vorgehabt abzutauchen?"

„Ganz und gar nicht. Ich wollte einfach nur für eine Weile weg, um nachzudenken."

„Und jetzt? Wie geht es weiter?"

„Weiß ich noch nicht. Ach übrigens, was macht Odile?"

„Odile? Sie ist im Bad, sie macht sich schön für ihren schwarzen Auftritt."

„Schwarzen Auftritt?“

„Ihre Mutter wird beerdigt.“

„War sie krank?“

„Sie hat sich umgebracht.“

„Wie geht’s Odile? Kann ich sie sprechen?“

„Nein, ich glaube nicht. Nicht wenn sie mit ihrer Toilette beschäftigt ist.“

„Was sagt sie über mich?“

„Das möchtest du nicht hören, glaube ich.“

Ribert schluckte, dann sagte er: „Ach, Terry, noch etwas, ich existiere nicht, wenn ich nicht endlich meinen Personalausweis bekomme. Ich denke da an dich, bitte, sei so gut und bring ihn mir.“

„Bringen? Kann man das Ding nicht schicken?“

„Nein, ich brauche dich als Zeugen. Und danach will ich so schnell wie möglich zu meinem Vater.“

„Wie stellst du dir das vor? Ich kann doch nicht alles stehen und liegen lassen und Hals über Kopf nach Korsika aufbrechen.“

„Mensch, Terry, lass mich jetzt nicht hängen.“

„Okay, okay, doch was genau ist eigentlich mit dir passiert?“

„Kurz gesagt, ich hatte mich verloren und bin mir erst seit kurzem wieder auf die Spur gekommen.“

„Ist das psychisch zu verstehen?“

„Nicht nur. Ich werde dir alles erzählen. Terry, ich habe Unvorstellbares hinter mir.“

„Wo finde ich dich?“ Er gab ihm Moniques Adresse und Telefonnummer. „Oh, Monique, du hast dich also auch neu orientiert.“

„Lass uns ein andermal darüber reden, klar?“

„Gut, wir kommen“, sagte Terry. „Tag und Uhrzeit erfährst du noch.“

„Wir? Wer ist wir?“

„Odile wird mich begleiten, hoffe ich. Ich werde ihr den Vorschlag machen, bei der Gelegenheit gleich ein paar Tage dranzuhängen. Ich war noch nie auf Korsika, sie auch nicht, glaube ich. Also, ich ruf dich an.“

„Seid ihr zusammen?“

„Ja, hat sich so ergeben.“

„Und seit wann?“

„Kurz nachdem du abgehauen warst. “

„In meiner Wohnung?“ Ribert versuchte, seiner Stimme den zornigen Klang zu nehmen. „Inzwischen ist es meine Wohnung, ich bin der Mieter.“

„Was ist mit meinen Möbeln?“

„Gegenfrage: Was ist mit dem Geld, das du mir schuldest?“ Nach einem Augenblick betretenen Schweigens beendeten sie ihr Gespräch.

In dem bereits vertrauten, einfachen Logis, das eine alte Frau für junge Wanderer bereithielt, angekommen, fiel er ermattet auf das schmale Bett. Nach der erinnerungslosen Zeit und dem entarteten Leben in der Abgeschiedenheit fegte nun jeder Tag wie ein Sturm über ihn hinweg und wirbelte alles, was er schon meinte, geordnet zu haben, wieder durcheinander. Sein Freund war nun sein Konkurrent. Sein Freund, der nicht nur talentierter Holzbildhauer war, sondern auch Bücher darüber schrieb, ein Mann mit Charme und Selbstvertrauen.

Terry und Odile, welch eine Hiobsbotschaft! Dabei hatte er im Laufe des Erinnerns doch innerlich längst Abschied von Odile genommen. Oder nicht? Nun hatte er sie wieder deutlich vor Augen. Und der Gedanke, sie in kürzester Zeit wiederzusehen, ließ seine Knie weich werden und sein Herz zusammenziehen. „Terry wird es leichter mit ihr haben", dachte er, „er hat eine andere Art, mit Frauen umzugehen." Er wünschte ihn dabei zum Teufel.

Odile – wie er es hasste, dass er so an sie denken musste – , liebte er sie denn immer noch, oder war es nur ihre erotische Ausstrahlung, die ihn beherrschte, kaum dass sie sich in sein Bewusstsein stahl? Bald würde sie ihm gegenüberstehen. Sein Herz klopfte. Nein, doch nicht Odile, erschrak er, nicht mehr sie. Nie mehr! Unterlag er denn immer noch dieser Macht, die sie schon damals über ihn besessen hatte?

Paris. Es hatte zu regnen begonnen. Das Kino, in das sie sich geflüchtet hatten, war nur halb gefüllt. Als er spürte, dass eine Sexszene auf der Leinwand ihm zuzusetzen begann, legte er vorsichtig den Arm um ihre Schulter. Der unverkennbare Duft ihrer Haut stieg ihm in die Nase. Angeregt durch das lustvolle Tun vor seinen Augen und animiert von den aufpeitschenden Klängen der Musik, tastete sich seine Hand, die er bis zu diesem Zeitpunkt im Zaum gehalten hatte, am Stoff ihrer Bluse hinunter. Was er sich wünschte zu berühren, war nur noch zentimeterweit entfernt. Er zögerte.

Odile tat nichts, um die Berührung abzuschütteln. Abwartend hielt er die Luft an. Nun sah er nicht mehr, was auf der Leinwand vor sich ging. Durch seine Augenwinkel sah er, dass ihr Mund nicht spöttisch, sondern vor Erregung zuckte. Er hörte, wie ihr Atem zitterte, spürte, dass sie, wie er, kurz vorm Zerspringen war. Trotzdem entschloss er sich, die Spannung zwischen ihnen aufzulösen und seinen Arm zurückzunehmen. Doch plötzlich und unverhofft lag ihre Hand in seiner, und ihre Fingerspitzen vibrierten aneinander, bis der Film zu Ende war.

Draußen schlang er die Arme um Odile. Ihre Wangen glühten. „Wir stehen mitten auf der Straße“, sagte sie kühl und wandte sich zum Gehen. In schnellem Schritt und ohne sich zu berühren, gingen sie zur nächsten Metro-Station, wo sie sich schweigend gegenübersaßen. Er suchte ihre Augen, die nicht aufhörten, durch die Scheibe in die schwarze Nacht zu starren.

In seiner Wohnung angekommen, klingelte das Telefon. Es kümmerte ihn nicht, denn Odile begann sich bereits auszuziehen. Sie warf jedes ihrer Kleidungsstücke achtlos auf den Boden, und er beeilte sich, ihr nachzukommen. Dass sie ihn an sich riss, ihn in die Knie zwang, anschließend aufs Bett warf und ihn biss und kratzte, war nicht nur das, was er ansatzweise erwartet hatte, nein, heute bereitete es ihm sogar Vergnügen. Doch dass sie seinen anschließenden Liebesschwüren mit einem spottgetränkten „In Ewigkeit, amen!“ ein Ende bereitete, ihn von sich wegstieß, um angewidert an sich hinabzuschauen, nahm er ihr übel. Er stand auf und ging zum Fenster.

„Wo ist die Dusche?“, fragte sie. Er starrte schweigend auf die Straße und antwortete erst, als sie ein zweites Mal nach Auskunft verlangte. „Schick sie fort, bevor du ganz und gar zum Deppen wirst“, sagte er sich, „Paris ist voll von schönen Frauen.“ Und als sie aus dem Bad kam, ließ er sie wissen, was ihm gerade durch den Kopf gegangen war. „Du kannst ja richtig böse werden.“ Sie lachte, umarmte ihn, drehte den Kopf zur Seite und starrte auf den Kleiderhaufen, der vor ihr auf dem Boden lag. Sekundenlang war es ganz still. Dann schrie sie mit schriller und aufgebrachter Stimme: „Meine Bluse, du Idiot!“, bückte sich und zog unter seinen schweren Jeans ein hauchdünnes, zerknittertes Etwas hervor, das sie ihm wütend um die Ohren schlug.

Dieser Tag hatte an ihm gebohrt und alte Wunden aufgerissen. Aber wann genau war der Zeitpunkt gewesen, dass er schlussendlich vor ihr geflohen war? Noch einmal führte er sich das ganze Hin und Her vor Augen, dachte an die vielen Seitenhiebe und Nadelstiche, die sie sich nicht gescheut hatte, immer wieder auszuteilen. Moment! Nadelstiche! Ja, das war das Stichwort, das ihn an den Tag erinnerte, der ausschlaggebend für seine Flucht gewesen war. Und alles, was bis jetzt im Ungefähren durch sein Hirn gewabert war, wurde endlich deutlich und konkret.

Natürlich hatte er damals, nachdem das wunderbare Fleischgericht der Madame Borboulon vertilgt gewesen war, Odile nur vorgegaukelt, dass er sich wieder in sein Atelier begeben wolle. In Wirklichkeit war er versumpft, zum ersten Mal, seit er sie kannte, hatte er die ganze Nacht mit seinen Künstlerfreunden durchgesoffen. Und er erinnerte sich an jenen darauf folgenden Morgen, um ihn noch einmal nachzuleben.

Halb schlafend und die Augen noch geschlossen, spürte er, wie ihm die Decke weggerissen wurde. Odiles Stimme tat seinen Ohren weh, als sie auf ihn niederschrie: „Wo warst du? Das ganze Zimmer stinkt nach Puff, nach Bier und Zigarettenrauch. Wo hast du dich herumgetrieben?“ Langsam versuchte er, zum Sitzen hochzukommen. Sein Kopf war schwer und dröhnte. Die Vorhänge waren zurückgezogen und das Fenster weit geöffnet. Das Licht tat seinen Augen weh. Er blinzelte. „Es tut mir leid, Odile“, sagte er zerknirscht, hörte als Reaktion ihr leises Zischen und bemerkte ihre drohend erhobene Hand, mit der sie eine zusammengerollte Zeitschrift fest umklammert hielt. Doch damit, dass sie mit dieser schon Sekunden später beginnen würde, auf ihn einzuprügeln, hatte er nicht gerechnet.

Mit kleinen Pausen zwischen jedem Schlag traf sie anfänglich nur seine Beine, dann schlug sie kräftiger auf Bauch und Brust und schließlich in sein verdattertes Gesicht. „Hör auf damit, Odile!“, rief er halb lachend, halb gequält, und versuchte immer wieder, ihren Hieben auszuweichen. Erleichtert atmete er auf, als sie die Zeitschrift von sich schleuderte. Er stellte die Füße auf den Boden. „Zugegeben, es ist ein bisschen spät, äh ..., ich meine früh geworden.“ Er grinste und sah im gleichen Augenblick das dicke Buch in ihren Händen, das sie, bevor er etwas denken konnte, mehrmals und mit solcher Kraft auf seinen Schädel schlug, dass ihm ganz übel dabei wurde. Er ließ sich rücklings fallen, sie kam ihm nach.

Odile erwischte schmerzhaft seine rechte Schläfe, worauf er mit den Händen sein Gesicht zu schützen suchte. „Bist du verrückt geworden!“, schrie er sie an, als seine Finger brannten. Er war wütend, er war verletzt und wagte dennoch nicht, sie mit den Füßen wegzustoßen. Das war doch nicht Odile, die da vor ihm stand, oder war sie es doch? „Das machst du nicht noch einmal!“, schrie sie ihn an. „Versager haben nicht das Recht, sich derart aufzuführen, hast du verstanden?“ Sie spuckte jedes Wort im Takt ihrer nicht nachlassenden Schläge auf ihn nieder.

Als er endlich wagte, ihre Handgelenke so zu umfassen, dass ihr das Buch auf seine Brust und von dort aufs Bett fiel, erhob er sich und wankte zitternd vor Zorn ins Bad. Das Gesicht, das er im Spiegel sah, war ohne Farbe, und die Augen blickten fassungslos. Ihm war übel, der Kopf tat weh und nicht einmal das kalte Wasser tat ihm gut.

Müde fuhr er sich über die Stoppeln im Gesicht und wollte gerade nach dem Rasierer greifen, als er neben seinem ihr Gesicht im Spiegel sah. „Nein, meine Schöne“, dachte er grimmig und schüttelte dabei den Kopf, „diesmal reicht es nicht, wenn du die Arme um mich schlingst und hauchst und küsst und tust, als wäre nichts geschehen, diesmal nicht.“ Diesmal war er fest entschlossen, sie zurückzustoßen. Doch schon, als sie näher an ihn herantrat und ihn mit ihrem Duft umhüllte, schloss er erwartungsvoll die Augen. Und als er ihren Körper an seinem Rücken spürte, ihre Arme an seinen Hüften, ihre Hände, die ihn umzingelten wie Schlangen, und ihre weichen Finger, die seinen Bauchnabel suchten und ihn umkreisten, vergaß er, seinen Vorsatz zu beherzigen. Er hasste sich dafür, hielt aber still und wartete auf ihre Entschuldigung.

Der Schmerz aus heiterem Himmel ließ ihn zusammenzucken. Er sah die Nagelschere auf den Boden fallen, hörte, wie die Türe zugeschlagen wurde und starrte auf das kleine Rinnsal, das seinen Bauch entlanglief und die Unterhose blutrot färbte. „Ich weiß damit nicht umzugehen, ich haue ab, ich brauche eine Pause“ schrieb er auf einen Zettel, mehr nicht. Anschließend packte er ein paar Kleidungsstücke in seine Reisetasche und machte sich auf den Weg ins Atelier.

„Du siehst erbärmlich aus, ihr hattet Zoff, nicht wahr?“ Terry, den er anschließend aufgesucht hatte, war Freund genug, dass er das zu ihm sagen durfte. „Ich war mit ein paar Leuten unterwegs, die Nacht war kurz.“ Er gab sich Mühe, Terry dabei anzugrinsen. „Odile war sauer, richtig?“

„Natürlich war sie das.“ Er lachte. Es sollte niemand wissen, dass ihn eine Frau beleidigt, verprügelt und mit einer Nagelschere angegriffen hatte, erst recht nicht Terry. „Sie hat dich rausgeschmissen“, konstatierte er. „Rausgeschmissen? Nein, wie kommst du darauf?“

„Deine Haltung, dein Blick, einfach jämmerlich. He, alter Junge!“, rief Terry amüsiert und schlug ihm auf die Schulter, „du bist der Mann, du musst ihr zeigen, wo es langgeht, besonders ihr. Odile ist süß, bezaubernd schön, aber auch ein Luder. Wenn du willst, dass ...“

„Schert euch doch alle sonst wohin!“, raunzte Ribert. Und plötzlich war ihm auch egal, was Terry von ihm hielt. Er hatte nur noch einen Wunsch, er wollte weg. Doch ohne Geld? „War nur ein Tipp.“ Terry zuckte mit den Schultern. „Ich hab von allem so die Schnauze voll“, sagte Ribert. „Und wo willst du hin?“ Terry zeigte auf die Reisetasche, die auf dem Boden stand. „Einfach mal weg.“

„Mein Freund, du musst dich ändern, musst härter werden. Es reicht nicht, dass du nur die Umgebung wechselst.“

„Klugscheißer!“

„Ich will dir helfen, das ist alles.“

„Dann leih mir etwas Geld, nur dieses eine Mal noch.“ Terry sah ihn lange an, seufzte laut und sagte: „Eigentlich hatte ich vor, dich nicht mehr aufzufangen, doch wenn man dich so ansieht …“ Mit einem Griff nach hinten, zog er das Scheckheft aus der Hosentasche.

Ribert glühte am ganzen Körper. Diese Schmach noch einmal zu durchleben kostete seine ganze Kraft, und die Vorstellung, Odile in Kürze erneut als Geschlagener gegenüberzustehen, war unerträglich. Ein tröstlicher Gedanke war Monique. Und dass sie ihn vermutlich auch zum Flughafen begleiten würde, wenn er sie darum bäte. Mit ihr an seiner Seite würde er sich Terry und Odile gegenüber stark und unangreifbar fühlen, glaubte er. Und dabei hatte er Monique, in deren Nähe plötzlich alles gut und einfach war, noch nicht einmal geküsst. Wie hatte er vor ihr geprotzt und seine Leidenschaft zu Odile fast bis zur Lächerlichkeit preisgegeben! Doch andererseits, Monique war klug, sie hatte sich bestimmt schon längst ein Bild von dieser Frau gemacht und ihn, der zu jenem Zeitpunkt noch nicht vollständig zu sich zurückgefunden hatte, hoffentlich nicht ganz ernst genommen.

Monique war pünktlich am anderen Morgen. Sie stutzte zwar, als sie das klapprige Auto sah, stieg aber kommentarlos ein. Überhaupt sprach sie sehr wenig, und wenn sie etwas sagte, geschah es mit gedämpfter Stimme. Meistens sah sie nachdenklich zum Autofenster hinaus. „Josette hat Hilfe nötig“, sagte er. „Im Grunde ihres Herzens ist sie ein guter Mensch. Und wenn sie mit der alten Dame einig werden sollte, könnte sie ganz neu beginnen.“

Monique trug eine blau karierte Leinenjacke über einer weißen Bluse, Jeans und alltagstaugliche Schuhe mit dicker Gummisohle. Ihre Schultern waren hochgezogen, von der vertrauten Gelöstheit ihrer Glieder keine Spur. „Gewiss“, sagte sie. „Und doch, noch nie ist mir ein Besuch so schwer gefallen.“

„Mir geht es heute auch nicht überragend“, sagte er. „Ich denke ständig an mein Kind. Es bald nicht mehr zu sehen macht mich traurig. Und auch, dass ich Josette nicht gleich verzeihen konnte, dass ich Stunden brauchte, um einzusehen, dass es für uns alle die beste Lösung ist.“

„Niemand hätte eine solche Tat so schnell verzeihen können. Und außerdem ist es noch nicht zu spät“, beruhigte ihn Monique. „Wir werden sie dazu bewegen, gleich heute mit uns zurückzufahren“, sagte er. „Sie muss ganz schnell von dort verschwinden, sie und das Kind. Die Frau, bei der ich wohne, hat noch ein Zimmer frei, dort könnte sie für eine Weile unterkommen.“

„Und was ist mit dem Viehzeug? Du sagtest, dass sie Schafe hat, einen Hund und Hühner.“

„Julie wird sich um alles kümmern müssen“, sagte er. „Schließlich hat sie das ganze Unheil angerichtet.“

Die Wolken hingen tief an diesem Morgen, die Berge waren nicht zu sehen. Doch dann, mit jedem Kilometer, den sie fuhren, wurde es ein wenig heller. Und plötzlich riss der Himmel auf. Herzergreifend schön lag die Landschaft vor ihnen. „Danke, dass du mitgekommen bist“, sagte er. Sie nickte. In Gedanken, sah er, war sie ganz weit weg. „Ich habe mir Gedanken um deinen Sohn gemacht. Ich denke, nach allem, was geschehen ist, könntest du für ihn das Sorgerecht einklagen, hast du schon mal daran gedacht?“

„Ja, schon oft in letzter Zeit, aber Josette liebt ihr Kind doch ebenso wie ich. Sie stillt es noch, ich denke, vorläufig ist sie die Hauptperson für den Kleinen.“

Der Wagen holperte. Monique suchte nach einem Halt. „Schlimm?“, fragte er. „Ein bisschen“, meinte sie. Ein paar Wolken trieben durch den Himmel, kein Vogellaut war zu hören, nur in der Ferne das Geräusch des Flusses. „Ach ja, Monique, bevor ich es vergesse, ein Freund von mir, Terry heißt er, Terry Brown, wird sich nächstens telefonisch bei dir melden. Ich hatte ihn gebeten, mir meinen Ausweis herzubringen, damit die ganze Angelegenheit bereinigt werden kann.“

„Terry Brown? Das hört sich nicht französisch an.“

„Nein, er ist Amerikaner, und stell dir vor, er will Odile mitbringen.“

„Was? Odile hierher? Warum?“ Entgeistert sah Monique ihn an. „Ganz einfach, weil sie seine Neue ist“, erwiderte er. Er lachte trocken auf und murmelte: „Der Schwerenöter ist sich treu geblieben.“ Nach einer Weile des Schweigens sagte sie: „Du liebst sie immer noch.“ Er schüttelte den Kopf, als wolle er sich von Gedanken dieser Art befreien, und sagte: „Glaub mir, es ist vorbei. Seit ich dich kenne, ist es vorbei. Bei dir kann ich so sein, wie ich wirklich bin, oder denke, es zu sein.“

Da der Weg gerade nicht seine ganze Aufmerksamkeit in Anspruch nahm, studierte er ihren Gesichtsausdruck. „Sie ist eifersüchtig“, dachte er und hätte sie am liebsten in den Arm genommen. „Ich war ihr nicht gewachsen“, fuhr er fort. „Manchmal hatte ich sogar Angst vor ihr. Mir wäre wohl viel erspart geblieben, wenn ich ihr nie begegnet wäre. Sie ist ..., das Wort bösartig wäre vielleicht zu unbarmherzig, aber man liegt nicht falsch, wenn man sie egozentrisch nennt, launenhaft und überspannt.“

„Hat sie dich betrogen?“

„Ich weiß es nicht. Aber ich hatte immer das Gefühl, dass sie drauf und dran ist, es zu tun.“ Monique schwieg daraufhin, und doch sah sie so aus, als läge ihr etwas auf der Zunge. Er berührte ihre Hand. „Was würdest du sagen, wenn ich dich bitten würde, mich zum Flughafen zu begleiten?“, fragte er vorsichtig. Monique zuckte zusammen. „Dann könntest du sie kennenlernen“, fuhr er fort. Und als sie nicht antwortete, sagte er: „Überleg es dir, es hat noch Zeit. Aber denke daran, dass es mich freuen würde.“

„Ich kenne sie“, sagte Monique.

„Wen?"

„Odile."

„Du kennst Odile?", brüllte er los, trat auf die Bremse und vergaß dabei, schützend den Arm vor sie zu halten, so dass Monique nach vorn geschleudert wurde. Zum Glück hatte sie sich mit beiden Händen am Armaturenbrett festhalten können. „Verzeihung", murmelte er geistesabwesend und sah sie fragend an. „Odile ist meine Schwester", sagte sie. „Sag das noch mal!"

„Es tut mir leid, Ribert."

„Ich brauche frische Luft." Er öffnete die Wagentür, stieg aus und lehnte sich an die Motorhaube. Nachdem er ein paarmal tief durchgeatmet hatte, sah er über die Schulter hinweg ins Wageninnere zurück. Monique blickte zu ihm auf und zuckte mit den Schultern. „Ich hätte es erkennen müssen", sagte er, während er sich wieder zu ihr setzte und das Auto startete, „ihr habt den gleichen Gang, die gleichen Hände. Du liebe Zeit, Monique, du hast mich von Odile erzählen lassen, ohne ein Wort zu sagen! Wann hast du bemerkt, dass es sich bei ihr um deine Schwester handelt?"

„Ich schöpfte ziemlich bald Verdacht, doch als du dann von diesen kleinen Muttermalen auf ihrer Schulter sprachst, und als auch noch Agnes ins Spiel kam, war mir alles klar."

„Und warum hast du nichts gesagt?"

„Ich weiß es nicht, wahrscheinlich weil ich angenommen hatte, dass du die Absicht hast, zu ihr zurückzukehren. Und auch, weil ich nicht wollte, dass meine Schwester erfährt, wo ich jetzt bin."

„Seid ihr verfeindet?“

„Ein schwieriges Kapitel. Sie liebt es, anderen Menschen Schmerzen zuzufügen.“

„Wem sagst du das.“

„Vielleicht hat das Verhalten meiner Eltern dazu beigetragen. Andererseits hatte sie bereits als Kind Symptome einer Neurose: krankhafte Züge von Selbstverliebtheit und ohne einen Funken von Mitgefühl und, wie gesagt, diesen Drang, anderen weh zu tun. Doch die Männer können ihr nicht widerstehen, sie erliegen alle ihrer Schönheit, alle, ohne Ausnahme.“

„Auch dein Mann, nicht wahr?“

„Wenn ich bereit bin, ihn in Schutz zu nehmen, kann man es so nennen. Es war ein Schock zu erkennen, dass er nicht der besondere, sondern ein ganz gewöhnlicher Mann ist. Und meine Schwester wollte mich verletzen, denke ich. Einfach so, weil es ihr Freude macht. Ich kenne es nicht anders von ihr. Und weil ich wusste, dass sie versuchen würde, mir auch den nächsten Partner auszuspannen und auch den übernächsten. Und weil Odile so unglaublich schön ist und die Männer so leicht verführbar sind, bin ich vor ihr geflohen, ohne zu sagen, wohin. Ich wollte nicht, dass man mich findet.“

„Du auch?“ Er berührte ihre Hand, sah zu ihr hin und überlegte auszusteigen und sie in den Arm zu nehmen. „Ein Ausrutscher, nichts weiter, beteuerte mein Mann. Doch als er sagte, dass wir sofort in eine andere Stadt umziehen sollten, war mir klar, dass er immer noch gefährdet ist. Ich habe alle Brücken zu ihm und auch zu meiner Schwester abgebrochen. Inzwischen sind wir geschieden. Weißt du, dass mein Vater uns vor vielen Jahren wegen einer anderen Frau verlassen hatte, war schon Entzauberung genug für mich gewesen. Zum zweiten Mal in meinem Leben fühlte ich mich so schrecklich schwach und unbehütet. Und an Stelle einer fürsorglichen und mitfühlenden Mutter hatte ich eine jämmerliche, bedauernswerte Trinkerin.“

Sie seufzte auf.

„Ich hasste damals diese junge Frau, die uns den Vater nahm, ich nannte ihr Verhalten gewissenlos und unmoralisch. Und was tat ich? Ich liebte einen Mann, der Frau und Tochter hat. Das ist doch unverfroren. Ohne nachzudenken, floh ich und ließ meine Mutter in ihrem Zustand der Selbstzerstörung im Stich. Ich gebe zu, dass sie mir peinlich war. Wenn sie – wir wohnten nur ein paar Straßen weit voneinander entfernt – mir wankend, rotgesichtig und mit glasigem Blick entgegenkam, ging ich auf die andere Straßenseite. Ich weiß noch, dass sie einmal die Hand hob, als sie mich sah. Ich reagierte nicht. Das ist für eine Frau in meinem Alter unverzeihlich.“

Sie atmete schwer.

„Nein, Ribert, ich bin nicht die wunderbare Frau, die du in mir vermutest. Ich bin stolz, unduldsam und besserwisserisch. Und die Krönung ist, dass ich von Vergebung rede, obwohl ich selber dazu nicht in der Lage bin.“ Er griff erneut nach ihrer Hand. Undenkbar, ihr in diesem Augenblick den Tod ihrer Mutter mitzuteilen. „Für mich bist und bleibst du ein Geschenk“, sagte er. „Ich werde nie vergessen, wie du an mir und meinem Schicksal interessiert warst, wie anteilnehmend du dich verhalten hast. Vielleicht bist du ein bisschen feige, so wie ich. Ja, sieh mich nicht so an, wir sind uns ähnlich.“ Er lachte. „Wir ziehen es vor, uns zu verkrümeln, anstatt die Dinge in den Griff zu kriegen.“

„Mag sein.“ Sie war ernst und blass und ihre Finger, die schlaff und reglos in seiner Hand lagen, waren eisig kalt.

Als sie das kleine Dorf erreichten, kam plötzlich wieder Leben in Monique. „Ja, ich komme mit“, sagte sie mit fester Stimme, „ich werde dich zum Flughafen begleiten.“

„Danke.“

„Auch um meinetwillen“, sagte sie. „Odile wird Augen machen“, sagte er und wusste gleich, dass es daneben war. „Wahrscheinlich“, erwiderte Monique. „Erzähl ihr nicht sofort von alledem, was mir hier passiert ist, das wäre Wasser auf ihre Mühlen“, bat er sie. „Mir liegt ganz anderes auf der Seele“, beruhigte ihn Monique, während sie sich dem Fluss näherten, und reckte den Hals, als sie ihn überquerten.

Ein Strauß wilder Blumen lag auf dem Brückenrand und welkte vor sich hin. „Gütiger Himmel …“ hörte er sie sagen, während der Rest im Rauschen des Wassers unterging, und fand diesmal ihre Hand nicht, die er suchte, denn sie hatte beide Hände vor den Mund gelegt. „Glaub mir“, sagte er, „Josette hat alles falsch gemacht, da gibt es wirklich nichts zu beschönigen, aber ein Monstrum ist sie nicht.“

Sie waren angekommen. Vor dem Haus war nichts zu sehen. Auch die Hühner scharrten nicht im Staub herum. Wortlos sah Monique sich um, nachdem sie mit einem tiefen Seufzer aus dem Auto gestiegen war. Sie zog die Jacke aus und warf sie auf den Sitz.

Ribert nahm ihren Arm und ging mit ihr gemeinsam auf die Hütte zu. Alles war wie sonst. Die Eimer standen auf der Bank, die Gummistiefel ordentlich darunter und der Besen lehnte an der Wand. Nur diese Stille war befremdlich. Immer wieder sah Monique sich um. Sie kommentierte nichts. Nur das Zittern ihrer kleinen Seufzer ließ auf Erregtheit schließen. Auch Ribert war angespannt. „Josette!“, rief er und stieß zunächst die schmale Tür zum Anbau auf, in dem sie ihren Käse machte. Dort war sie nicht. Im Wohnhaus war die Feuerstelle kalt, der Tisch geschrubbt, Teller, Tassen, Töpfe, alle Dinge, die er gewohnt war, herumstehen zu sehen, waren ordentlich weggeräumt. Nur ein paar tote Fliegen lagen auf dem Boden. Im Schlafraum war das Bettzeug glattgezogen. Auch das Kinderbett war leer. Beide sahen sich an und traten wieder schweigend vor die Türe.

„Sieh mal“, rief Monique und riss den Arm nach vorne. Nur wenige Schritte weit entfernt lag ein zerfetztes Huhn am Boden, ein Stückchen weiter noch eins, und ein drittes klebte am unteren Brunnenrand. „Was hat das zu bedeuten? Hier stimmt doch etwas nicht!“, stieß er hervor. Monique blieb stumm. Er starrte auf die toten Hühner. „Mein Gott, wo ist Josette?“, rief er und dachte dabei in erster Linie an sein Kind. „Sieht aus, als wäre sie verschwunden“, murmelte Monique. „Verschwunden?“ Sie zuckte mit den Achseln. „Ja, alles sieht nach Aufbruch aus.“

„Bleib hier“, bat er, „nur für den Fall, dass sie zurückkommt, vielleicht ist sie ins Dorf gegangen. Ich laufe dorthinauf.“ Er wies in Richtung Bergmassiv. „Dort oben gibt es eine Stelle, die sie besonders liebt, ein blühendes Plateau, wo sie auch die Schafe weiden lässt, und wo sie Kräuter sammelt." Von seiner Angst gejagt, lief er ums Haus herum und hastete den schmalen und ausgetretenen Weg hinauf. „Wir werden alles wieder zurechtbiegen", dachte er. „Es wird ein gutes Ende nehmen, für uns alle, ganz bestimmt." Dann überfiel ihn wieder tiefe Sorge. „Und wenn sie doch geflohen ist?" Er dachte an die toten Hühner. Womöglich hat sie auch die Schafe ... „Oh, lieber Gott", flehte er, „lass meinem Sohn nichts zugestoßen sein!"

Seine Schritte wurden größer, gehetzter. „Sie ist hier oben, sitzt mit ihm traurig bei den Schafen, so kann es sein", sprach er sich Mut zu. Doch seine Phantasie schlug Purzelbäume. Schweißgebadet, blieb er stehen. Zweimal rief er ihren Namen, dann den des Hundes. Er ließ einen schrillen Pfiff los. Nichts. Ein Vogel kreischte in der Felswand, die sich dunkel und drohend vor ihm erhob. Er schritt noch einmal tüchtig aus.

Plötzlich lag etwas Schwarzes zu seinen Füßen. „Toutou!", rief er, ging in die Hocke und sah das Blut im Fell des Hundes. Sekunden später schon erstarrte er. Das Bild, das sich ihm bot, war der niederschmetternde Schlusspunkt einer Monate währenden Farce: der schwarze Zopf, das großgeblümte Kleid inmitten schmutzig-weißer, blutbefleckter Schafskadaver, kalt glänzend der Gewehrlauf, alles wie hingestreut. Er wollte einen Schrei ausstoßen und hatte keine Stimme. Corbin! Der Name seines Kindes blieb ihm in Halse stecken. Er wollte rennen und hatte keine Beine. Ihm war, als wäre er vom Hals bis zu den Füßen eingeschnürt. Ohrenbetäubend war die Stille um ihn herum, unerträglich süß der Duft der Kräuter und unbarmherzig das Gesicht des Todes.

Dann ein befreiendes Geräusch. Es war Monique. Doch das Grauen nahm kein Ende, als er den schlaffen Kinderkörper in ihren Armen sah, das baumelnde Ärmchen, das zur Seite geneigte und in der Bewegung schaukelnde Köpfchen. „Ich habe ihn gefunden!“, rief Monique von weitem. „Der Schwachkopf saß mit ihm in einer Ecke dieser Bretterbude. Es war nicht einfach, ihm den Kleinen zu entreißen.“ Sekunden später, als sie vor ihm stand, legte sie ihm das schlaffe Bündel in seine ausgestreckten Arme.

Ihr schreckensstarrer Blick hatte die Unglücksstätte erreicht. Er hörte, wie sie laut um Fassung rang, fühlte, wie ihre Hände sich in seine Arme krallten, während er, tränenblind und mit dem Gefühl eines bisher nie gekannten Schmerzes, sein Kind betrachtete. Doch nur für einen Augenblick, denn plötzlich spürte er die Wärme, die von dem kleinen Körper ausging. Niemals zuvor hatte er so dankbar dem Atmen seines Sohnes gelauscht und war noch nie bei dessen Schlummerlächeln in Tränen ausgebrochen.

Über die Autorin

1939 in Braunschweig geboren, lebt Gudrun Pollmann, nach mehrjährigen Aufenthalten in verschiedenen Städten, wie Hamburg, Paris und Celle, seit fünfunddreißig Jahren in Baden-Württemberg. Ihr augenblicklicher Wohnsitz ist Bad Liebenzell im Nordschwarzwald. Sie ist seit über 50 Jahren verheiratet und hat drei Kinder und zwei Enkeltöchter. Die Teilnahme an Schreib- und Sprechseminaren vermittelten ihr die Grundlage, Kurzgeschichten zu schreiben, bevor sie, inspiriert durch den Aufenthalt in Paris und den Besuch auf der Insel Korsika, vorliegenden Roman geschrieben hat.